LOCUS

LOCUS

LOCUS

LOCUS

to

fiction

to 80

平地國的迷藏花園：你所不知道的比利時法語文學精華

作者：夏爾・德・科斯特 等

編譯：王炳東

責任編輯：潘乃慧　美術編輯：蔡怡欣

校對：呂佳真

法律顧問：全理法律事務所董安丹律師

出版者：大塊文化出版股份有限公司

台北市 105 南京東路四段 25 號 11 樓

www.locuspublishing.com

讀者服務專線：**0800-006689**

TEL：(02) 87123898　FAX：(02) 87123897

郵撥帳號：18955675　戶名：大塊文化出版股份有限公司

This edition is arranged with Service de la Promotion des Lettres, Ministère de la Communauté française, Fédération Wallonie-Bruxelles (CFWB).

Service de la Promotion des Lettres hereby represents the following authors to grant Locus Publishing Co. Ltd. to translate and publish this selection of extracts in Complex Chinese edition :

Charles De Coster, Maurice Maeterlinck, Emile Verhaeren, Georges Rodenbach, Henri Michaux, André Baillon, Marcel Lecomte, Franz Hellens, Michel de Ghelderode, Suzanne Lilar, Marguerite Yourcenar, Jean Ray, Thomas Owen, Paul Willems, Georges Simenon, Francis Walder, Dominique Rolin, Jacques-Gérard Linze, Jean Muno, Hubert Juin, Conrad Detrez, Jacqueline Harpman, Amélie Nothomb.

總經銷：大和書報圖書股份有限公司

地址：新北市新莊區五工五路 2 號

TEL：(02) 89902588　FAX：(02) 22901658

初版一刷：2013 年 2 月

定價：新台幣 380 元

Printed in Taiwan

平地國的迷藏花園

LES ENCHANTEURS DU PLAT PAYS FICTIONNEL

夏爾・德・科斯特—等著 王炳東—編譯

你所不知道的比利時法語文學精華

Anthologie de la littérature belge francophone

推薦序

比利時瓦隆尼暨布魯塞爾邦政府文化部長
法蒂拉・拉南（Fadila LAANAN）

比利時法語文學在法國文學光譜旁占有特殊的位置，如今以我們華人朋友的語言展現其文學風景，而中文又處於西方現行語系的對映端，對此交流，我致上由衷謝忱和祝賀之意。

身為比利時瓦隆尼暨布魯塞爾邦政府文化部長，我很高興大家可在這本文集發現或重新發掘夏爾・德・科斯特、莫里斯・梅特林克、愛彌爾・凡爾哈倫、米歇爾・德・蓋德羅特等十九、二十世紀知名作家、亨利・米修等詩人、喬治・西默農等偉大小說家，以及其他早期和當代作家的作品。這些作品在在著墨我們的小小國家比利時是如何協助涵養文化的普世價值，而這些法語系作家又是如何持續不輟地吸引世界各地文學愛好者的目光。

當代社會正面臨種種經濟危機，威脅著我們消費主義的生活方式，文化與文學更有如象徵武器般，可抵抗某些機巧分子的操控；文化和文學也構築起堡壘，對抗單一思想的毀滅性企圖，總之，就是對抗野蠻。

這本法語比利時文學選輯並不打算將重要作品一網打盡。然而它讓人一窺這個位處拉丁和日耳曼世界交界、受到多元文化啟發的民族精神。我希望透過翻譯，它能激發大家一探形塑這些作家的寬容大度、邊緣性格和奔放情感。

二〇一三年一月

（曹慧 譯）

代序　平地國的迷境高手

中央大學法文系前主任暨所長
劉光能

一場毫無預警的電視震撼：Bye-bye Belgium

二〇〇六年十二月十三日星期三，比利時國營廣播電視法語台（RTBF①）在帶狀的晚間新聞之後，接著播出固定時段的專題報導「頭條問題」（Questions à la une），再一次探討涉及比利時國內，分據南北兩半各自與法國及荷蘭接壤，也各自以法語和荷蘭語為通用語的「瓦隆尼」和「弗蘭德」（Wallonie/Wallonië & Vlaanderen/Flandre）兩大地區與族群之間的歧見和不滿。

不同以往的是，報導開始播出之後三分鐘突然中斷，由晚間新聞的大牌主播領軍，緊急插播「特別報導」，披露正在發生的國家巨變：「……這是一個嚴重的時刻……弗蘭德正要單方面宣告獨立……『比利時』恐怕就此消失……。」這時，部門主管跟著匆匆進棚，搭配現

①正式名稱為「比利時法語文化體廣播電視台」（Radio-Télévision belge de la Communauté française）。

場報導進行即時評論。

報導不時穿插資料庫影像之外，更多的是，觀眾熟知的記者快速各就各位，在王宮、黨政議會場外和棚內連線，緊急採訪不同的黨政高層；同時進駐北大西洋公約組織、歐洲聯盟緊急會議場外，進行直播。當然也少不了街頭直擊……

比利時王室的存在不止於象徵意義，也有化解歧異、凝聚不同族群的實質意義。國王阿爾貝二世（Roi Albert II）的反應當然是搶先報導的重點，相關新聞一波緊接一波，令人應接不暇。首先透露的是，國王得知弗蘭德最高議會突如其來的單邊決定之後，立即強烈表示不予贊同，只見首相座車在緊急召見之下直奔王宮；其後，國王自責無法繼續治國，決定與王后寶拉（Reine Paola）出走，軍機待命的鏡頭隨即出現在螢幕上。中間又傳出，弗蘭德決定盡快舉行全民公投，以便公決，到底是建立「弗蘭德王國」或是「弗蘭德共和國」？是否擁立二公主艾絲翠德（Princesse Astrid）為女王？接下來，國王與王后出走的目的地終於明朗，原來軍機飛向舊殖民地非洲剛果；同時直播首都金夏沙街頭、廣場，「黑壓壓」的人群因為猛然發現過去的殖民宗主國國王竟然也有落難投靠的一日，所以競相走告、驚喜相迎的熱鬧場面……

採訪國內、歐洲、北美不同黨政高層、學者專家、演藝名人的部分，論及的議題又更具體、嚴重。內容涵蓋國際承認、邊界劃分、經濟利弊、國債分攤……。尤其最棘手的首都問題：在聯邦政體之下，「布魯塞爾首都地區」(Région Bruxelles-Capitale)和上述的「瓦隆尼」、「弗蘭德」兩大地區三足鼎立，可是地理位置夾在北半部的弗蘭德境內，有如孤島；而且，以弗蘭德裔為主的居民卻與南半部同屬法語人口，此外又是歐盟首都與眾多國際機構所在。層層疊疊，到底如何重新劃分與定位，眾說紛紜、擾擾攘攘。至於弗蘭德「急獨」、「獨立友好」，以及瓦隆尼「維持現狀」、「併入法國」等等立場人士的反應，也都在報導之列。總之，所有問題有如井噴，一湧而出不可收拾！

一個著名的脫口秀藝人面對鏡頭，不改幽默答道：「我主張併入，但不是瓦隆尼併入法國，而是法國併入瓦隆尼！合併建立『瓦隆尼共和國』，這樣不是更好？」比較火爆的是，弗蘭德的獨立宣告在國際上引發骨牌效應：西班牙東北角的加泰隆尼亞、北端與法國交界處的巴斯克、法國西北角的不列塔尼和右側海上接近義大利的科西嘉、北愛爾蘭、加拿大東海岸魁北克……等地的民眾受到鼓舞、刺激，紛紛走上街頭。狂歡、遊行示威、暴動火燒車的畫面不一而足，陸續傳回棚內。

本文在時過境遷事隔多年之後，針對事不關己甚至根本不明就裡的台灣讀者，以文字書寫轉述、濃縮比利時國營電視台當晚極具視聽臨場感、衝擊力的特別報導，相信很容易被看穿「虛構」的真相。

可是，對於當天在毫無預警的情況之下驚聞獨立行動的比利時大眾，特別是在高度逼真的前半時段，其實引發不少恐慌、憤慨。電視台的開放電話、官網留言版為之塞爆，可見一斑。而次日全國媒體頭條、歐洲國家頭版、北美與其他各國的國際版特稿……，從國內到國際政界、媒體，幾乎一面倒，盡是譴責之詞。一夜電視報導／一場電視演出居然引發這種規模的焦慮和責難，其中的理由，當然在於觸及敏感至極的政治問題、涉及國家最高的禁忌，在於族群的衝突確實存在、國家分裂的危機確有可能爆發。

其他暫且不論，這場壓縮在一個晚上、一場電影的一百分鐘之內，結合「時事現場直播」與「時事虛擬演出」，以十足「戲劇化」的模式探討兩個地區、族群之間長久存在的問題、對彼此的不滿，尤其是果真割裂、分離之後必須立即、陸續面對的難題，絕對不是臨時起意、輕率而為的鬧劇。相反地，卻是歷經兩年籌畫、協商、研究、編排的結果。其間的努力包括確認不違廣播電視法、爭取電視台高層首肯、說服記者參與以及黨政要員配合現身，並且對外嚴守祕密。

當然，也不是無視新聞倫理只顧仿造電影特效的驚悚片。而是一如一手策畫的專職記者杜堤鄂（Philippe Dutilleul）自己在播出次日立即出版，詳細交代籌畫目的與過程的六百多頁專書——《比利時再見》（*Bye-bye Belgium*）——開宗明義所言：「……在一個高收視的時段，播出一個逼真的電視新聞節目，模擬『比利時告終』的實況，立意對大眾、政界造成衝擊，並且激發全國上下對此〔分裂〕議題〔不限立場與言論〕的民主辯論。」②

補充一句：在次日至數日之內，民調對於電視台的震撼教育從原本的重度批判翻轉為高度肯定；後來，「涉案」與「牽連」的新聞記者、電視台主管、政府官員也無任何一人為此受到懲處。電視台反倒順應市場，推出全程報導與後續辯論雙DVD。而始作俑者也在事隔一年以後再度出書③，回顧、分析當夜的報導實況、各路人馬接著進棚展開的電視辯論、次日的電台辯論、前後的民眾反應；以及國際新聞界、學界一年以來的評論、研討。其中，批為罔顧新聞本質者有之，對於國營媒體竟可不失獨立自主甚至展現驚人創意，為此既羨且妒兼嘆難以效法者亦有之。

「平地國」不可不知二三事：Le Plat pays qui est le mien

一九六二年，以詞曲全才著稱的創作歌手裴樂（Jacques Brel, 1929-1978）推出一首新歌〈我的平地國〉（Le Plat pays qui est le mien）。他的作品一向詞如詩、詩同歌，不僅優雅動聽也具內涵層次，因而風靡比、法、全球法語文化圈；成名後跨足影劇演出、執導，同樣令人刮目相看。

這位也屬比利時國內不在少數的「弗蘭德裔法語人口」之一的才子寫這首歌，他的原意在於向他的出生地弗蘭德致敬。然而，這首歌實在風行無阻，加上曲中所述一望無際的平原地景——「大教堂就是唯有的高山」（Avec des cathédrales pour uniques montagnes）——同樣適用於比利時全境；於是，「平地國」的歌名從此轉變為指稱「比利時」的同義詞，流傳國內外。有點像「荷蘭」的原文國名或者法文的直譯國名就叫「低地國」（Nederland/Pays bas）一樣；可並沒有變成正式國名，而只是非正式的詩意替代詞。當然，不是沒有「毒舌」將「平地國」

② Philippe Dutilleul: *Bye-bye Belgium (Opération BBB)*, Editions Labor - RTBF, Loverval (Belgique), 2006; p. 7.

③ Philippe Dutilleul: *Chronique d'une imposture assumée – L'émission choc du 13 décembre 2006*, Editions Racine – RTBF, Bruxelles, 2008.

解為「扁平國」，以此揶揄或自嘲；不過，那是個人的風格問題，只能由他。

無可否認，在台灣，在絕大多數國人的認知裡，「比利時」這個國家只具「模糊性的存在」，更不是「浪漫幻想」或者「崇洋憧憬」的對象。一般大眾知道比利時巧克力的地位和美味冠全球，已屬難能可貴。知道比利時啤酒的口味超過一千種，每天只限一種需時三年才能品嚐完畢，更勝法國乳酪三、四百種需時一年，這樣的人差不多可以和電視名嘴同台上節目。在半睡半醒之間拉車穿越合稱「荷比盧」（Benelux）三小國的觀光客，對於「三小」之一的比利時大概只記得飛速跳點的布魯塞爾大廣場、滑鐵盧、原子球。還有，就是鼎鼎大名的銅雕「尿尿小童」實在很小；不過，（聽說）四處街角一人小店的現炸薯條香味撲鼻、酥鬆可口，撒上薄鹽或是沾上特調醬料，在寒冬趁熱吃真是人間美味。

諾貝爾文學獎的瘋狂崇拜者應當記得，比利時劇作家梅特林克（Maurice Maeterlinck, 1862-1949）是一九一一年的得主；不過，未必知道他也是出生、定居在比利時北半部的弗蘭德裔法文作家。至於以詩畫揚名國際的米修（Henri Michaux, 1899-1955），雖然時常得到外文學界專文推崇，卻往往認定他是法國人；而其實他的本籍是比利時南半部的瓦隆尼。

對於通俗文化有所涉獵的人，想必認識連環漫畫《丁丁歷險記》（*Tintin*）叢書。至於同屬超現實畫派，創意不輸西班牙畫家達利（Salvador Dalí, 1904-1989）的馬格里特（René Magritte, 1898-1967），或是「作者電影」名導之中，從二十世紀末開始嶄露頭角的國際影展常勝軍達頓兄弟（frères Dardenne, Jean-Pierre, 1951-; Luc, 1954-）、台北「女性影展」以她為主題辦過回顧展的導演艾克蔓（Chantal Akerman, 1950-），識者便可能僅止於菁英小眾了。

反倒就連對於國際局勢並沒有特別興趣的人大概也都想得起來，在二〇一〇至一一年期間，事關比利時的「國際局勢新聞」最終演變成「國際娛樂新聞」。因為無人願意出任首相之職，以至全國陷入無政府狀態長達五百四十一日之久，創下全歐現代史上無敵手的最高紀錄。連番報導之下，「弗蘭德民族主義」不想給人留下偏激的觀感也難。事實上，獨立、邦聯（confédéralisme）、聯邦（fédéralisme）、回歸荷蘭，形形色色的理念各有不同的支持者。此外，弗蘭德母語、本土文化遭到包含瓦隆尼以及弗蘭德裔法語人口的貶抑、治權受其支配超過上百年；南北的經濟力量從一九六〇／七〇年代開始反轉，過去擁有較多財富的瓦隆尼反而變成對方的負擔。如此遠因加近因，終於演變成今日的局面。

假使有人譏諷比利時只有一、兩百年的短暫歷史，很可能會遭到回嗆：羅馬帝國凱薩大帝（Jules César, 100 BC-44 BC）曾經說過，「高盧各民族之中以比利時人最為勇猛」（*Horum omnium fortissimi sunt Belgae*）。這話不是沒有斷章取義的地方；不過，明確「以比利時為名之地／之民」的信史確實長達兩千年以上，而其間千迴百折、高潮迭起，不在話下。作為現代國家的「比利時王國」的歷史的確只能從一八三〇年說起；可是，至今的國情、社會、文化變遷，也是波濤洶湧，令人目不暇給。其中的族群衝突、國家認同問題固然不適合直接和台灣「對應齊觀」，卻可「對映相比」。也所以，上述的震撼內容多少會帶給國人豈止「似曾相識」、簡直「彷若攬鏡自照」的感覺。

在台灣，在國人之中，頗多喜歡高談闊論「國際視野」、「世界觀」的人。但是，在這些「有識之士」心中，「世界」可能只具「國外」，也就是「我國以外」——那是哪裡？香港？

索馬利亞？巴西？——這種無名無姓、面目模糊的概念。抑或千呼萬喚永遠只限「美國」一國而不自覺。不願天長地久以此自足的人，無妨果真「『放眼』世界」，名副其實「解放眼界」，細看絕對不能粗略以「國外」之名一網打盡的「大千」世界。國家和人都一樣，「存在」就有被看到、被聽到的價值，有被瞭解、被愛護的權力；無分遠近、大小、貧富、強弱。

對法國文化有所憧憬卻不願受其自戀心態左右的人，無妨順勢由此向外展開雙臂，加大擁抱跨越歐、美、非……各洲，包含法、比、瑞、加（魁北克）、北非（如摩洛哥）、西非（如塞內加爾）……等國所構成的「法語文化圈」（francophonie）。無妨藉此環視這個「異質共同體」之中，因為豐富多樣所以引人入勝的文化樣貌。同時，或許也能舉一反三，從中探尋「華語文化圈」的可循方向。

至於對台灣的現實處境焦慮不安的人，與其顧影自憐外加自言自語，則不如嘗試直探譬如比利時這樣一個國家「相異但可相比」的處境和演變。「認識他者」本來就是「認識自我」絕不可免的管道。

值得「放眼」、「擁抱」、「直探」的角度很多、選擇性很大。包括涉獵文學。

針對比利時文學而言，一部經過彼岸學者精挑、此岸出版社細選，網羅全境無分瓦隆尼、弗蘭德、布魯塞爾三大地區法語達人虛構文類名家高手的短篇選集，會是一個富於文化魅力而又快速有效的切入辦法。特別是，書中又附上該國以熱情向世界推介本國文學而著名的文學博士兼文化官員所撰寫，因飽學而益智、因誠摯而動人的研析專文，更是看熱鬧、看門道皆可的選擇。

導讀　比利時法語文學

魯汶大學文學博士
馬克・庫阿澤貝①

如果在比利時王國獨立之前就開始引用比利時法語文學這個概念，依我看來的確不那麼名正言順。因此我以這段歷史時期為界來發揮本文陳述的各種觀點。旨在確定我國各個省分一八三年之前文學的本土特點的研究確實需要大量的時間和細緻的分析，故本文不擬討論諸如利涅親王（le Prince de Ligne）、科明尼斯（Commynes）、傅華薩（Froissart）或者人文主義者伊拉斯莫（Erasme）這樣的作家，後者寧可用拉丁文而不用通俗語言寫作，他和博斯（Bosch）或勃魯蓋爾（Breughel）②一樣，是「低地國」或尼德蘭而不是當時還不存在的荷蘭歷史時期的人物。如果把利涅親王納入無疑是神話的比利時法語文學的歷史，我們又該如何來談論他

①作者馬克・庫阿澤貝，詩人、比利時法語文學研究專家，長期擔任比利時文學檔案及博物館主任。本文原題為〈比利時，法國以外最早的法語文學〉（Belgique, la première des littératures francophones non françaises），寫於一九九一年。應譯者的要求，作者於新世紀初補充了本文最後的章節「走向自我意識的時代」，提供了新的資料和內容。

呢？要知道他當時還是日耳曼民族神聖羅馬帝國的一位親王，但他同時也屬於法蘭西文學界！可是利涅不是伏爾泰、狄德羅、盧梭，甚至也不是孟德斯鳩。他屬於另一段歷史。對科明尼斯或傅華薩的看法更有爭議，他們都是今屬比利時省分的臣民，這些省分曾一度歸併於勃艮第王朝，但都具有明顯的地方色彩。科明尼斯還先後服侍過勃艮第公爵以及作為後者死敵的法蘭西國王。這一切都需要進行仔細的研究，無論如何切忌作出匆忙的結論。

本文首先試圖剖析我國文化的歷史根基，以及它們近一百五十多年以來對最具有代表性的作品帶來的影響，然後勾畫出這段歷史時期的重大軸心線。依我看來，有三個時代可以說明我國文學發展的特點：第一是向心時代，一八三〇年起至第一次世界大戰。第二是離心時代，從第一次世界大戰一直延伸到以（比屬）剛果非殖民地化為標誌的二十世紀六〇年代。至於第三即我們當今的時代，歷史將告訴我們它是否會成功地實現辯證的回歸。

怎樣的獨立？

一八三〇年秋布魯塞爾上演歌劇《波蒂奇的啞女》（*La Muette de Portici*）③引發的一系列騷動中，比利時贏得了獨立。比利時的獨立與其說是爭取得來，倒不如說是自然獲得的，而且一切都發生得那麼迅速。雖說在布魯塞爾公園和奪回安特衛普的戰役中（法蘭西全力參加這場戰鬥，貝利雅伯爵指揮了軍隊）流過血，但可以說比利時獨立基本上避免了流血。這種情況在歷史上是很罕見的。像荷蘭或波蘭這樣的國家深知這一點。它在人們心中留下了深刻的烙印。這種影響有時是好的（阿爾貝國王在第一次世界大戰中克制自己的部隊，反對窮追猛打的進攻原則），但有時不見得是件好事（流血會使人民團結起來，因為在反對敵對勢力的共同戰鬥中人人表現得同仇敵愾）。

比利時獨立的取得輕而易舉，也不合常理，因為它是以犧牲波蘭為代價的。當時這個國家阻擋專門前來鎮壓獨立的沙皇軍隊。獨立之所以出奇的迅速，原因是荷蘭部隊經過幾天戰鬥後就撤退了，根本沒有經歷長期、緩慢、艱苦的鬥爭過程，而正是這種過程才會鑄造和形成各個民族國家，使它們逐步得到強烈獨特的自身存在意識。這個年輕的國家（比利時）從而免除了一般國家，尤其是現代國家得以誕生的分娩過程。統稱為荷蘭的各省分以及組成比利時各省分的不同情況——還有不同的組織形式！——在這方面具有代表性。這些省分在十六世紀初已形成統一的整體，即十七省集團，是由查理五世（Charles Quint）在其父「美男子」菲利普（Philippe le Beau）勃艮第王室遺產的基礎上建立起來的。

十六世紀還提供了理解後來比利時省分特殊性的幾把鑰匙。正是在那個時候形成了構成

②博斯和勃魯蓋爾均為尼德蘭中世紀晚期的畫家。博斯的畫多表現人間罪惡，風格怪誕，曾影響二十世紀初的超現實主義藝術家。勃魯蓋爾深受其影響，所作油畫和版畫多反映農村生活和習俗，是弗德蘭畫派最重要的代表人物之一。

③該劇充滿愛國激情的演出，觸發了一系列的騷動，布魯塞爾等地民眾紛紛走上街頭，經過短暫的戰鬥，驅走了荷蘭占領軍，從而導致比利時的獨立。

現代獨立國家前提的自主性。也正是從那時開始養成那種把權力視為與人民真實生活脫節的根深柢固習慣，因為權力是由遠方和國外的親王所實施和控制。如果人們還知道這些領土在過去被稱為這一方或那一方的國土——這取決於人們從哪個大的實體審視——那麼就會更容易理解這種新的變化只會進一步培植產生與在法國盛行、全然相反的身分認同觀念的土壤，這個土壤還會產生純想像和雙重性的文學，以及以身分問題和以合理和現代的方式從結構上解決身分問題的無能為天生標誌的一種政治。反宗教改革運動對舊荷蘭南方省分[4]巴洛克式的控制，賦予了這些歷史因素所需的精神上和形式上架構。

十六世紀中葉，舊荷蘭要求特別在宗教問題上實施與西班牙完全不同的特殊待遇。拿騷親王紀堯姆·德·奧倫治（Guillaume d'Orange）由於繼承了查理五世部分矛盾的精神遺產而更加強了這種特殊性。這種訴求原本不具有革命性，「權貴們的妥協」的提法概括了這一點。

荷蘭很富庶，但厭惡會造成各種類型的現代權力集中形式。這個國家喜歡輕易得來的錢財以及隨之而來的傲慢勁兒。從商業上和文化上，它比歐洲其他地區更發達，但從來不知道在法國和帝國之間作出抉擇，也拒絕走向自主的具體手段。西班牙和教會在反對新教的鬥爭中掌握了十七省中最富饒的省分，即南部諸省。對這些省分來說，流血等於白流，流的只能是被征服者的血。對建設和維持現代國家必要的心態基礎，對它們永遠是遙不可及或者是應該受到懷疑的。當它們的獨立和經濟發展允許它們成為現代國家時，在其上建立起來的類似實體——這裡指的是法國或英國、瑞典或荷蘭（西班牙是較為複雜的例子）——的堅實基礎反倒不存在了。

這是因為有一天將構成比利時的這些省分的人民沒經歷過有助於建立現代精神的社會、經濟、道德和心理結構。它們不僅遠遠沒有認識到這些結構逐步卻充滿矛盾的發展過程——但矛盾可以幫助成長！——反而不得不發展與現代精神相違背的倖存心態。瑪格麗特・尤瑟娜（Marguerite Yourcenar）在談論她祖先的精神時，在其《虔誠的回憶》（*Souvenirs pieux*），尤其在《北方檔案》（*Archive du Nord*）一書中，很有說服力地談論了這類行為舉止。兩個世紀的外國占領和與某個中心⑤脫鉤的狀態留下深刻的烙印。特別是頭一個世紀（即十七世紀）基本上是蒙昧主義時期。只有瞎子才會吃驚地看到，一七八九年的布拉邦革命⑥和同時在法國發生的那場導致統一而不可分割的共和國誕生的革命，是完全對立的。在「比利時－省分」（provinces-Belgique）爆發反對奧地利親王的起義，在很大的程度上旨在奪回古老封建國家的特權，而這正是具有啟蒙思想的君主意圖加以粉碎的，他一心想在其領土上建立一個合乎理性和功能性的國家集團。

但時間上的吻合使一七八九年這場起義動搖了奧地利統治下的荷蘭，至少在初期有助於法國革命思想和軍隊的滲透。先是（法蘭西）共和國，接著是帝國在比利時的省分，尤其在

---

④指今比利時各省分。

⑤指法國。

⑥法國大革命爆發那一年，在相似理念的啟迪下，在布拉邦地區的布魯塞爾和列日也發生了類似革命，但性質截然不同。

菁英分子之間打下深刻的烙印。他們找到了一個模式，一八三〇年的憲法從這個模式中得到了啟迪。但是這種影響來得太迅速，也來得太遲了。

可是這種影響遠遠沒有觸及到全體人民，也受到未嚐到法國自主教會和英國聖公會甜頭的教會的頑固抵制。從某種意義上說，人們在一八一五年才深刻意識到這種分離狀態。當年的維也納協議千方百計想重建舊荷蘭，這樣做簡直忘記荷蘭和比利時這兩個實體根本上已經變成異質了。而之後一八三〇年的起義在荷蘭王國特有的語言因素（荷蘭王國操尼德蘭語）和宗教因素（當時絕大部分荷蘭人信仰喀爾文教）之外，還加上對荷蘭國王喜愛的集權主義和對蘊含集權主義並為如科克利爾（Cockerill）⑦一類工業大資產階級所擁護的現代邏輯的排斥。

比利時獲得獨立的時間，說起來和設想起來都比應有的要少得多，但它卻建立在極其含糊不清的基礎上。另外比利時的獨立也很快得到第三國，主要是法國和英國的保證。這兩者圍繞這個戰略地帶不得不講和，因為哪一方都不願看到另一方擁有這個地帶。因此這個新生國家從一開始就處於別國的保護之下，必然與不完全符合其願望的外部力量妥協，而依據其願望，它本來也許可以給自己造就另外一段歷史——怎麼說都是一段更少外部標誌的歷史。而當比利時人決定擁戴（法國）奧爾良家族的一個親王為國王時，倫敦斷然反對，建議把王位交給德國的一個親王，即瘋狂愛上本應統治英國成為女王的一個女人的鰥夫。後來他再婚時倒是娶了奧爾良家族的一位公主為妻。從此其家族開始講法語，子孫後代也成了天主教徒。

富於創造性的幻想很快地讓位於外交的理性。荷蘭國王斟酌利弊後，從一八三九年起接受了比利時的獨立，同時卻要回荷屬的林堡和以後的盧森堡大公國。對於這個新生國家，除了領土被割讓以外，還得接受由其保護國英國和法國特別保證的絕對中立條款。這個國家的存在很大程度上是第三者的產物。其形象的構築也取決於這一點。這一切對（國家的）歷史和（人民的）心態都留下了痕跡。只有在別人話語中才存在的該是什麼樣的一副面貌呢？空心的身分、與真實相背離的歷史關係、對言詞的不信任感、對圖像的特殊愛好和對瞬間的執著追求，這一切在很大程度上來自於被大肆宣傳的一種特殊地位，這種地位給操法語的比利時人下了定義。

這個新生國家擁有一部卓絕的憲法。不用說它是僅用法語寫成的。這部憲法卻表現為當時最為自由的憲法。這份理想的文件使比利時各省分的經濟得到空前的發展。在十九世紀末，這個三萬平方公里的小國成了世界排名第二的經濟大國！

但是這部自由的憲法是本來意義的上層建築。它有利於創造現代經濟良好發展所需的條件，卻未帶來對人民的社會管理結構的深刻變化。這些結構在促使資產階級現代國家的夢想發端的東西出現之前就存在了，根植於十六世紀以前的中世紀，那是後來的比利時各省分歷史停滯不前的時代，也正是長達兩世紀的外國統治下個人的倖存和管理得以實現的那種結構。這些結構建立在市鎮和地方權貴的基礎上，在很大程度上源起於教區和宗教團體，也來

⑦比利時工程師和工業家科克利爾在列日成立第一家機器製造廠，從此開始比利時現代工業的繁榮期。

自於行會的模式。這一切都預示作為國家真正基礎並被比利時人稱為「家族」時代的來臨。

比利時不是現代意義上的國家。構成國家的真正基礎不是由民族提供的。國家機器既不屬於國家也不屬於私人，它是「家族」性質的，先是自由黨人和天主教黨人，後是社會黨人的「家族」，他們在獨立的時候給自己提出了一個口號，即「團結就是力量」這個格言。十九世紀末社會黨人家族開始走上舞台時，它正是根據天主教教會的榜樣，按照與國家平行的家族模式而組成的。由此它就可以輕而易舉地控制和幫助那部分不信教的群眾。這樣做的結果使得自由資產階級與國家相聯繫的世俗化的部分夢想化成泡影。

比利時的獨立未能導致造就法國式真正的民族意識。它誕生了絕非偶然被稱為「聯合」、脆弱的一個國家。還能用別的詞來稱呼這種功能性的上層建築嗎？其機制朝向同一方向，但它所攪和的東西卻繼續有利於不協調的發展，而後者完全符合整個民族的願望。國家結構表現為毫無能力填平由它自身引起的經濟發展所產生的心態和來自以往時代特有行為的心態之間產生的鴻溝。國家機構尤其透過世俗資產階級和天主教資產階級之間勉強簽訂的和約，使這些行為得到了加強。

教育方式、對民眾日常的管理手段（從出生到死亡），國家財富——有限卻實在——的再分配，這一切都在逐步破壞建立在法律面前人人平等的法治國家基礎上的現代民族意識。之後對一八三〇年憲法不斷的改革體現了這樣的特點，即把絕對矛盾的成分添進這些改革的傾向……

與法國維持怎樣的關係？

如果在上述比利時特殊性的最初表現再加上與法國關係的處理方式，人們就會覺察比利時現實的結構性的模糊表現得尤其突出。這一點不僅適用於作為文學物質基礎的出版業，也適用於知識分子的地位或者與語言的關係。

在獨立時期，在出版方面，比利時堪稱盜版的天堂。人們在那裡印刷在法國編輯的書籍，印量大且價格低。大量廉價書籍祕密通過邊界暢銷到法國去。從一八五二年起，這種現象有所改變但並未絕跡。比利時確實重視翻印法國王室書籍檢查法禁止出版的書籍，尤其是維克多・雨果的作品（包括《悲慘世界》），以後的巴黎公社社員也享受同樣的好處。

在與書籍的關係方面，法國和比利時的特點截然不同。這種關係屬於十九世紀末自由競爭的範疇，但由於各自的歷史根基，越來越顯示出兩國極其不同的心態。比利時是印刷商的國家，從嚴格意義上說它不是一個出版商的國家。比利時出版社首先需要使其印刷機器最大限度地運轉，從來不給自己規定去選擇大膽、正經、啟發創造性……以及容易與當局引起麻煩的書籍。它們都是些在舊制度下生意繁榮的家族繼承人，提供一些熟練的印刷匠工作機會，同時提供眾多的讀者體面的讀物。

比利時在經歷盜版盛行期及反對鎮壓的鬥爭之後，合乎邏輯地轉為專事宗教書籍、兒童讀物和連環畫的出版——一切可以大量印刷、容易推銷的書種。而那時的法國則——絕對地在法語界的範圍內——把文學和文學認可的壟斷權據為己有。這有什麼奇怪呢？從現代意義上來說，作家誕生於十七世紀的法國。作家的形象接替了神職人員的形象。也使義大利和舊荷蘭鍾愛的人文主義者形象黯然失色，因為後者既不符合現代國家的邏輯，也不符合通俗語言勝利推進的趨勢。

法國教會的統一和伴隨而來的法蘭西語言的規範化，輿論報刊的誕生和書商——出版商的大量湧現，確實使一種個人典型脫穎而出，沙特在三個世紀以後，在他享譽全球的巔峰時刻為它描出了一幅肖像。這種現象，在十八世紀的法國尤其突出。而一八三〇年以比利時名義集合起來的領土，只是間接和少量地瞭解這些現象。

在巴黎沙龍鼎盛時期由（奧地利）瑪麗－苔萊絲皇后在布魯塞爾建立的科學院[8]，基本上是一些學術團體的集會場所，文學幾乎沒占什麼位置。如果利涅親王一直沒被列入十八世紀法國作家的行列，那是因為他屬於和法國王朝歷史不同的另一段歷史。利涅不是盧梭、狄德羅、伏爾泰，甚至也不是孟德斯鳩。他呼吸——也啟發了——十八世紀的輕佻氣氛，他並不因此把自己內化為潛在的雅各賓式大革命前的形象。他首先是一位親王，也希望人們這樣對待他，儘管他不乏優雅和自嘲。他效力於一個外國王朝，自然不會贊同民族思想。在他那個時代，作為天生講法語者，如果要自始至終維持這種既現代又中世紀的角色，他只能是「比利時人」。

在法國和比利時寫出來的作品之間不斷形成一個相互聯繫和移位現象的錯綜複雜網絡。不過總有一些書籍流向比利時的省分，從而傳播了文人的象徵性形象。它們給比利時人帶來使他們羨慕不已的模式。誰不知道一切只有得到巴黎的認可才能算數？但是在比利時，一旦離開上層社交界和世界主義者的圈子，這些模式就會碰上一堵彬彬有禮又頑固執拗的冷漠之牆；因為這些模式來自於真實世界的另外一種組織形式，不管是政治上還是文化上的。

除了這種象徵上的停頓現象，還應加上我們共同使用的語言內部的同樣現象。作為一半人口以及往日王國所有菁英分子使用的母語，法語在比利時的學習與掌握基本上是透過法國的文學模式。這種模式的想像力和同樣深受反宗教改革影響、而且還是雙語制的巴洛克國家比利時沒有什麼關係。法蘭西語言在十七世紀實現規範化之後，它講述的是世界上最集權化、最協調一致的國家深層結構的歷史：即被人統稱為笛卡兒式的世界觀……

但比利時一直是羅曼語的領地，操法語的比利時一直講同一種語言，雖則是母語，但它卻越來越不是其自身歷史的結果和載體。比利時人從而擁有一個卓越的工具來面對世界，他們對之崇尚備至，遠遠超過對它的真正擁有。對語言的需求不斷內化，伴隨語言和真實世界越來越扭曲的現象，勢必對歷史產生不利的影響。絕對不能嘲諷、不能創新或者否定既存的東西！人們離巴黎很近，一切仰賴巴黎。不管發生什麼事情，法國似乎還是最後的救星。從多孔的自主化過程裡流出來的東西，只剩下很少的痕跡。在一些短暫的時期裡，懷舊情緒、否定一切的欲望、（和法國）合併的渴望曾經風行一時。

---

⑧全稱為科學、藝術和文學院，至今仍存在。

這一切給操法語的人在管理國家和處理語言問題方面造成了極其難堪的局面。

言詞和事物之間這種蹩腳、很少被人認為是理所當然的模糊關係，在比利時卻生成不可否認的美學特殊性。神祕現實主義這個對法國人來說甚為奇特的概念，就是這方面最好的例子。象徵主義的盛行、比利時超現實主義的獨特性，則是另一方面的例子。這些創新事物的傳播仍然要透過一個中心，即巴黎。在那裡，這些創新根據不同時尚，被視為討人喜歡的異國情調，或是最好不予置評的怪物。「比利時雲霧」這種法國報刊在描述其北部⑨文學事實時所採用的流行說法，表明一個世紀以來，並非是誤會，而是由於深刻差異而倉促形成的一種看法。

這種差異頑強地抵制法國的理性精神，其程度尤因這種差異來自於其語言本身，來自於地理上相距最近的土地，即本來可以——而且本來應該——成為其省分當中的一個而更加強烈。在巴黎，應該如何對待在大部分文字和語言裡表現出來的這種空心的身分認同？比利時人心中都有一種空虛感，一種不存在感，一種應以這種或者那種方式加以補償或處理的不確定感。不管是象徵的、實在的、還是語言的，他們的土壤都「支撐」不住了。在事實的沖刷下，有不斷垮下來的危險。因為這是極其鬆散的結構。

語言的這種嚴實性和缺乏音樂性的特點，反映了語言均一地區所不熟悉的一種恐懼心理。兩種截然矛盾的語言和文化在組成今天比利時的這塊土地上共處了兩千年。不管在布魯塞爾市法語存在的規模，還是從「禿子」查理⑩時代以來一直是法國領土的埃斯科河⑪左岸法語堡壘的分崩離析，兩種文化的疆界從羅馬帝國時期起就沒有變化過。這種共處的局面既是穩定也是不穩定的，其組織形式有待改進，給每一個不管操荷蘭語還是操法語的人都帶來對其語言的不確定感。它在表現形式上往往導致裝腔作勢、失語症或因循守舊。也使三十多年來在內部政策上，弗蘭德的訴求越來越急切。

這一切的深處還存在著一種焦慮：即一種語言不斷面對從深層結構來說與其相反的另一種語言時所產生的焦慮。更加嚴重的是這種不安情緒接著還傳播到——甚至反映到——國家的政治組織形式。這種狀況跟法國很不一樣，在那裡，法語的主導地位還由於法蘭西民族的神話和協調一致的組織形式而得到加強。不要忘記，法蘭西思想在不同制度的更迭中一直得到維繫和加強，它超越了這些制度。而我們面對的卻是完全對立的比利時現實，甚至連其名稱本身也不斷成為問題。整個集體不擁有象徵的抗衡力量來應對不斷自我分散的傾向……這是一種日常和社會學意義上有礙進步的形式，最好從這點出發對此加以研究。

怎樣的文學？

應被視為除法國以外最初的法語國家文學的比利時作品，是在極其特殊的物質和精神背

---

⑨比利時位於法國的北部。
⑩法國古代國王。
⑪埃斯科河發源於法國，經比利時的根特和安特衛普，在荷蘭境內流入北海。

景下產生的。在法語國家理念頗為盛行的今天，這也許難以想像。作為這種文學得以立足發展的時代，就是民族文學浪漫主義思想的時代。這個時代對弗蘭德⑫頗為有利，它在其中找到了捍衛其語言的力量和符合其內心幻覺的神話養分。而比利時的法語作家在與這個運動較量中，並未擁有自己的語言。他們不得不透過堪稱具有普遍性且是跨民族的語言，來強調他們的自主性和表現他們奇怪的歷史，而這個語言卻模範地反映了一個民族——而且是道道地地的一個民族的歷史。

這種奇異的出生背景，即我試圖揭示的作為其自身存在的那些前提，直至今日還在比利時人當中產生對其自身文學一種排斥的感情。弗洛伊德好像說過這是一種令人擔心的奇怪現象。比利時操法語的人難道不是世界上唯一不講授——或者只停留在口頭上，而且言不由衷地講授——自己文學作品的文化群體之一嗎？而這個文學卻內容豐富，而且很有意思。好像這種強調自身文學的作法構成對法蘭西極大的冒犯！

比利時法語文學長期執意不用自己的名稱，本來它由於王國操荷蘭語的人也在談論弗蘭德文學而可以變得更加振振有詞，其結果使得比利時法語文學產生極其奇特的作品，其中有相當一部分與法國文學模式絕不相容，卻也表現為沒有能力承擔其自身使命。誰否認自己的本名注定要被拋棄。誰在每個時代一再給自己發明一個新名稱，其命運也好不到哪裡去。當大家知道在比利時有爭議的身分問題已比任何地方更成為虛無狀態的核心時，人們很容易料想到這種作法帶來的災難性後果。同時人們也會從裡頭覺察到一種根本性的特點，以及和法國道路毫不相同、某種類型的創造性泉源。

拋開他們歷史上不同時代艱難曲折的歷程，可以把比利時法語作家分為三大類型。每一種類型指的是與語言發生關係的模式。我已指出語言一直是作為一種虛無狀態、不確定性、現實蹩腳的表象被體驗的。在似乎缺乏生命力的這個軀體上，作家可以選擇如何「處置」它。他隨後選擇了巴洛克主義。從夏爾・德・科斯特（Charles De Coster）到讓－皮埃爾・魏赫根（Jean-Pierre Verheggen）⑬，這種選擇貫穿我們整個文學界。作家千方百計使詞法變得眼花撩亂，並且在文學素材裡注入來自於古老語言、下層語言、甚至外國語言的各種詞語。作者還可以接受語言的虛無狀態，並決心遷就它。其作法是利用語言組織，進入其表層下面事物的深處。目的在於接觸到語言無法表達的真實，這個真實像幻想一樣一直糾纏著這類作家。象徵主義作家的實踐、二〇年代布魯塞爾先鋒派的工作、米修（Michaux）的道路、梅特林克的經歷——一直到他的文論無窮盡而又無結果的追求——這一切都是這種態度最為明顯的痕跡。

第三類的反應則是「死死抓住」已經消失的語言，這些作家認為語言的虛無狀態應歸罪於其不肖子孫，他們企圖以嚴格遵守語言規範來補救，從而決定努力以比法國更為純淨的方式寫作。絕對不允許自己擁有前兩種傾向的那種自由，他們可以在語言的海洋裡暢游，這種傾向以不容置疑的、常常是絕望的忠誠態度來執行一切規則。這樣做有時會產生令人吃驚的

---

⑫比利時講弗蘭德語（即荷蘭語）的地區。

⑬魏赫根（1942-），比利時現代作家。風格奇異獨特，善於冷嘲熱諷。他一反常規的寫作方法，在文章裡大量使用口語、俚語、地方語甚至生造新詞，文字光怪陸離，被認為是一位文壇怪才。

絕妙效果。一九五八年龔古爾文學獎授予了佛蘭西斯・瓦爾特（Francis Walder）的小說《聖日耳曼或談判》（*Saint-Germain ou la négociation*），該書表現了語言美妙的音樂性，其語言的清澈程度遠遠超過拉法葉夫人，其古典主義比尤瑟娜更加純正。作者出身軍人世家，其同輩人都是些像漢斯（Hanse）、克雷維斯（Grêvisse）這類偉大的法語規範語法學家。他們是如此酷愛總是那麼接近、又那麼遙遠的奇怪母語，以至於想把這個語言所有的祕密和奧妙告訴給別人。

來自於這樣的前提，我們的文學史首先且必然走向完全格律化的學院主義道路，走向被認為是出於民族目的謳歌往昔光榮歲月所謂歷史劇的道路。但是這些年代卻分割成無數的封建小王國。在第一個比利時人統治的王朝，人們主要閱讀弗蘭德小說家亨特里克・孔西昂斯（Hendrick Conscience）[14]的法文譯本……其作品屬於瓦爾特・司各特（Walter Scott）的流派。但其浪漫主義的長期目標勢必助長操法語者的自咎心理。奇怪的拐彎抹角早就有了！歷史又一次以清楚不過、但又拐彎抹角的方式表現出來。歷史對操法語者來說是一種困惑，是縈繞他們腦際的奇特幻影。在他們的作品中，對歷史性描述技巧的掌握很少是他們的長處。最近的例子是，一位荷蘭語作家雨果・克勞斯（Hugo Claus）[15]在一九八七年出版的《比利時人的哀傷》（*Le Chagrin des Belges*）一書中，描寫了某種比利時生活中出現、隱蔽但常見的法西斯化現象。人們在書店裡爭相搶購這本書。

反常對反常，這種文學史卻正是依靠歷史小說這種形式找到其真正的支撐點。由夏爾・德・科斯特執筆、費里希昂・羅潑斯（Félicien Rops）插畫的《烏楞斯皮克傳奇》（*La Légende d'Ulenspiegel*）是一部奠基性的著作，其性質以及書中講述的歷史揭示了我們文學的特殊性。

為了證明這一點，只需把這部著作和其他國家文學同類的作品加以比較就知道了。

單就這部著作受到承認這一點，對我們以錯位為特點的文學具有象徵的意義。例如，《烏楞斯皮克傳奇》和義大利的《神曲》不同，它當時並不被視為一部奠基性作品，也不被視為一種突破。或者說，即使它被如此認為——這一點是不能排除的——其結果也會立刻遭到群起攻之。完全是學院式和循規蹈矩的比利時當局，在一八六七年拒絕了這部蔑視其教條和偏見的獨特作品。也沒有出現當時環繞《熙德》⑯一劇那樣的論戰！這樣的判決似乎是無可挽回的。十二年之後，作者黯然去世，被遺忘且未得到世人承認。

法國對此也一樣毫無反應。儘管德・科斯特對福樓拜或龔古爾兄弟的作品頗為熟悉，但其著作與他們相距甚遠，《烏楞斯皮克傳奇》是一部反典型的著作。對法國的感受能力來說難以歸類。這部有些離經叛道的作品攪亂了巴黎人的習慣，尤其是它是用法文而不是用另一種外國語寫成的。對於習慣於認為只有來自巴黎的東西才是最好的那個時代的讀者來說，這種語言又能代表什麼呢？巴黎難道不是世界的中心嗎？人們最多會自然聯想到拉伯雷的風格。

⑭孔西昂斯（1812-1883）為弗蘭德作家，參加過一八三〇年比利時民族獨立運動。他最有名的小說《弗蘭德的獅子》描寫十四世紀初布魯日市民起義反抗法國騎士的經過。

⑮雨果・克勞斯（1929-）是比利時弗蘭德文學的奇才，當代世界上用荷蘭語寫作最知名的作家之一。

⑯十七世紀法國劇作家高乃依著名的古典主義悲喜劇。演出時受到當時反動教會和御用文人的攻擊，引發一場關於戲劇法則的大論戰。

法國沒有選擇這位作家滔滔不絕、有血有肉的文風。《烏楞斯皮克傳奇》看來好像是用外國語寫成的。這部書令人擔心的奇異效果表現得極其充分。這是比利時法語文學第一部有意義的作品。語言和形式不規則的漫長過程中產生的第一部作品。

對《烏楞斯皮克傳奇》的接受因而被推遲或錯開了。在比利時，按慣例需要等到下一代才能使作品從被遺忘的角落冒出來，才會被厭棄粗俗無知氣氛的人們視為一面旗幟。這部作品是在以後才站住腳跟的。在法國，它一直未能進入十九世紀偉大作品的殿堂，儘管它在今天已被列入教學大綱裡。以俄語或法語改編的電影作品，在具有強烈國家傳統的國度裡真正發酵，同時各種譯本很快地紛紛出現，在許多不同的國家得到了真正的成功。

的確《烏楞斯皮克傳奇》打破了法國美學的範疇。雖未顛覆卻動搖了其模式。這部散文體、近五百頁的長篇作品好像一部歷史小說。但不應局限於這個定義。這不是雨果式，也不是瓦爾特・司各特式的作品，甚至不是福樓拜的《薩朗波》！在好幾個場合裡，這部傳奇——應該斟酌選用的詞——倒是更接近於史詩，但它又過於像流浪漢文學，以至於不能套入可以上溯到世界抒情詩流行時代的模子。

《烏楞斯皮克傳奇》這部大部頭著作的語言跌宕、風格詼諧，有時也有些哀歌情調，取材於十六世紀荷蘭充滿殘酷和矛盾的歷史。要理解這部著作，應該首先研究其主人公蒂爾，即法國人稱為「淘氣鬼」的人物。如果把他的姓名分解開來，意思是「鏡子和貓頭鷹」……蒂爾是一個天生的叛逆者，具有一貫的雙重性格。他樂觀調皮的天性被蘭姆・喬德札克這個笨頭笨腦裝瘋賣傻的搭檔襯托得更突出了。後者簡直是荷蘭笨重性格的化身。蒂爾是反對西班牙占領的反抗運動的靈魂，是位可怕的游擊戰士。他以嘲笑一切權威的同樣勇氣，不斷與自己的成長過程保持距離並加以嘲諷。作為一名自由主義的英雄，從概念的嚴格意義上來說，他並不創建什麼。正相反，他的態度決定他不可能創建什麼，只能把創建無限期地推遲。因為當歷史把創建的結果強加於他的國家時，真正的創建並未發生。

書名表明故事發生在弗蘭德（應按字面的古代意義來理解）和「其他地方」（ailleurs）⑰難道是偶然的嗎？德・科斯特一開始不是夢想寫出一部「殖民地」小說，卻發現自己沒有這個能力嗎？深入歷史的底層對他來說的確是不可缺乏的。但這並不會使他的意圖局限於地域性或者可識別的地方。他的作品的故事只能在臨近於無所在的某個地方展開。而且在書的末尾，主人公的處所正位於劃定以後的比利時領土邊界以外的地方。烏楞斯皮克從澤蘭群島這個幾乎飄浮不定的空間、但具有深刻反叛精神的地方，注視著「比利時祖國」。一些精靈提醒他在北方和南方的土地之間，有「死者／鮮血的聯盟／那就是埃斯科河」。作品以最後的一個轉折結束：當恭順的牧師急於讓人埋葬昏睡三天的大個子無賴時，他卻醒過來了，他召喚其伴侶奈麗，告訴她烏楞斯皮克即「精神」，是不會被埋葬的，然後走開了。「但誰也不知道他會在哪個地方唱完他最後一首歌。」

---

⑰《烏楞斯皮克傳奇》全名應為《烏楞斯皮克和蘭姆・喬德札克在弗蘭德和其他地方的英雄式、愉快、光榮的傳奇和探險記》（*La Légende et les aventures héroïques, joyeuses et glorieuses d'Ulenspiegel et de Lamme Goedzak au pays de Flandre et ailleurs*）。

創建而又消失，位於某處卻近於超脫時空之外，這也許是從十六世紀以後留給比利時操法語者的沉重遺產，這個遺產在以後的時代裡有各種變體。其神話般的存在在蓋德羅特（Ghelderode）、梅特林克或威廉斯（Willems）的作品中都可以找到。在瓦爾特或尤瑟娜的古典主義筆下，也多次被體現出來，這證明這分遺產的重要性，也揭示其揮之不去的力量。現代意識的發端在這裡並非無辜地被破壞掉了。

和義大利不同，儘管其歷史也一樣被西班牙中斷過，未來的比利時並未擁有庇護一世那樣的教皇繼承人和拉丁傳統的庇護所，也沒有像《神曲》這樣的語言大廈。這部著作，在文藝復興之前超越了四分五裂的國家局面，神奇地創建了義大利語。而法語的命運卻操在巴黎手中。從十六世紀末起，語言在那裡經過決定性的琢磨，在十七世紀成形，而在十八世紀最後完成。羅馬帝國在未來比利時的一些省分打下的古老印記對此也無能為力。歷史把我們的省分和這種有機的發展分隔開來，只是在事後和不間斷的時差效應以後，這些省分才注意到這種發展。這就解釋了我們為何能夠堅持使用古代詞彙的原因，也解釋了為什麼法國人對「比利時用語」的諷刺挖苦，以及比利時人創造的文學形式總是顯得那麼怪異的原因。語言對他們來說，難道不是在很大程度上由另外一種語言造成的嗎？

在他題為〈貓頭鷹〉的序言裡，德．科斯特非常具邏輯性地表明他刻意賦予他寫的這部奠基性作品以語言的生命力。為此，他運用了十六世紀的一些語句形式，他只是回溯到比利時主體與語言「自然」（即歷史）的發展相隔絕的那個時代。人們知道這種斷裂不會導致自主性的發展，而帶來一種焦慮的態度。這種態度使得比利時「考究」的語言經常帶有僵化的學院式腔調。因此德・科斯特超越過去幾個世紀的語言進行大膽的探索，那個時代的語言雖則是母語，但已變成人為、簡直是陌生的一個軀殼。他選擇的時代是其語言仍然屬於我們自己、依然有生命力的那個時代。

除了這種對語言重新把握的意願，德・科斯特還企圖對他的作品進行架構，這使他接近巴洛克流派。但是使用馬萊伯、伏爾泰、福樓拜或司湯達的語言，如何才能做到這一點呢？這樣做有時是要冒風險的，因為法語主張抽象和簡潔。而在比利時，人們對這類修飾手段只有一些皮毛的認識。德・科斯特的寫作注重實體性和美術性，他給自己構築了一個副產品和保護欄，讓他的著作配上老搭檔費里希昂・羅潑斯一系列銅版插圖。

這個事實值得引起注意。他身後發生的事情證實了這一點。埃斯康普（Elskamp）以木刻來給其作品配圖。德・波塞爾（De Bochère）搞水彩畫。朵特勒蒙（Dotremont）運用詩和畫發明了符號詩體（logogramme）的形式。米修選擇既寫詩又作畫。馬格里特（Magritte）[18]離開了努杰（Nougé）就無法真正理解自己，而努杰則看到馬格里特實現了他夢寐以求、「震撼人心的實物」。埃爾熱（Hergé）[19]發明了小說式的連環畫。還可以舉出無數的例子……比利時的文學在文字和圖畫之間不斷發展一種特殊的關係。這是他們對語言的悲劇最為深刻、最為奇異

---

⑱勒內・馬格里特（1886-1967），比利時有名的超現實主義派畫家。與詩人努杰交往很深，互相影響。

⑲埃爾熱（1909-1993），世界著名系列連環畫《丁丁歷險記》的作者。

的回應之一。這種語言是作為規範和缺少方規的主體被感知的。

被人戲謔地用「穿彩衣的丑角」來形容的十九世紀末的比利時散文，以其自己的方式圍繞著這些問題打轉。艾克豪特（Eekhoud）或勒莫尼埃（Lemonnier）的敘事作品以夢幻的意志和力量為特點，有時竟至超出敘述的客觀性。他們都很關注詞彙乃至語法的獨特性。他們不怕採用陳舊、比利時韻味的詞語，也不排斥招人耳目的新詞。由於不擁有埃斯康普曾經盼望過的自身的語言，或者說他們還沒有真正根植於自身的語言，十九世紀末的比利時人企圖賦予他們從祖先繼承下來的詞語以新的形體。他們對詞語倍加修飾、百般拿捏，雖然他們已經失去這樣的習慣。這樣總比像穿上上漿的現成西裝那樣學習語言要好得多。這樣也能使他們易於和巴黎保持距離。在當時，王國的繁榮無疑是有利的條件，這樣做似乎沒有引起任何負罪感。雖然凡爾哈倫最後還是修改了其充滿野性的偉大作品……

對語言喬裝打扮的創作大膽觸及了語言本身。經過第一次世界大戰的災難之後，這種現象就不那麼普遍了。在比利時法語國家的夢想破滅之後，釋放了一波負罪和崇敬的衝擊，這在一切文學創作活動方面尤其引人注意。《烏楞斯皮克傳奇》出版後，在比利時文壇早已存在的夢幻主義（《傳奇》以七大罪惡的出現而結束）更加流行了，導致怪誕文學或魔幻寫實主義的誕生，而超現實主義的極端性潛伏了象徵主義。可以說，一種良心的自責籠罩著比利時的文學創作活動。從而自然產生那個時代文學一種隱蔽的生命形式。

向心階段的瓦解

凡爾哈倫和梅特林克作品的出版伴隨了廣大的國際聲譽。他們作品的興盛自然與年輕王國的絕對繁榮階段相吻合，也與恩索（Ensor）、克諾普夫（Khnopff）和凡・里塞貝克（Van Rysselberghe）的造型藝術成就和霍塔（Horta）、漢卡爾（Hankar）和凡・德・魏爾德（Van de Velde）的建築學創新同一時期或稍早一些。一種與世界的特殊關係正在蓬勃發展。激進的資產階級正想活在和置身於這些創作之中，這個階級提供集合在象徵主義旗幟下作家的作品最初的忠實讀者。而凡爾哈倫則屬於表現主義。在象徵主義作家行列裡，還應加上兩位敏感的詩人，馬斯・埃斯康普和夏爾・凡・雷貝克（Charles Van Lerberghe），他們聲望所及的圈子較小，原因可能是他們只是單純的詩人。

作為世紀之交典型歐洲特色的運動，象徵主義和表現主義與其說屬於分解的現代性，還不如說是破壞的現代性——即塞尚或馬拉美、韓波或馬奈所體現的現代性。而在法蘭西語言方面，合乎邏輯地應由比利時人享有提供現代性一些最美好篇章的優先權，這種現代性與笛卡兒理性是不相容的。很快地，他們不必隱瞞他們是比利時人了。他們可以認為其年輕時期的理想「我們就是我們」已經真正導致一種擺脫與藝術本身格格不入影響的特殊形式，之後也導致對比利時某種特殊性的認可。而這時他們當中的佼佼者艾特蒙・皮卡爾（Edmond Picard）[20]為他們創立了比利時自由學院。

法國最終也幾乎把他們視為自己人了。在梅特林克與維利埃（Villiers）[21]和馬拉美交往以後，凡爾哈倫和梅特林克就成了紀德家裡的常客。歐洲也醉心閱讀他們的作品，並從中汲取教訓。里爾克（Rilke）和霍夫（Hof）[22]毫不諱言他們向梅特林克或凡爾哈倫學到不少東西。如果否認梅特林克和羅登巴赫的影響，鄧南遮（D'Annunzio）和義大利的黃昏派作家就得不到解釋了。俄國的先鋒派戲劇家早在法國之前就已把梅特林克的劇作搬上舞台。

在世紀末的法國本土，沒有人會否認凡爾哈倫在表現主義詩歌中突出、甚至獨一無二的地位。克洛岱爾式的抒情詩在當時幾乎不屑一提，以後也不可能被接受為表現主義詩歌。至於象徵主義，誰都承認羅登巴赫在其《布魯日——死亡》（*Bruges-la-Morte*）一書中，賦予它最卓越的小說形式，而梅特林克一八八九到一八九五年期間創作的劇本，在這方面得到了最完美的戲劇表現形式。《佩列亞斯和梅麗桑德》（*Pelléas et Mélisande*）是他創作的頂峰。馬拉美不會不感覺到這一點。他無疑會意識到這些作家的形而上學儘管從他的美學前提中汲取靈感，但絕不是他的形而上學。比利時人倡導的象徵主義所屬的空間，難道不比馬拉美在《書籍》（*Le Livre*）一書中正在創建的空間更少一些抽象嗎？

比利時人既不是笛卡兒、也不是羅貝斯庇爾的子孫。他們曾長期處於麻木狀態，而他們的歷史卻一下子把他們推向現代世界。他們在裡頭得到了發展，而且發展迅速，但他們的精神背景是不穩定的。它是由匆忙結合起來的斷層構成的，其中一些斷層已經陳舊過時，堆砌了大量雜亂成分而沒有實現真正的建構。對立物建設性的撞擊，即導致突破的撞擊，是罕見的現象，它寧可採取妥協的態度。

因此它很願意容忍彼此互不相容的東西共存的局面，這些東西在倖存的同時也慢慢變了質。把自己埋在不穩定且往往有害的文學想像地基裡，對它說來比對法國人容易多了。而語言將選擇如何去表現這種現象，要嘛採取像凡爾哈倫那樣過分鮮艷的方式，要嘛像埃斯康普和梅特林克那樣以音樂性幾乎消失的方式表現出來。

另外當人們覺察到這個時代所有偉大的作家都是弗蘭德操法語的人，人們對他們在法語方面特有的卓越能力更不會那麼吃驚了。他們平時講的語言儘管是其祖先的語言，卻一點也不是他們周圍民眾的語言。這種語言經常受到威脅，受到精雕細刻。當凡爾哈倫和梅特林克選擇在巴黎定居時，其「頹廢」語言魅力的一部分很快就消失了⋯⋯。在同質語言的世界裡，語言總會追趕上與它玩奇怪遊戲的人們⋯⋯。也正是這個時候，空想社會主義給了這些作家一副解毒劑，免得他們一直走向解體——奧匈帝國的某些繼承人之後就是這樣被消蝕和毀滅的——或者免得他們像青年比利時人（Jeunes Belgiques）㉓一樣走上學院主義的道路，後者曾

---

⑳艾特蒙・皮卡爾（1836-1924），律師出身的文學活動家。他創辦了《新藝術》雜誌，反對「青年比利時」流派「為藝術而藝術」的主張，提倡文學和藝術的社會性，並主張比利時文學的民族性和「比利時靈魂」的特殊性。

㉑維利埃（1838-1890），法國象徵主義詩人，馬拉美的好友。

㉒里爾克（1875-1926）和霍夫（1847-1929），均為奧地利著名詩人。

㉓指團結在比利時文學雜誌《青年比利時》（*Jeune Belgique*, 1881-1897）周圍的一批作家。該雜誌在十九世紀

經是他們十九世紀八〇年代的同路人。

他們的榮耀很大程度上來自於他們選擇追求啟蒙思想和發現實證主義的價值。雖然一九一四年的災難將會表明這些理想主義架構的極度脆弱性。他們之所以能在文學殿堂占據一席之地，是因為他們在古典主義較少的時代發揮了天才。在他們身上，象徵主義表現為比利時文學事業一個深刻、也是永恆的特點。他們出身富裕家庭，他們有幸給予這種精神活動在法國得不到的絕妙載體。阿爾伯・莫克爾（Albert Mockel）的《瓦隆尼》（*La Wallonie*）雜誌或者愛德蒙・德曼（Edmond Deman）主持發表的優秀作品接受他們的文章，也刊登包括馬拉美在內的法國作家文章。

在比利時，阿爾伯・莫克爾一生都是這個文學潮流的見證人和帶點教條主義的倡導者。而在法國起同樣作用的角色，則讓位予比利時象徵主義另一代表人物安德烈・封泰納（André Fontainas）。他比莫克爾更具美學修養、更少理論家色彩。封泰納在法國雜誌《法蘭西水星》（*Le Mercure de France*）內部發揮了很大的作用，這個雜誌闡發並讚賞世紀末的精神。

從一八九八年起，來往巴黎或者困守比利時的生活（這是埃斯康普和凡・雷貝克兩人的情況）取代了比利時文學界友好相處的時代，正是這個時代向世人顯示了其最初的偉大形象。死亡有時也會遇期駕到。羅登巴赫羸弱的軀體正好在這個時刻停止了呼吸。對比利時文學事實特殊性的承認在國內、外再也不成為問題了。但它和法國的模式簡直無法相比。它存在，但沒有真正的處所和焦點。一批二流作家出於自身的目的，沿著巨人皮靴腳下開闢的道路前進，這就給人造成至今仍能看到的不合身材和矯揉造作的印象。凡爾哈倫和梅特林克這樣的作家繼續前進，越走越遠。作為世界主義者，他們可以拒絕進入法蘭西學院，如同諾貝爾文學獎得主㉔一樣，他差點不得不放棄其國籍。這一切並不妨礙他們像「烏楞斯皮克」那樣，老是在別處，卻又無所不在。

他們的榮耀在全世界傳播的速度和年輕王國的經濟發展一樣快——但也消失得一樣快。這種榮耀迎合了一種生活藝術，給予形成中的民族文學增添一些光彩。不論從哪個角度來看，它都符合王國進步資產階級的夢想，他們夢想生活在璀璨雕琢和花草掩映的「新藝術」風格的宅邸，這種建築樣式開始風靡一時，並賦予布魯塞爾其獨特的首都印記。

象徵主義的悲觀色調時期過去之後，藝術家並未放棄對象徵和夢想的追求。慶祝了二十世紀畫家的印象主義、但並不認可塞尚㉕的布魯塞爾開始做其歐洲夢：講法語但又善於兼收並蓄，個人主義但又現代派，開放但又唯美。

一九一四年八月二日的災難使布魯塞爾從夢中驚醒，逐步向此後這個城市將成為其處所

末為復興比利時法語文學發揮了積極的作用，提倡真正的比利時「意識」，把比利時文學從陳舊的浪漫主義中解脫出來。雜誌存在的十幾年中，其內部文學流派多樣繁雜，有崇尚自然主義，有主張「為藝術而藝術」的帕那斯主義，其領導和成員變動很大，有的中途退出，另樹旗幟，但當時具有國際影響的著名詩人如梅特林克、凡爾哈倫、埃斯康普、羅登巴赫等多與該雜誌有聯繫。

㉔ 指梅特林克，他於一九一一年榮獲諾貝爾文學獎。

㉕ 塞尚（1839-1906），法國印象派畫家。他的畫預示了二十世紀繪畫藝術主要流派的誕生，但其天才在二十世紀後才受到承認。

和象徵的東西打開了方便之門：布魯塞爾成了建築學的災難、世界主義都會的裝腔作勢、國家北方和南方地區主義的庸俗作風競相蔓延的污濁場所。野蠻之風橫掃一切。它所觸及的東西都是那麼新鮮而且雜亂無章，以至於無法有效阻擋這種過時風氣的回歸。

離心階段的逃避

一九一四年德國的入侵對比利時簡直是一場滅頂之災。同樣是衝突地區，唯有比利時近乎百分之九十五的土地都被占領了。其經濟潛力深受其害，永遠不會是世界第二經濟大國了。被其菁英分子認同的中立地位也被其兩個保證國之一所踐踏了。比利時一直是連結拉丁、德意志和盎格魯－撒克遜三個世界的奇妙紐帶。德國對於比利時藝術家，甚至在其中最為超脫者的想像世界裡，也占據重要的地位。只消看看凡．雷貝克的例子就知道了！一直要等到八〇年代對這種吸引力的抑止心理才得以消釋，這就解釋了為什麼一些風格相異的作家，諸如卡利斯基（Kalisky）、維耶爾岡（Weyergans）、貢貝爾（Compère）、魯維（Louvet）或梅爾騰斯（Mertens）的著作裡，又出現有關德國的題材。

皮卡爾、皮雷恩（Pirenne）及其同伴曾經在「比利時靈魂」的思想裡，找到反映他們非法國法語特性的表現方式。利奧波德國王時代作家的作品特性和成功，曾經使這個神話般的概括變得可信，這回它一下子被動搖了。德意志帝國不滿足於把我國變成血與火的戰場，它還肆無忌憚地挑起兩個語言實體之間的爭鬥，特別是它建立了一個弗蘭德委員會，大力支持弗蘭德運動最少公民意識的一翼。人們很容易想像這之後操法語者的領導人心目中，德意志文化和弗蘭德問題混雜交織的局面。因為這時候普選制的建立使國家結構的異質性更加突出，也使國家運作的改組變得不可避免。

講法語的比利時人經歷從惱怒到茫然的過程，對他們來說，德意志文化因而喪失了存在的理由。這一來他們將錯過國家改革的第一階段，這種改革本來可以使國家奠定其獨特的多文化基礎。與此同時，他們把法國文化加以誇大並理想化。被實體化的法國文化如同下意識被打入地獄、對德意志的看法，也是純想像、矯揉做作的。凡爾哈倫和梅特林克、克諾普夫或凡·德·魏爾德所喜愛的德國，其旗幟是歌德和席勒，貝多芬和馬勒㉖。與擴展主義，即統一傾向強烈的普魯士擴展主義相聯繫的德國現代面貌的大暴露，在比利時引起強烈的憤怒情緒，人們毫不懷疑這種憤怒的強烈程度，這一點在博壽（Bauchau）童年的回憶裡，或在凡爾哈倫致羅曼·羅蘭的通信中，得到充分的表露。這種普遍性的創傷在人們的言談中也可以覺察到。龐薩埃（Pansaers）㉗可以說是很突出的例外。講法語居民的單一性趨勢得到了加強。歷史似乎把其菁英分子的世界主義、人道主義和社會主義傾向的各種夢想粉碎了。由此推斷出這些夢想毫無價值，也就只差一步遠了。某些人很容易地跨過了這一步，從而給弗蘭德文化運動最為遲鈍的戰略家料想不到的助力，使他們隨心所欲地分裂比利時法語界。

㉖馬勒（1860 -1911），奧地利著名作曲家和指揮家。

㉗龐薩埃（1885-1922），比利時達達主義的代表人物，思想前衛，接近德國表現主義作家。

作為戰勝國，國家卻遭到了摧殘，其根基被動搖了。比利時很自然地在騎士－國王[28]的身上，找到可以作為其頂樑柱的道義象徵。但這個象徵卻掩蓋了正在發生的不穩定狀態的規模。對男選民實行的普選制，使議會裡增加大量的工人階級和弗蘭德地區的代表議席。表現世俗與教會對立的傳統兩黨制運作方式變得更加複雜，但未能產生新的取代方案。國家非但沒有得到重組，反而走上漫長的解體過程。這個過程有時會中斷，但這不過是一個誘餌，人們未能找到兩種文化友好相處的平衡點。其結果將導致兩個人民的誕生。

各「家族」本身在一九六〇年代也受到了語言分裂病毒的沉重打擊，而這一切是從弗蘭德文化運動的發源地天主教家族開始的。事情發展的不可逆轉性質越加明顯了。講法語的比利時人在二〇年代激烈反對建立真正的雙語制，似乎在某種程度上是遙遠的觸發劑。

這種態度反映了某種深刻的否認一切的行為。我在上面試圖概述其產生的根源。這種態度在文學界可以很快找到無數例證。它是理解組成文學界不同流派各種態度的一把鑰匙，也是它們真正的聯繫紐帶。十九世紀八〇年代共同的美學追求再也不存在了！但在表面的多樣性和華麗的外表下，出現了一種憤怒和極端情緒，這是絕望和宿命的反映。對真實的欺騙很自然地達到令人害怕的程度。有時——甚至可說是往往——很漂亮的作品再也沒有往昔的歐洲光環。作家們更常挖掘較上一代的代表人物前途更加不妙的想像的土壤。

法蘭西當然表現為至高無上的母親，似乎唯有它才能維持這些作家的生命力。夏爾・皮里斯尼埃（Charles Plisnier）是這方面狂熱的楷模。但是作家們並未依賴法國來過日子。分化出現了。有些人把差距拉得更遠。他們是那麼認同他們極力鼓吹的神話，以至於無法清醒分析當時政治上的潰瘍——想想《星期一宣言》吧——與此同時，他們建立了一些封閉的組織，說得更好聽一點，是一些向心時期作家不熟悉的超級比利時觀點的機制。他們從而拼湊了一個自治的文學機構，它比以前的機構和法國的聯繫少多了，前機構的鼓吹者要求獲得法國作家的地位……。在國家處於分崩離析的時刻，人們居然還擁有一個官方文學院。人們離利希留（Richelieu）㉙真是太遠了！

這套精緻的機器在比利時對外征服時代未能樹立起必要的權威。凡爾哈倫和勒莫尼埃一類的作家在布魯塞爾和巴黎之間可以說是穿梭不息。

這種否定一切的方式有時會表現得更為微妙或激進。比利時超現實主義作家在政治上和道德上都比其法國同行更加嚴格，他們對語言持懷疑態度，但他們掌握語言的嫻熟程度令人讚嘆，這就構成了他們重大的特點之一。他們因而絕不贊同自動寫作的原則，卻進行了破壞和占有的耐心工作！他們聲稱是國際主義者，卻選擇留居比利時。他們在那裡生活，就好像比利時其他文學園地都不存在似的。經歷過連諾爾日（Norge）或克羅松（Closson）這樣聰明的現代主義作家也難以避免、充滿口號和傳單的二〇年代之後，他們把自己封閉起來，以近於革命者小組的方式工作。他們懷疑和近乎否定一切的態度自然也不會放過作品本身。每個人只從事部分的工作，拒絕出版著作，遠離名譽地位。這樣做還不夠，他們還毫不猶豫地聲

㉘指比利時國王阿爾貝一世（1875-1934），因在一戰中的英勇表現被譽為「騎士國王」。

㉙利希留是法國路易十三時期的紅衣大主教、卓越的政治家，於一六三五年創立了法蘭西學院。

稱人可以發明新的感情……，他們企圖透過製造「震撼人心的事物」來構築這種感情。在遠離巴黎的情況下，努杰和馬格利特之間交往的歷史，就是這種緩慢的鍊金術過程的寫照。

這種否定姿態在亨利・米修身上找到最有代表性的體現。他接近先鋒派，但與努杰那樣的政治生涯無緣。米修選擇移居巴黎。他決心在那裡掩蓋其比利時的出身背景，卻寫出那個時代也許最有比利時味道的作品。梅特林克不由得對他讚賞不已。米修對其出身的否認，使他可以無窮地探索自身的存在，同時卻讓人輕信那是另一回事。在米修那裡，名稱和事實的分離達到了完美的程度，儘管「說」和「做」對他說來歸根到底幾乎是單一相同的事物。這就是我在本文第一部分談到的比利時事實的絕妙效果。對他來說，窮追自身存在意義唯一的方法，難道不是首先意味著遠離賦予存在以形式的那些東西嗎？這樣的問題很值得提出來探討。雖然出於時代的需要而變得更加激進的這種態度，怎麼說也不比在烏楞斯皮克的旋轉舞蹈或（梅特林克劇本裡）梅麗桑德的鬼魂可以看到的態度更加使人感到陌生。對生於（講法語的）瓦隆尼地區、卻受過六年荷語教育的米修來說，這個解決方法提供他使其作品依附於某種事物的手段。從而他所追求的捉摸不定的東西不會導致他的自我溶解。但他之後還是需要求助於繪畫。作家在法國的游牧式生活就在那個時候變成了長住……

而其他人卻以一種較不刻意追求的方式，意識到對他們再合適不過的這種歷史欠缺感。為什麼他們不把歷史的妄想堅持到底呢？在德國第二次占領比利時國土的時候，一旦他們要談論現實或者在世界舞台上採取不太正確的立場，他們必然要冒陷身於無法解脫的矛盾之中的風險。經歷了《浮士德博士之死》（*La Mort du Docteur Faust*）的現代主義階段之後，德・

蓋德羅特從三〇年代起，開始沉溺於回顧充滿十六世紀氣氛的神祕弗蘭德。作者自己承認它只是一個夢境。在他作出選擇的同時，兩次大戰之間另一位偉大劇作家費爾南・科羅姆林克（Fernand Crommelynck）卻選擇了沉默。他曾經透過登峰造極的表現主義，力圖把無拘束的非理性搬上舞台。但這種非理性仍然以理性作為標誌。

德・蓋德羅特在戲劇方面採取的作法，和怪異文學在小說方面的作法很類似。比利時人在這方面的表現是很突出的，以至於人們一般把這個流派認同為比利時人在法語國家內部的特殊性。這一點絕非偶然。法國的歷史意識絕不會產生這種非理性的美妙作品。從羅西尼（Rosny）㉚開始，法國就把它認為更像是亞文學的這部分書籍讓比利時人來耕耘。讓・雷伊（Jean Ray）、蓋德羅特的好友是這方面無可爭議的大師。能夠大膽偽造其人生經歷的人，自然能夠毫無困難地表現魅力足以和真實媲美的夢幻景色。他的短篇尤其出色，儘管他認為其傑作《惡峽谷》（*Malpertius*）是一部小說。這真是個壞地名！隱藏在弗蘭德小資產階級凶惡的衣鉢下，希臘諸神的遺骨藏身在該地一座瘋狂的住所，表現了十九世紀比利時資產階級的繁榮和矯情。

隨著讓・雷伊的出現，海倫斯（Hellens）或布雷（Poulet）式的二〇年代神祕現實主義已成為過去。雷伊還表明自己有能力接觸到廣大的讀者群。但人們注意到——而這也證實了作

㉚羅西尼兄弟，比利時最初的科幻小說家。大羅西尼於一九一一年出版了有名的史前小說《火之戰》。

家們的預見，就如同比利時世界的社會學意義上的分解相對緩慢——從接受的角度來看，讓・雷伊的作品也要等到第二次世界大戰及其後遺症出現之後，才得到真正的認可。歷史的衝擊力把作繭自縛的比利時又進一步撕碎了。比利時再也不擁有騎士-國王這樣的人物作為其擔保人了。德國占領者對這些較之於法蘭西帝國更接近其自身妄想的神話故事，又有什麼好擔心的呢？

戰後時期還使神祕現實主義從其奠基性作家眷戀的現實主義包裝中解脫。真實確確實實已經死亡了。它什麼再也限制不了。倒不如讓保羅・威廉斯（Paul Willems）的戲劇、居・瓦埃斯（Guy Vaes）的小說，或安德烈・德爾沃（André Delvaux）[31]電影裡的夢幻和文人氛圍更加自由地表現出來。歐文（Owen）沿著讓・雷伊的怪異文學道路繼續前進，但他的視野較不廣闊，其世界少了一些巴洛克色彩，但其殘酷性卻更加暴戾。和努杰鬧翻以後，馬格里特全神貫注於繪畫的夢境，較之於其先前的畫更少些火爆性和辯證性。努杰在《日記》（*Journal*）中對一九四〇年德國的勝利令人驚訝的後果提出質疑。對於大多數讀者來說，沖上九霄的必經之路更容易透過保爾・德爾沃（Paul Delvaux）[32]畫中的女人來實現。她們都是患冷感症的女人。作為學院派的大師，馬塞爾・蒂里（Marcel Thiry）同樣表現不俗。他在絕對真實即科學的基礎上創造了小說中的怪異文學。也是「挫敗時間」和抗拒運動的另一種方式！滑鐵盧戰役很遺憾不是拿破崙的勝利……

在納粹入侵前不久，蒂里根據欲望法則竭力對滑鐵盧戰役進行再思考，使之變成法國的勝利。他因而神話般地進入了懷舊的根源，提供否定真實的詩化典範，即當時比利時信守的黃金行為準則的一個典範。在這方面，新古典主義的作家摘取了桂冠。那些之後建立比利時文學機構的人們在他們最激進的閉幕詞裡聲稱，在同一場運動中，他們是「擁有比利時身分證、不折不扣的法國作家」。一九三七年，他們為此在《星期一宣言》上簽名，而那時的歐洲正面臨逼近的災難，很難看不出來人道主義和民主一樣都將受到威脅。他們比他們自忖的更加是比利時人，他們完全像政治人物一樣，相信在戰火即將全面蔓延開來的時候，還可以保持國家的中立地位。左翼人士和右翼人士、未來的通敵者和未來的抵抗人士都在這個灰暗時刻聚集在一起，在可以祛除時代恐怖的反歷史宣言下面簽字。這是對法國文學空間想像的呼喚，這個被當時歷史根深柢固的對抗所撕裂的文學空間依然是那樣的神祕和永恆。然而這個呼喚卻根植於比利時事實的心臟。

人們在夏爾・皮里斯尼埃這個人物的身上和經歷中找到很好的例子。受到凡爾哈倫抒情詩博大胸懷的影響，皮里斯尼埃從一九一九年起就成為一名國際主義戰士，他作為共產黨人，在二〇年代自動放棄了寫作——至少是出版——的權利，他遊遍全世界以捍衛革命事業。在安特衛普大會上，因是托派分子被開除出黨，此後他接近社會黨人，向比利時文壇貢獻了帶有梅特林克風格、但更具痛苦色彩的作品《帶有烙印的孩子》（*L'Enfant aux stigmates*），他還出版了題目更帶有閹割印記的選集《用被切斷的手來祈禱》（*Prière aux mains coupées*）。

㉛安德烈・德爾沃，比利時現代著名電影藝術家，其作品多夢幻色彩。

㉜保爾・德爾沃（1897-1994），比利時超現實主義畫家。

皮里斯尼埃的詩句氣勢宏大，他有幸以他的詩歌節奏投入社會鬥爭，他採用比利時工人黨喜歡的說話式合唱形式，從而提供法語文學界一種德意志形式的完美移植，他是唯一真正主張這種形式的作家（如同凡爾哈倫是法語中表現主義唯一真正的代表）。他以《假護照》（*Faux-passeports*）一書獲得龔古爾文學獎——書名的象徵含義很值得研究——一九三七年他在布魯塞爾很快地被任命為文學院院士。從此皮里斯尼埃以融入的方式加速向宗教的傾斜。這種轉向與他的一些贊成併入（法國）的言論同時發生，儘管那是德國占領時期。法國在他心目中已經幻成失落的祖國。國際主義關注的消失（這種立場是其他戰鬥作家，那些超現實主義者所不能放棄的），導致對父親姓氏的否定，這種否定由於皮里斯尼埃不能滿足於狹隘的地區主義，顯得更加突出。

這些曖昧的矛盾態度很難使其倡導者的作品得到廣泛的傳播，或者如同皮里斯尼埃的例子，在取得聲譽後擺脫顧忌而熱中的創作，很難維持之前以較「扎實」作品突然贏得的讀者群。有千條道路可以走向否定。不是所有作家都有權貴世家子弟擁有與其出身聯繫的那種明顯關係。他們迂迴轉向的作法只會因此更加巧妙，也常常不那麼明顯易見。因此，人們可以根植於比利時的土壤而不必公開表白，但也不加以否認。與此同時，人們可以採取否定法蘭西文學規範的巧妙手法。法蘭西文學規範一向喜歡區分高貴體裁和低下體裁，文學和亞文學。由它去吧！人們會賦予那些看來一點也不具尊嚴的東西以尊嚴！我們既然是比利時人——更有甚者我們是破落家庭的孩子，或者是出身含糊的父輩後代，我們可以從先人那裡吸取力量，找到藐視一切規範的自由和進行報復感受到的歡樂。其名字——不管是西默農

（Simenon）還是埃爾熱——都成了顯赫功名的代名詞。它更是承認注定留名史冊的作者的不二法寶，他們就是梅格雷（Maigret）和丁丁（Tintin）形象的創造者。

這些神話人物有不少特點實際上和那個時代比利時的理想相聯繫。把凡爾哈倫和梅特林克這類作家奉為活神仙的利奧波德時代已經成為遙遠的過去。丁丁和探長梅格雷既不是凡爾哈倫作品中的赫雷尼亞（Herenien），也不是梅特林克筆下的莫娜・瓦納（Monna Vanna）。他們對正義的激情毫無悲劇色彩，也不是如此來宣揚這種激情的。他們的身影不像馬格里特式的姻兄弟們那麼僵硬，擺脫了瘋狂年代的美學處理。他們身上披的斗篷倒像是穿牆式的。他們以時間對之毫無作用的方式穿透時間這堵牆。他們一點也不會變老，看起來固定不變。性別的撕裂現象似乎也跟他們無緣。難道還有比否定任何撕裂現象更好的夢想嗎？

如同米修的《布呂姆》（*Plume*）（即「羽毛」）這個人物，丁丁和梅格雷探長都是不聞政治的。作家把他們對世界的看法在一般道德形式下隱蔽起來——或者說使之中立化——這種一般道德的形式使人想起兩次大戰間的比利時世界。這樣的社會寧可不帶有歷史印記。它夢想免除因社會——政治分野帶來的可怕折磨。它發展了可以避免矛盾的一種社會模式。我們不是有過世界上最好的殖民地嗎？我們不是還要變成社會保障的天堂嗎？好打抱不平的英雄丁丁或者作為普通人的探長梅格雷，就是這種巧妙否定形式的產物。這種形式並不能禁止他們公開地「穿越」歷史。這種作法使他們的創作者不必求助於轟轟烈烈的宣傳攻勢，而這正是他們從事高貴體裁創作的同行們所不能幸免的。

他們的成功與此不無關係。在他們身上，不存在對文字的重大焦慮。如同他們創造的主人公的斗篷一樣，他們穿行於畫面和場景之間。對這個備受非語言因素困擾的國家簡直是絕妙的化身！而這一點和巴庸（Baillon）相距甚遠，這個作家也刻意講述普通人的故事，卻選擇了另一個極端。在他的某些小說當中，例如《妄想》（*Délires*）或《一個簡單不過的人》（*Un homme si simple*）㉝，文字取得使之貼近事物和個人的自主地位。這些生動和殘酷的文字威脅著對其進行觀察的主體的肉體和理智。

對貼近真實的瘋狂追求是徒勞的，這在巴庸身上導致可以讓人貼近真實本質的東西，即語言的否定。這是以極端的方式在語言裡找回比利時事實的本題論頓挫！當第二次世界大戰再一次殘酷否定比利時人曾企圖在真實的基礎上建立無指望的夢想時，曾經苦苦尋找出路的喬・諾爾日在題目奇怪的一個文集《心靈的歡樂》（*Joie aux âmes*）裡，終於找到屬於自己的道路。的確，他產生對「黑麵包和灰燼」的飢餓感。見鬼去吧，「稀有的種子」和「獨一無二的花朵」！對土壤的需求，必然要透過能使他滿意的語言上的回歸，如同往日的德・科斯特一樣。他小心避免威脅和席捲巴庸的瘋狂，他選擇一面細嚼、一面行進的方法去擁抱土地。對他來說，文字也一樣會走向自主，這是非常美好、豐腴和可撫摸的肉體。但當他宣稱「詩歌可餐」並力圖從古老詞彙吸取滋潤養分來賦予詩歌新生命時，和德・科斯特不一樣的地方是，他懷有堅定的信心，除了語言的歷史即法蘭西的歷史以外，再也沒有其他的歷史。那些需要「因其乖張怪異而擯棄」的「嫡親形式」，只是那些威脅語言純潔性的形式。而他尋求的主題，和西默農作品中的主題一樣，當然是跨越歷史或者處於歷史底層的東西。「你，理解力的核心，你難道不知道我尋求的就是人本身？」

謎底開始揭開

一九六〇年代的紛亂現象使這些態度難以長期延續下去。比利時剛給予非洲領地獨立的地位。這是在令人不敢相信的匆忙和無準備的條件下實施的，但也符合其歷史邏輯。如果說比利時關心殖民地人民的一般社會福利，卻很少考慮如何培養當地菁英或建立相對自治的殖民地機構。比利時藍圖中真實世界的組織形式從對國家的治理來說，難道不是停留在前現代——即家長制統治——的時期，而在動員社會手段的規模方面則表現為超現代的嗎？

剛果組成的龐大帝國在迅速和順利的條件下進入其自身的歷史，這不能不使人們想起一八三〇年比利時獨立時的條件。比利時透過一九五八年的國際博覽會最後一次向全世界顯示其無矛盾夢想的一幅圖像，並奇怪地向其最主要殖民地獨立的主角提供接觸和活動的場所。這之後，一系列有時是悲劇性的事件以極快的速度連續發生，使兩國的任何一方都感到有些驚愕或喘不過氣來。當時兩國的經濟緊密相關。下面情況對誰都不是祕密，尤其是比利時法語區主要的社會和經濟基礎，是和這塊講法語、自稱為札伊爾且有朝一日似乎會成為黑色非洲的一顆明珠的廣闊領土相聯繫的。像慣常的情況，這些陣痛在比利時這些動亂年代的文學材料中只留下很少的痕跡！只有一部小說，有些懷舊情緒，那就是丹尼爾・基爾（Daniel

---

㉝中文譯本名為《一個瘋子的懺悔》。

Gilles）在一九六一年出版的《白蟻巢》（*La Termitière*），作者是在剛果獨立不久前寫的。

如同地震一樣，禍不單行。它往往使受震的建築物一角整個塌陷下來。剛果獨立前不久，舉行了人們熱切期待的非洲人稱為布瓦那・基托科的憂鬱王子的婚禮。但豪華的皇家婚禮過後，猶如晴天霹靂一樣，爆發了六〇年代冬季大罷工，整個國家陷於癱瘓。一直作為比利時經濟發展基礎的桑伯爾河和莫澤河流域工業地區的輓歌從而唱起，傳統上與煤炭和鋼鐵相聯繫的瓦隆尼區工人階級最終意識到，把這些重工業中心轉移到第三世界較低廉地區的世界趨勢。罷工者面臨遭拋棄的命運，提出國家進一步聯邦化的訴求。長期是農業區、靠近大海的弗蘭德地區的確從經濟轉型中得到了好處。該地區擁有輕巧、高效、潔淨的中小型企業。由於礦區加速關閉勢在必行（但長期被拖延）的瓦隆尼鋼鐵工業重組，使法語比利時的另一個領域受到極其沉重的打擊。其工業菁英分子主要以他們的才智開發的這些資源為生。工人階級在這裡找到自身的面貌，形成自己的世界觀，這種世界觀長期由比利時社會黨來體現。突然之間，與殖民地的臍帶被割斷了，工業帶來的好處也中斷了。這一來使得那些家族和權貴們措手不及。國家雖然擁有很少的高級管理人員，也不具備可以使孩子們受到超越其家庭出身的教育的學校，卻很富有。它只做些應急的補救工作，拒絕進行結構改革，大量舉債，使弗蘭德以不能想像的規模侵入整個國家。

一九六三年投票通過的語言法，構成對比利時講法語者意識的第三個破壞因素——雖然說沒有立即見效，但短期內會有影響。弗蘭德依靠這些法律使其最早期最合理的訴求獲得承認，但它同時也剝奪賦予家長自由選擇[34]的原則。這個原則正是講法語菁英分子在一八三〇年藉以建立自由憲法的基本原則。弗蘭德從而可以緩慢但堅定合法地扼殺法語在該地區的地位。當時採取的措施使得語言邊界成為不可逾越的鋼筋水泥牆，藉此使出生地法的原則占上風。這項原則和操法語的比利時人珍視的普遍人權宣言大相違背，也違反了一八三〇年憲法的規定。不斷滋生的蟲子已經侵蝕到果實的內核。

對他們的教條深信不疑的我國北方戰略家萬萬沒有料到，強迫小小的操法語人口占多數的瓦隆尼區市鎮併入弗蘭德的作法，會在之後數年內給他們帶來那麼多麻煩，他們的麻煩還不限於此。一九六三年的語言法不僅遠遠未能實現其追求的目標，以及建立一個比利時人真正和平相處的和約開端，還由於其違反了一八三〇年憲法的規定，反而建立一個橋頭堡，向操法語者和國家連年發起進攻。開始階段，是向作為比利時象徵的魯汶天主教大學發難。這間古老大學不是因為允許操荷語和法語的人士每日共處，尤其是和平地共處而犯下天大的錯誤嗎？真是可怕的先例！與議會裡弗蘭德天主教黨發動攻勢的同時，從外地召來一群語言狂熱分子湧入這個城市，他們到處搧風點火，製造混亂。他們出於和宗教思想毫不相干的理由，促使大主教會議提出使這個幾百年老校一分為二的建議。政府軟弱地服從了這個建議。全國為之震驚，簡直不敢想像。更荒唐的是，大學圖書館的書籍竟然按編號的單雙數分配給兩個分出來的新實體。

魯汶大學問題是之後無數事件的範例，具有典型和實質性。透過這個事例，多元文化的

㉞即弗蘭德地區家長有自由選擇孩子學習法語還是荷語的權利。

假設在語言種族主義的名義下被動搖了，作為雙語區的大布魯塞爾今後的發展也受到牽連。受到被弗蘭德極端分子稱為「油漬擴大效應」的困擾，在一向被視為法制國家的比利時導致對一間馳名遐邇的大學的掠奪，逼使布魯塞爾的發展限制在一定範圍內而不能超越一步。為達到這個目的，在魯汶大學事件期間，不斷組織向布魯塞爾的進軍。一些「新褐衣衫黨人」充斥城市的街頭巷尾，跟那些侵入天主教大學校園的傢伙一樣，與城市的生活格格不入。人們之後在瓦隆尼區又見到了他們的身影。

這種混亂現象使得喜歡避開歷史及其矛盾的意識很難有機會維持下去。這種意識也使維持否定一切的極端立場成為不可能。一八三〇年成立的比利時這座大廈開始解體的徵兆顯現之後，這種立場早已發端並流行一時。這種態度在人們心目中是那麼根深柢固，以至於經過一段長時間以後人們才能意識到其不可能性。但是這種態度只等待一件事，那就是盡早捲土重來。

有關比利時的法語國家夢想徹底破滅了。一九六〇年代給了它沉重的打擊，除了我上面解釋過的三種特殊的停頓時期之外，還應加上消費社會的產生和擴大。它深刻地改變了早因失去傳統生產工具而深受其害的瓦隆尼勞工界的社會行為。讓・魯維（Jean Louvet）作為這場災難的謹慎見證人清醒地意識到這一點。他不斷在他的劇作裡同時反映導致絕望情緒的衰敗局面的兩個因素。另一方面，戴高樂將軍之死使所有操法語者心目中偉大的法蘭西思想稍微褪色。其分量已大為削弱，再也沒有以往帝國的氣勢。法國的形象透過法語國家的概念得以緩慢地重新架構和重組。多元的法語國家概念，使瓦隆尼人和布魯塞爾人有機會以法語中一個特殊的聲音存在於世界上，而沒有因嚴格說來不屬於法國空間僅有的聲音之一而背上負罪感。歐洲的建設也使他們有機會表明自己作為非法國法語地區的身分。歐洲建設賦予他們一個在國際廣泛使用語言內部發展起來的少數文化的地位，儘管是困難的地位。

透過來自四面八方的這些打擊和呈現出來的遠景，造就了一種與世界的新型關係。否定的態度再也不是其核心了，但這不意味這種態度已經消失。新型態關係的雄心在於建立一種辯證關係。其根基源於對歸屬於某種歷史實體的認同，雖則這個實體的輪廓會因時期和個人而有所不同。這種認同不一定會導致民族主義。

由此產生的概念化工作並未立即進行。比利時文學對國家剛剛經歷過的極大震撼，首先是從美學上而不是從概念上被感受到的。新古典主義的理想主義戲劇和一九五〇年代盛行一時的高貴詩歌一樣，一下子成了明日黃花。它們的不少信徒從此再也緘默不語了。實際上他們進行了調整，儘管是在其自身形式的內部調整。神祕現實主義大師保羅・威廉斯即是一例。以前崇尚玫瑰色和夢幻的他，現在卻變得灰暗、悲劇性、備受折磨。雖然他還不能做到擺脫對真實的絕對夢想，但也做不到去表現這種夢想的勝利。事實正好相反！

一些年輕作家卻把歷史引進傳統上屬於形上學的戲劇舞台。

讓・魯維由此把無產者的後代變成和佩列亞斯㉟擁有平等地位的人物。他不滿足於賦予其主角舞台上的尊嚴地位，同時也讓他去面對蒼白的世界。在這個世界裡，真實消失了。這

㉟梅特林克象徵主義戲劇《佩列亞斯和梅麗桑德》的男主人公。

是環扣的終結？還是一個環扣的開始？同一時代另一個偉大劇作家勒內・卡利斯基不也是將一種歷史的完結形式，即被二十世紀極權主義擠垮的歐洲人道主義的歷史完結形式，搬上舞台嗎？透過他的藝術採取的巴洛克形式，這種深受納粹種族滅絕的恐怖以及戰後比利時事實的不真實性影響的戲劇，顯示的不正是巨大的空虛和日益增長的焦慮嗎？好像威廉斯、魯維、卡利斯基執意要讓人們看到他們腳底下已經沒有土壤，以及不可否認、被遺棄的處境。

小說家也一樣感受到這種巨大的空虛。他們首先的反應是企圖採用一些新的描述方式，使他們明確指出這種空虛而不陷入沉默或者虛無。如同戲劇家一樣，他們關心的是如何做到讓語言不會從這個高深的發現中溜掉，而正好相反，應把它看成是對（語言）的一種掌握和征服的好機會。多明尼克・羅蘭（Dominique Rolin）和亨利・博壽在他們自傳體著作裡有效地運用這一點，而于貝爾・朱安（Huber Juin）在回憶其孩提時代沉默小村莊的衰敗時，也是如此。有一位詩人把這種挑戰推到了極點。克里斯蒂安・朵特勒蒙（Christian Dotremont）在六〇年代發明了「符號詩」，他在白紙的空間裡，成功集合了文字和其舞動的意象、意義和其近乎消失的載體。詩歌變成了風景。風景變成了意義。兩者不斷擺過來擺過去。在比利時總是欠缺的文字在這裡找到了分量和空間。而風景在比利時和在法國的民族觀念是同義詞，它以最少抽象的形式表現出來。「北方之霧」的說法可以為證。雲霧在這股祥風的驅趕下有些消散。

這一切發生在一九六〇年到一九七五年之間，催發了新觀念的誕生。「父輩的比利時」這個連自己也不知道是如何形成的比利時逐漸消失了。它的擁護者（他們往往也不相信自己是真正的擁護者）突然吃驚地發現向他們告別的一個宣言，這個宣言竟然膽敢題為《另一個比利時》。尤有甚者，整起事件竟然發端於巴黎，這個曾經使正在完結的時代的頭號人物如醉如癡的城市。為了巴黎殘酷的遙遠眼光，他們否認和背棄的東西還少嗎？而這回在絲毫沒有顧及他們反應的情況下，這個光的城市的一家周刊《文學新聞報》終於發表了有關烏楞斯皮克國度的文學新傾向的一系列文章！不可思議的是，介紹這期刊物的小說家皮埃爾·梅爾騰斯在給這場運動下定義時，引用了不必再紅著臉說出來的一個詞，而這正是這些人竭力禁用的專有名詞。梅爾騰斯不滿足於這個冒犯行為，又加上了一個。難道不是他比照昔日利奧波德·塞達爾·桑戈爾（Léopold Sedar Senghor）㊱提倡的「黑人特質」（négritude）創造了「比利時特質」（Belgitude）這個詞嗎？他這樣做簡直引起了軒然大波。人們不是又重新看到青年比利時人時代那種放肆的言論嗎？

為了封殺這些似乎大逆不道的言行，人人唱起自己的調子。大家自然又求助於否定一切的老調，讓人相信比利時特質的倡導者想回復比利時離心時代的論調，只是當時誤導群眾的手法之一。這說明他們沒有閱讀和聽取越來越多擁護這個思想的人們的看法。他們的主張簡明概述如下：接受自己出生於某個地點（即比利時）這個事實，承認自己在那裡生活和戰鬥，並在言語和作品中對此反應。拒絕普遍存在的否認一切的態度以及這個態度帶來的虛假的分野現象，也拒絕強化歸屬和出身的重要性，反對在這方面削弱其定義並反對導致任何形式的

㊱塞內加爾前總統，也是著名的法語詩人，首先提出「黑人特質」（有人譯為「黑人靈魂」）的概念，以凸顯非洲文化和藝術。

民族主義，相反地，他們主張寬容的身分認同和具有潛在世界主義思想的意願、向歐洲和世界開放、與法國永遠同步運動。

在七年的時間裡，這種潮流的徵兆和表現曾經風靡一時，所傳播的思想顯然不屬於王國裡人們習以為常那種顯然單一或者是簡化的東西。這種思想揉進了巴特（Barthes）和布朗索（Blanchot）㊲這類作家在法國提倡、來自於中歐的內心放逐主題有關文學最為當代的思考。它也承認比利時某種組織形式體制上的消失，但也懷著熱烈和痛苦的心情提醒人們，不要忘記其深厚歷史在語言和想像裡留下的痕跡。它最後還表明作為非法籍法語者每日面對那觸及其存在和語言的欠缺感而帶來的困境。它毫不猶豫地如此聲稱，並把他們的處境與於非洲宣布獨立數年前黑人的處境相提前論。這是梅爾騰斯作為第三世界主義者的經歷合乎邏輯的結果，也是一九七〇年在魯汶大學的院牆上塗滿的口號（「我們都是外國人」）的再現。這也暴露了與法國式身分認同相對立的一種含糊不清的歸屬模式。在這個意義上可以說，對於構成一八三〇年革命以來比利時文學想像的複雜成分來說，這只是第三種現象。也許這場革命有些過分公開地進入不斷影響比利時文學想像的空虛的核心。

在最初幾部比利時地區化重大法律賦予各個文化社區以極大自治地位的時刻，曾經極力捍衛比利時特質原則的作家與企圖建立法語區政府（la Communauté française）運行機制的政治機構站在一起協調行動了。我國議員選擇的這個奇怪用詞——人們很容易理解為居住在比利時的法國人社區——再一次美妙地勾畫了比利時操法語者的身分問題。形容詞 **français**（法語的或法國的）不是指既屬於法語又屬於唯一、不可分割的（法蘭西）共和國領土嗎？它不是形容比利時人的詞，也找不到專指法國北部羅曼人的形容詞。但還得接受這個指稱。

比利時特質的捍衛者總的說來是按新體制的規則行事的。新體制是根據與語言的關係為自己下定義的。從原則上說，新體制排除限制性的地區劃分，從而在某種意義上構成了世界上罕見的體制創新。但這樣做意味著忘記以下事實：始終擺脫不掉被圍困的心態並懷有民族主義浪漫思想的弗蘭德，絕對不會同意與其本質對立的思想和制度產生，因為有朝一日，這個制度將會載入未來歐洲的史冊！弗蘭德為此迅速採取各種激烈行動，意在使土地和語言永遠聯繫在一起。它盲目地惡意否認布魯塞爾的自主地位，使瓦隆尼區的經濟維持在從屬和解體的地位，從而維持瓦隆尼區由於特殊體制的存在和傳統的外省和首都的衝突關係而助長的自主思潮。國家集權化是虛假的。由於對布魯塞爾設置了重重障礙，國家沒有能夠以新的速度前進。

如果在此以外加上另一個實質性問題，即對於法蘭西語言形成的意識來說是空心身分概念所造成的問題，人們就不會奇怪當比利時操法語者擁有超出其各自共同邊界、把瓦隆尼區和布魯塞爾結合起來的體制的時刻，一群瓦隆尼區的知識分子發表了一項宣言，要求承認瓦隆尼文化的特殊性，並發展一種民族主義類型的態度。遺憾的是，這裡不是詳細評論這個典型比利時長期分裂過程的新階段的地方。這種分裂過程隨時都會重新出現。如果命運一旦讓

㊲羅蘭・巴特（1915-1980），法國當代文藝批評家，結構主義文學的理論家。莫里斯・布朗索（1904-2003），法國作家，作品多反映人類、語言、人際交流、文學創作的矛盾和困境。

瓦隆尼區在違背布魯塞爾意志和符合弗蘭德意願的情況下爭得自治，這個分裂過程勢必會影響到組成瓦隆尼區的各個不同實體。人們將只會注意到構成王國各個省分的實心身分（帶有封閉的色彩）和空心身分（具有被分解的威脅）之間經常的矛盾。人們同時會看到幾年以來僅僅由弗蘭德制定的遊戲規則在事實上的內化。人們最後會看到這個宣言就同比利時特質的言論一樣，表現出對於擺脫強烈否認出生地思想的一種關切。

但同時也不能排除這種情況，即某些瓦隆尼人相信他們在比利時特質的概念裡，找到一種新的、更為巧妙的否認態度，這種態度妨礙我們去擁抱我們自己的歷史。在belgitude（比利時特質）一詞使用的後綴ude（性質），無疑是目前可以找到具有實證性的巧妙表述。它指的是不管在語言上還是在事實上都是無法逃避的一種現實，它和同樣隱瞞不住的一種欠缺並存。它企圖在主張豐滿和清晰的一種語言內部來表明這一點。這個後綴、這種概念、這種對世界的感受，在梅爾騰斯身上找到了一種很有意思的小說表述手法。當這位小說家談到比利時時，他總是透過第三者的眼睛。這個人可能是《庇護地》（*Terre d'asile*）一書裡的智利逃亡者，或者是《眼花撩亂》（*L'Eblouissement*）裡到處流浪的德國詩人高德弗萊特·本恩（Gottfried Benne）。作者似乎想讓人們瞭解用第一人稱來談論自己是絕對困難的。他聲明我們需要的是拐彎抹角或鏡子似的反射。威廉斯和卡利斯基曾經這樣做過。人們很難一下子回到原先一心想逃避的歷史裡頭去。當他們被逼著這麼做或者有意識決定這麼做的時候，轉化成語言的下意識不可避免要表現出來。從欺騙當中解脫出來的道路太遙遠了！需要努力，也需要一個歷史，敢於說出自己的名字並甘冒其風險的歷史。

德特雷茲（Detrez）後來也有過相同的經歷。這個小說家在他的一些作品裡求助於比利時當代歷史（他談到王室問題㊳，魯汶大學事件），但他如同往昔的德・科斯特一樣，對真實必須採用抒情夢幻化的手法來實現不可缺少的距離感，沒有這種距離感，敘述會織成一片亂麻。因此「我」存在的空虛被填平了，本來「我」是被禁止說話的。雖則這不是真正的突破，但較之於神祕現實主義來說，可說是邁了一大步。作為純粹的純夢幻主義美學家，他只能透過隱喻的手法來解讀歷史，以前很少有人這樣做過。

我們可以以此來考量比利時法語作家需要實現、完全特殊的一種錯位典型，他們這樣做的目的，在於重新找回對真實的辯證關係，以及保持他們在自身文學傳統內部的地位，這個傳統是一個特殊歷史時期的產物。存在主義或荒誕戲劇在一九五〇年代的比利時未能「站住腳」的事實，本來就值得深思。魯維曾經以沙特的方式嘗試寫過短篇小說，他最後得出結論說這種形式不符合他的歷史。博壽經歷了貝克特（Beckett）的戲劇時代，卻未隨波逐流，他寫出了《成吉思汗》……。對許多人來說，六〇年代的歷史是有益的衝擊，也是使作者接近他們主題的咒語，也促使他們去尋找我們與語言的關係所要求的表現形式的答案。

㊳一九四〇年德國納粹侵入比利時，在位的比利時國王利奥波德三世作為軍隊最高統帥，命令部隊放下武器投降，後被遣送到德國。戰後，就他回國恢復王位問題在國內引發大爭論和長達數年的政治危機，黨派和語言社區在此問題上嚴重對立。一九五〇年公民投票贊成國王恢復王位，同年七月國王從瑞士回國，公民舉行大規模遊行示威，局面瀕臨失控。國王遂於八月宣布讓位於其長子博杜安。

卡利斯基把時間和角色混淆起來的技術表現手法，不就是既肯定歷史又肯定逃避歷史的一個解決方案嗎？魯維的作法也沒有什麼不同。他使夢幻從其台詞的簡練形式中顯現出來，從而使他的觀眾進入真實與非真實的不明確疆界。作為屬於願意進入歷史的那一代人，他又該作出怎樣的決斷呢？因為這個歷史正在消失，而且從性質上產生了激烈的變化。

這兩種衝擊，一個是世界歷史的衝擊，這個歷史不再接受人為控制而轉變為技術專家結構無形的運作機器，另一個則是來自於自己國土的衝擊，這個國家不斷受到風蝕、不斷重組，但始終未能塑造出可接受、可見、可評頭論足的——總之是友善的——形象。而詩人也是如此，當他們不必故作姿態、抒發詩意，而是準備去應對歷史，以自己的方式去表現這種雙重衝擊的時候，他們沒有其他的聯繫和手段，只有依靠語言。作為一九六〇年代的活動分子，深受西方各種矛盾的影響，從舊日工業發達的瓦隆尼區這個樸實世界走出來的孩子，讓-皮埃爾・魏赫根在《另一個比利時》宣言發表的時候，開始走上一段完美無缺的路程，他企圖混合使用語言和隱蔽語言的手段，軟化我們的思想藉以形成的那些「僵化」符號，也使文字和聲音重新有血有肉。他出版的文集，猶如不規則形狀的巴洛克式狂歡節的展示，韻腳和敘述混用、疊韻和變韻並舉，簡直是對我們文學奠基大師創造的英雄、放蕩不羈的調皮鬼蒂爾㊴的空谷回聲。當作家準備以富於「美好時代」㊵韻味的《瘋狂的牧羊女》㊶為題，出版這部充滿愛與恨、存在和虛無的小說的簡寫本時，這難道是偶然嗎？

走向自我意識的時代

這些繁雜的跡象勾畫了某種「演變」的輪廓，保爾・埃蒙（Paul Emond）以該詞作為其一九七九年匯集出版的採訪錄題目，該書寫於發生重大變化及其後果尚難預料的時代。但是八〇年代產生和保存了一系列作品，它們賦予這些緊張狀態和文字材料獨特的文學形式。（民族）獨立運動之後產生的，必然是多元的各個法語國家的發展時期，這些作品成功地反映一個原本意義上的法語國家，即羅曼語比利時完全特殊的——或者可以說很不同的——歷史（類似情況還有瑞士法語區，這些歐洲國家在法國建立其政治和文化壟斷地位時期都經歷了歷史中斷的形式）。因此在民族文學盛行的時代，比利時面對的是與其歷史相異的一種詮釋模式，這種模式看來不可動搖。一方面是由於法國模式與語言一致性的深刻影響，另一方面則是以巴黎為中心的法國出版系統的強大力量。

如果說二十世紀末動搖了這個具有普遍性的模式，不容否認，這個模式對法語國家——

㊴即德・科斯特的《烏楞斯皮克傳奇》的主人公。

㊵後人把一九〇年前後的法國譽為繁榮富裕、歡樂優雅的「美好時代」。

㊶巴黎以表演歌舞為主的著名劇院，歷史悠久，成立於十九世紀末，是法國「美好時代」的象徵性藝術。其節目以場面絢麗豪華著稱。

尤其是歐洲法語國家——的文學意識仍然具有影響力，這些文學意識的自主地位從來只能是相對的。然而這些法語國家再也不能容忍對自身的否認，這種自我否認是由上述各種因素的綜合作用，以及被視為純語言現象的文學事實的自主化過程所造成的。這個語言似乎魔術般地擺脫了比利時或瑞士獨特的歷史影響——這種影響自然和來自於以巴黎為唯一中心的文學體系的東西交織在一起！因此對下面的事實就不應感到奇怪了：一九八一年當比利時特質的理論成功打開缺口後，不是別人，而是一位女作家米雪爾·法比安（Michèle Fabien）對戲劇提出適合於以隱喻手法表現歷史性和特殊話語的一種樣式，從而形成一種突破，但不是絕對的再現。的確，這種突破要產生於同樣複雜、備受否定的一段歷史和一種文化背景，是很難想像的。這位高明女知識分子提出的樣式就是描寫一個神話人物，這個人物倒更像一個名字而不是話語，她因而創造了一個鮮明、多義、具有歷史底蘊的人物——魯維很快也創造自己的浮士德[42]，一個無產階級教養下的棄子形象。法比安透過讓《伊俄卡斯泰》、古代底比斯王后、伊底帕斯的母親和妻子講話的方式，把講話隱喻為其專有名詞，但也不排斥其他話語，而是將之歸入其話語——講話既涉及到女人，也涉及到比利時人——作家重新引用神話故事，企圖講述一個突破從國家-民族勝利時期以來一直被視為規範框架的一段歷史。

四年以後魯維在《一個浮士德》（*Un Faust*）一書中，再次以改編神話的方法，既探討了沙特後時期西方知識分子的批判形象，也探討了面對新自由主義變化中的物化世界的勞動者形象——從而探討他自己以及他親人在瓦隆尼的歷史。魯維筆下的浮士德遠離榮耀或者普羅米修斯式的姿態，見證不會裝腔作勢的一個人民的歷史。

一九九〇年，亨利．博壽（他於一九八一年出版了氣勢磅礡的傳記《論毛澤東的一生》）在其《伊底帕斯漂流記》（*Oedipe sur la route*）一書把這種手法運用得更遠。這是一部長篇小說，裡頭可找到關於伊俄卡斯泰的兩首吟唱詩，書中以幾千年來傳統和作家都閉口不提的那個神話說起：在物質和時間兩者之間的國度裡，從底比斯啟程一直到在科隆結束旅程並實現轉變的這段時間內，被廢黜的盲眼國王在他女兒安提戈涅的陪同下，超越歷史的暴力，透過四處流浪、幫助窮人、創作歌曲和雕塑，一下子找回原來的自己。作者在一九九七年——在這期間，他在《狄歐提姆和獅子》（*Diotime et les lions*）一書中講述了女人萌生愛情的美妙故事，也描寫了西方和亞洲智慧，以及衝動和理智之間神話般的結合——還寫了《伊底帕斯漂流記》的續篇《安提戈涅》（*Antigone*），最終奠定他名作家的地位。他在書中描繪的婦女形象，與另外一個形象伊斯墨涅（Ismène）結合在一起，表明了一種生活智慧，足以嚴重動搖被視為天經地義的權力的力量和權威的歷史。

世紀末的比利時作家再次引用歷史人物的作法，也同樣富有意義。它和上述再寫神話的類型會合在一起。有兩位作家在八〇年代採用了十五至十六世紀創建舊荷蘭王朝的一個最有爭議和最神祕的人物，這個王朝在十六至十七世紀之交分裂以後，產生了荷蘭和比利時。在

㊷浮士德，德國大詩人歌德的詩劇裡的主人公。浮士德博士為尋求生命的意義，在魔鬼梅菲斯托的引誘下，以出賣自己的靈魂換得魔鬼的幫助，經歷了愛欲、歡樂、痛苦、神遊等各個階段和變化，於生命的最後時刻，在與自然的鬥爭中領悟了人生的目的應當是為生活和自由而戰鬥。

題為《「大膽」查理或一個親王的剖析》（*Charles le Téméraire ou l'autopsie d'un prince*）一書，卡利斯基回顧了勃艮第第四代公爵與他父親和法國國王的複雜關係，他透過對比兩種人的觀點做到這點：一是公爵最後的心腹之一（即米蘭公爵）為代表，另一位是背叛他投靠路易十一的朋友菲力普・科明尼斯——正是他製造、傳播了不少關於公爵的各種傳奇傳聞。作者以窮人的公爵神奇般復活的形式來隱喻這個一心想創建縫隙間的王國的人物，作為這部微妙和激烈的作品的結尾。加斯東・貢貝爾曾經在一部劇作裡提到這個人物在南錫戰死的故事，他於一九八五年出版他最優秀的小說之一《在下「大膽」查理，勃艮第公爵》（*Je soussigne, Charles le Téméraire, duc de Bourgogne*）。這位西方大公爵在書中從死亡的昏迷狀態中甦醒，重新塑造其命運，猶如傳說裡的一首悲歌，不斷把他實施的權力和主題錯開。

《王室的和平》（*Une Paix royale*, 1995）講述當代的故事，皮埃爾・梅爾騰斯對利奧波德三世的處理，和上述作品沒有根本的不同，這位比利時第四位國王在「王室問題」之後，不得不讓位於其子博杜安。國王經歷最為幸福的時刻正好是在他被廢黜之後——尤其是在人們認為他作為人類學家在亞馬遜森林探險時失蹤的那段時間。作為另一代人的格札維埃・哈諾特（Xavier Hanotte）在《在小山崗後邊》（*Derrière la colline*, 2000）一書，也以錯位、昏暗和充滿懷舊的方式回顧其父親的歷史。他以住在其戰友埋身墳墓旁的一個英國士兵、同時也是詩人的眼光，再現第一次世界大戰的歷史。

詼諧或者諷刺構成了與代表秩序、權力、代議制的各種人物這種充滿排斥和疏遠的關係的一個切面。讓・穆諾（Jean Muno）的《布拉邦一個英雄可惡的歷史》（*Histoire exécrable d'un héros brabançon*, 1981）一書，可能是對學院式代議機構的迷戀最為尖刻的控訴——作者的父親康斯坦・布爾尼奧（Constant Burniaux）是皇家學院的成員（其子最後也進了該學院）。筆名為西蒙・雷斯（Simon Leys）的漢學家皮埃爾・雷克曼（Pierre Ryckmans）的《拿破崙之死》（*La Mort de Napoléon*, 1986）則以這位法國人的偉大皇帝為主角。作家讓拿破崙返回聖赫勒拿島後，流落比利時，在那裡重遊滑鐵盧戰場，潛回法國後，在巴黎組織販賣西瓜，最後在發現郊外一間精神病院裡的瘋子個個自稱是拿破崙之後死去。羅朗・德・克萊維（Laurent de Graeve）的《自我，自我》（*Ego, Ego*, 1998）或賈克琳・哈普曼（Jacqueline Harpman）的短篇小說《如何做其母親的孩子的爸爸？》（*Comment est-on le père des enfants de sa mère?* 1992）則對古代歷史，即一方面是艾癸斯托斯和克呂泰涅斯特拉㊸的歷史，另一方面是安提戈涅及其親人的歷史進行尖刻的嘲諷。

在這樣的背景下，不能不教人想起魏赫根的戲謔文字。朵特勒蒙於一九七九年去世以後，有兩位很有分量、風格獨特的作家在比利時詩歌園地嶄露頭角，他們展現出比利時文學園地和法國園地相比，既有協調的一面，也有差異之處。哲學家、詩人和散文作家馬斯・羅洛（Max Loreau）寫下的大師級作品《現象的起源》（*Genèse du phénomène*），對哲學、存在、詩學的領域進行再改造，其意圖和出發點在於擺脫統治西方思想和法國思想的二元論，並實

㊸兩人都是希臘神話裡的人物。

現對視覺、光線、肉體和圖像的建構性辯證化過程。與此同時，弗朗索瓦・賈克曼（François Jacquemin）的《雪的書》（*Livre de neige*）和《激烈的詩》（*Le Poème exacerbé*）弘揚一種詩學，實現戰後法國哲學詩的夢想，並把該詩學根置於與世界、與自己、與肉體的各種關係中——這一點和羅洛的計畫很相近——它再一次表明了比利時人的藝術和需求，他們想做另外一件事情，即跟法國園地固有的結構性對立中產生的東西完全不同的事情。

在那個時代，即一九八〇到九〇年代的轉折時期，為爭取被義大利教授R・甘巴尼歐里稱為「比利時性質」（Belgité）的鬥爭，向作家們提供在文學體制內部既自主又從屬的一個基礎，也提供再也不宜多加譏笑的一種獨特的歷史基礎。對這個歷史，人們甚至找到合適的字眼加以說明……。然而，我們面對的是新自由主義全球化勝利的時代，為此，我們應該認為一切差別似乎都不再存在，或者顯得毫無分量。女作家尼科爾・馬林科尼（Nicole Malinconi）在《我們倆》（*Nous deux*, 1992）一書中，講述她母親去世的故事，她藉此機會用樸素的語言來回憶母親的一生，她使用了瓦隆尼區平民階層的用語——是一種和幾世紀以來的文學語言大相逕庭的簡潔明快法語。她賦予同樣出自文學俗套的語言新生命，雖然其作品不乏莒哈絲[44]的影響。

她極大的成功和創新預示了婦女文學的高度繁榮，賈克琳・哈普曼的成就證實了這一點。她在一九五、六〇年代就已負有盛名，在沉默了二十年以後又開始寫作，僅舉小說《歐蘭達》（*Orlanda*）為例，她以嫻熟的技巧，表現一個雙重性格和身分難辨的形象。如果說這個形象抽象地屬於在怪異文學或神祕現實主義中盛行的那種現象，在此書中，它卻參照了真實和日常生活，從而提供一種全然不同的敘事形式。作者以輕快、但有些諷刺的風格，把對一種歷史傳統，即身分認同問題的歷史傳統，加以描述並與之保持距離的運作推到了極點。這最後十年內還出現一位年輕女小說家阿梅麗・諾冬。她以這類的調料作為其取得巨大商業成就的基礎。小說《墨丘利》[45]（*Mercure*, 1987）的作者對各種（文學）體裁的解構活動，毫無知識分子的自命不凡，她對各種體裁運用自如，其嫻熟程度就如她自由掌握其作為外交官女兒融入她所經歷的多種文化的程度一樣。《誠惶誠恐》（*Stupeur et tremblements*, 1999）一書以詼諧和挖苦的筆法，描繪了一幅當今日本的圖像。而《愛情的破壞》（*Le Sabotage amoureux*, 1993）則描寫了駐北京外交官的孩子的生活。書裡頭什麼都有，就是沒有因循守舊的東西。作品的色調可以更加凝重一些，這裡說的是卡羅琳・拉馬絲（Caroline Lamarche）的情況。她在一九九五年出版了《夜晚午後》（*La Nuit l'après-midi*）而聞名。這是一部很有分量的色情小說，書中講述女主人公如何從一個半暗色調的故事中走出來。故事透過嵌入手法，以向一個「棕色頭髮」的男人發出信封上只有郵箱號碼而無收信人姓名的一封信而結束。

這十個年頭的緊張狀態（人們寧可視而不見）在一些作家互為補充、但不對稱的人生道路中有所體現。在散文方面有讓－菲力普・圖森（Jean-Philippe Toussaint）和弗朗索瓦・艾

---

[44] 法國當代女作家，主要作品有《情人》等。
[45] 中文譯本名為《老人・少女・孤島》。

馬紐埃爾（François Emmanuel），在戲劇方則有保爾・埃蒙和讓－瑪麗・皮恩姆（Jean-Marie Piemme）。還應提及薩維茲卡亞（Savitzkaya），其作品極富詩意和語言功底。圖森在《浴室》（*Salle de bain*, 1985）或《照相機》（*Appareil-photo*, 1988）等小說中，很早就向讀者呈現先進西方社會特有的無名氏和非現實化的極端現象。與他相反，弗朗索瓦・艾馬紐埃爾則不斷探索錯位的各種命運——但帶有主題和歷史的沉重感。《人的問題》（*Questions humaines*, 1999）一書延續了讀者在一九九二年出版的《黑曜岩之夜》（*La Nuit d'Obsidienne*）所發現的東西。「讓因你的到來一時被破壞了的安排在你的周圍得到恢復。因為，顯然存在著你來到時還無法瞭解其意義的一種秩序。也存在著你以後才會理解其重要性的一種沉默。」

也許這就是這段歷史和這段文學史的隱喻，它們於千禧年之交在斯丹杰教授筆下找到對一五八五至一八三〇這段歷史所發生的事情的新解釋。在這個輪廓絕對奇特的國度裡，《烏楞斯皮克傳奇》在我國語言的歷史上第一次勾畫了——並以它自己的方式解決了——法語國家文學特有的一些問題。也正是在這個國家，二十世紀多少個十年以來，一直存在一種觀點：排斥用法文創造出有別於占統治地位的法國文學空間的另一個空間的可能性。而這一切就發生在我們創作出來的作品證明情況和這些論調所宣揚的東西正好相反的時候。

（王炳東　譯）

夏爾·德·科斯特
Charles De Coster（1827-1879）

出生於德國慕尼黑。父親為弗蘭德人，母親為瓦隆尼人。早年即隨父母回到布魯塞爾。他在教會學校念完中學後，當過銀行職員和皇家檔案館館員，但他愛好自由的個性使他放棄工作，進入布魯塞爾自由大學攻讀法律。雖然沒有完成學業，卻在大學裡培養了對文學的愛好。他積極參加文學社的活動，並開始寫詩。他深受其歷史老師、普魯東和馬克思的好友阿特梅耶的影響，醉心研究歐洲十六世紀歷史，並接受了當時激進思潮和共濟會思想，崇拜義大利民族英雄和自由鬥士加里波底。他還參加過整理歷史檔案的工作，他深厚的歷史知識和進步思想，極大地影響了他的文學生涯。他和友人費里希昂·羅潑斯一起創辦了諷刺性雜誌《烏楞斯皮克》，在上面發表不少針砭時弊的文章，還刊登了不少短篇小說和故事集，後來收入《弗蘭德傳奇》（*Légendes flamandes*, 1858）和《布拉邦故事集》（*Contes Brabançons*, 1861），但均未引起關注。他歷盡艱辛，筆耕十載，在一八六七年出版了世界公認的不朽巨著《烏楞斯皮克傳奇》。其主人公原型為德國十五世紀末民間傳說裡綽號為調皮鬼蒂爾（Tyle Ulenspiegel）這個討人喜歡，敢於嘲弄權貴和教會，具有反抗精神、粗獷機靈的農民英雄。作者在書中謳歌自由，宣傳自由思想，反對宗教偏執和狂熱，生動描寫了十六世紀當時的荷蘭（大體相當於今日的荷蘭和比利時）民眾反抗西班牙占領者的統治，掙脫枷鎖，爭取解放的鬥爭。這部名著兼有史詩、寓言、詩歌、歷史小說、隱喻小說的色彩，格調既悲壯又詼諧，特別在描述手法和語言運用以及修辭手段方面，更是別具一格，完全擺脫了法國文學和語言的傳統，有點十六世紀法國作家拉伯雷的風格。他大量運用古老語詞，追求古風古韻，從而賦予其作品以獨特風格和異國情調、激動人心和不同凡俗的藝術魅力，堪稱為法國以外的法語文學的傳世經典之作，也是比利時法語文學的開創名篇，在世界文學史上也占有一定的地位。遺憾的是在他生前，在他的名著誕生之後很長的時間裡，他的文學成就一直被忽視甚至被遺忘，科斯特一八七九年在貧困中默默死去。直到十九世紀末到二十世紀，其作品才贏得普遍的讚揚和承認，紛紛被改編成電影、戲劇、電台劇本、音樂、漫畫、大眾文學等，並且翻譯成世界上多種文字，大陸於一九八七年也出版了名為《烏蘭斯匹格傳奇》（*La Légende d'Ulenspiegel*）的中譯本。下面的段落根據比利時拉博出版社一九九四年的版本重新翻譯。

自由乃是世上最珍貴的財富

活潑調皮的烏楞斯皮克，性格無拘無束，其父克萊斯從小就灌輸他以酷愛自由，反抗宗教專制的思想。

那是一個春光明媚，天高氣爽的日子，大地充滿著愛的氣息。索特金①在敞開的窗戶旁做針線活兒，克萊斯正在哼著一首歌曲，這時候烏楞斯皮克給他叫作提圖斯・比布魯・斯努菲優的小狗戴上一頂大法官的帽子。小狗張牙舞爪，一副要宣讀判決書的樣子，而實際上，牠只是想掙脫掉壓在頭上的帽子。

突然間，烏楞斯皮克把窗戶關上，在房間裡跑來跑去，一會兒跳上椅子，一會兒跳上桌子，雙手伸向天花板。索特金和克萊斯看見他這樣狂奔亂跳，才明白他是為了逮住一隻玲瓏可愛的小鳥。小鳥翅膀不停地顫動，因害怕而啼叫不止，蜷縮在天花板一角的柱子旁。

烏楞斯皮克正要抓住小鳥時，聽見克萊斯厲聲厲色地對他說：

①烏楞斯皮克之母。

「你幹嘛這樣跳上跳下？」

「我要逮住牠。」烏楞斯皮克回答說：「把牠關進鳥籠裡，餵牠糧食，讓牠為我唱歌。」

這時小鳥驚恐萬分地叫著，在房子裡亂飛，一頭栽在窗玻璃上。

烏楞斯皮克不停地蹦跳，克萊斯用手有力地按住他的肩膀說：

「好，你把牠逮住，把牠關進籠子裡，讓牠為你唱歌。我呢，我也要把你關進鐵條做成的牢籠裡，也要你唱歌。你向來喜歡跑動，這下不行了。你冷的時候，你得待在陰涼處，你熱的時候，陽光直曬著你。以後呢，有那麼一個星期天，我們出門了，離家前忘了給你留下吃的東西，星期四回來時，我們發現蒂爾已經餓死，僵直地躺在地上。」

索特金哭了起來。烏楞斯皮克突然往前衝。

「你要做什麼？」克萊斯問道。

「我給小鳥打開窗戶。」他回答說。

這隻金翅鳥果然從窗戶飛了出去，並發出一聲歡樂的啼叫，飛箭似的衝向了天空，然後落在鄰近一棵蘋果樹枝上，用喙梳理翅膀，抖動羽毛，並且用鳥的語言，生氣地向烏楞斯皮克扔去無數的咒罵。

克萊斯這下對他說：

「兒子，永遠不要剝奪人或者畜生的自由。自由乃是世上最為珍貴的財富。讓每個人在感到寒冷時能夠曬到太陽，在熱的時候能夠到樹蔭下乘涼。國王陛下②已經禁錮了弗蘭德的信仰自由，這回又把我們高貴的根特城關進了奴役的牢籠，讓上帝去審判他吧。」

選譯自《烏楞斯皮克傳奇》第一卷第二十九章

---

②指當時統治荷蘭（包括當今的比利時）的西班牙國王菲利普二世（查理五世之子），他執行迫害新教徒的專制政策。根特是弗蘭德地區新教徒集中的城市。

克萊斯的骨灰

青年烏楞斯皮克因被指控對教會出言不遜而被逐出故鄉丹莫，在外流浪多年後重返家鄉。噩耗傳來，他父親克萊斯被一個魚販子誣陷，以結交異教徒的罪名被判焚死在柴堆上。其母交付他一個使命，為父親和老百姓報仇。

索特金在卡特林娜①家裡，倚牆站著，低著頭，雙手合攏。她緊緊抱住烏楞斯皮克，不說話，也不掉淚。

烏楞斯皮克也沉默不語，他感到母親全身發燙得厲害，心中十分害怕。

鄰居們從刑場回來了，他們說克萊斯不再遭受折磨的痛苦了。

「上帝賜他光榮。」失去丈夫的妻子說。

「祈禱吧。」奈麗對烏楞斯皮克說，一邊把自己的一串念珠遞給他，但他根本不想用它來禱告。「因為，」他說：「教皇曾經為這些珠子祝福過。」

夜幕降臨了，烏楞斯皮克對他的寡母說：「母親，妳該上床睡覺了，我會在妳身邊服侍妳。」索特金說：「我不需要你服侍我，年輕人需要睡眠。」

奈麗在廚房裡為他們倆各自準備了一張床後就離開了。

只剩下他們兩人，尚未燒盡的樹根還在壁爐裡燃燒。

索特金在床上躺下，烏楞斯皮克也跟著上了床，他聽見母親在被窩裡低聲哭泣。屋外，夜晚一片寂靜，大風颳得運河邊的樹木嘩嘩作響，猶如大海的波濤。作為秋天的先兆，大風掀起陣陣沙塵，敲打著玻璃窗戶。

烏楞斯皮克彷彿看見有一個人在來回走動，他好像聽見廚房裡有腳步聲。仔細一看，人影卻不見了。他又凝神細聽，除了在壁爐裡呼嘯的風聲和索特金蒙在被子裡發出的哭泣聲外，再也聽不見任何聲響。

接著，他又聽到有人走動的聲音，同時從他腦後傳來一聲嘆息。「是誰在那兒？」他問道。沒有人回答，但有人在桌子上敲了三下。烏楞斯皮克感到害怕，不由得渾身發抖：「是誰在那兒？」他又問道。還是沒有聽到回應，又聽見了三下敲打桌子的聲音，他感覺有兩隻手臂摟住他，有一副軀體俯下貼著他的臉，其皮膚粗糙，胸部有一個窟窿發出一股燒焦的味道。

「父親，」烏楞斯皮克問道：「是你那可憐的身體壓著我吧？」

他沒有聽見任何回答，雖說人影就在他身旁。這時他聽見外頭有叫喊聲：「蒂爾！蒂爾！」索特金突然從床上立了起來，走近烏楞斯皮克的床邊：

「你什麼也沒聽見嗎？」她問道。

①烏楞斯皮克家的鄰居，其未婚妻奈麗的母親。

「我聽見了，父親在呼喚我。」

「我呢，」索特金說：「我感到我身旁躺著一具冰冷的軀體，在我的床上，床墊也晃動了，窗簾也飄動起來。我聽見一個聲音在叫『索特金』，聲音很微弱，像輕風一樣，而腳步聲也輕得像小飛蟲翅翼的翕動。」接著，她轉向克萊斯的陰魂說：「老頭子，如果你對蒼天——上帝賜你光榮——有什麼要求的話，應該告訴我們，好讓我們可以實現你的意願。」

忽然一陣風把大門急速推開，房子裡一下子湧進了陣陣灰塵。這時烏楞斯皮克和索特金聽見了遠處烏鴉的聒噪聲。

他們一起走了出去，來到刑場的柴火堆前。

夜晚黑沉沉的，偶爾天上的雲朵被凜冽的北風所驅趕，像一群花鹿那樣奔跑時，才使得蒼穹顯得明亮一些。

村鎮的一個下等兵守著柴火堆，不停地來回走動。烏楞斯皮克和索特金聽到了他踩在硬實土地上的腳步聲以及一隻烏鴉可能在叫喚同類的聲音，因為從遠處傳來了應答的呱呱聲。

烏楞斯皮克和索特金走近柴火堆，一隻烏鴉從天空飛下，落在克萊斯的肩膀上。他們聽到烏在人體上啄食的聲音，很快其他的烏鴉也飛趕過來了。

烏楞斯皮克本來想衝上柴火堆，狠狠地把烏鴉轟走，下等兵喝住了他：

「你這個巫師，你是不是想尋找光榮的雙手②？要知道，被燒死的人的雙手一點也沒有隱身的本事，只有吊死鬼的手才會有，小心你有一天會被吊死。」

「大兵老爺，」烏楞斯皮克回答說：「我不是巫師，我是被捆綁在那裡的人的遺孤，而這位是他的未亡人。我們只是想再一次虔誠地跟他吻別，得到一些骨灰留作紀念。老爺，答應我們吧，您不是外國傭兵，您可是當地人啊！」

「那就照你的想法去做吧。」下等兵回答說。

孤兒和寡妻踩著還在燃燒的柴堆上，走到屍體旁，兩人含著眼淚親吻克萊斯的臉頰。屍體的胸口被燒成一個大窟窿，烏楞斯皮克從那裡取下死者的一些骨灰。接著，他們兩人跪下祈禱。當黎明來臨、天空泛白的時候，他們仍然跪在那裡，但下等兵把他倆趕走了，擔心由於他的好心腸而受到懲罰。

回到家裡，索特金找來了一塊紅綢布、一塊黑綢布，她做成了一個小布袋，把骨灰裝進去。她又在小袋上縫上兩條細帶子，好讓烏楞斯皮克可以常常把小袋子掛在脖子上。她把骨灰袋給他掛上後對他說：

「這骨灰是我男人的心臟，紅色是他的鮮血，黑色表示我們對他的悼念。讓它永遠掛在你的胸膛上，它永遠是燒死劊子手的復仇之火。」

「我發誓。」烏楞斯皮克說。

寡婦緊緊摟住孤兒，這時太陽升起來了。

選譯自《烏楞斯皮克傳奇》第一卷第七十五章

---

②在巫術裡，光榮的雙手指被吊死者的雙手，按照迷信的說法，它具有特殊的魔力，乾枯後可以使接觸這雙手的人隱身。

追捕狼妖

烏楞斯皮克經歷了反抗西班牙統治者的鬥爭後，回到了家鄉丹莫。他聞悉有狼妖在這一帶肆虐，決心為民除害，後來他發現這個狼人竟然是給他一家帶來災難的仇人。

他走著，抬起眼睛，明月懸掛在高空，他看見父親克萊斯戴著光榮的花環站在上帝身旁。他注視著大海和雲彩，聽見勁風從英國的方向呼嘯而來。

「啊！」他呼叫起來：「飛奔的黑色雲朵，變成復仇之神吧，向殺人者追還血債。大海，你隆隆作響，天空把你染成漆黑一團，猶如地獄的大門，海水濺起火一般的浪花，在黑暗的海面上奔騰，不耐煩地、憤怒地掀起無數火一般的動物：牛、羊、馬、蛇隨著潮水在你的身上滾動，或者把你拋向空中，噴出閃閃發光的雨點。黑漆漆的大海，陰沉沉的天空，快跟我來，向狼妖這個殘害小女孩的凶手開戰。而你，大風啊，你在沙丘的荊豆樹和輪船的纜繩間發出悲鳴，你代表被害者的聲音，呼喚上帝給她們報仇，上帝會來幫助我，讓我完成我現在要做的事。」

他走下山谷，魁梧的身軀搖搖晃晃，就如腦袋裡灌滿了使他爛醉的酒精，肚子裡塞滿了未消化的碎菜爛葉。

他唱著歌，打著飽嗝，走起路來歪歪斜斜，打著呵欠，到處吐痰，有時停下來，佯裝嘔吐的樣子，實際上他一直在睜大眼睛，仔細觀察周圍的動靜。突然他聽見一聲尖利的嗥叫，他站住了，像狗一樣嘔吐起來，藉著皎潔的月光他看見一隻狼瘦長的身影，正向墳墓的方向走去。

他步履搖晃地走進兩邊是染料木叢形成的山間小道，在那裡假裝跌了一跤，在狼走過來的地方裝上了鐵夾子，弓箭也安上了，然後退避到十步遠以外的地方，像一個醉鬼那樣站著。他不停地故意擺動身子，又是打嗝，又是吐酸水，實際上他的思想像弓箭一樣繃得緊緊的。他睜大眼睛，豎著耳朵等待著。

他什麼也沒有看到，只見黑色雲朵像瘋子那樣在天上飛奔，還有一個粗大矮胖的黑影朝他走過來。他什麼也沒有聽見，只聽見大風的呻吟和大海雷鳴般的咆哮，還有沉重跳躍的腳步在碎石路上發出的聲響。

他裝作要坐下的樣子，像一個醉鬼重重地栽倒在路上，接著又吐了一口痰。

然後他聽見離他兩步遠的地方有金屬碰撞的聲音，接著是鐵夾子合攏和一個人的尖叫聲。

「是狼妖，他的兩個前爪夾在機關裡了。」他說道。狼妖站立起來，大聲狂叫，想甩掉鐵夾子逃跑。但這下他怎麼也跑不掉了。

他朝他的大腿射了一箭。

「這下他受傷倒下了。」

他學著海鷗的樣子吹起口哨。

突然教堂的大鐘敲響了警報。在村子裡，一個男孩尖聲叫喊：

「睡覺的老鄉們，快醒來吧，狼妖被逮住了。」

「感謝上帝！」烏楞斯皮克說。

托麗亞，貝特金的母親，蘭塞姆，她的男人，何塞和米歇爾，她的兩個兄弟提著燈籠首先趕來了。

「真的抓住了？」他們問道。

「你們去看看，他就在馬路那邊。」烏楞斯皮克回答道。

「感謝上帝！」他們說。

他們在胸前劃十字。

「誰在那裡敲鐘？」烏楞斯皮克問道。

蘭塞姆回答說：

「我的大兒子。小兒子在村子裡挨家挨戶敲門，大聲告訴大家說狼人已經抓住了。這都要感謝你！」

「骨灰在我心裡跳動。」烏楞斯皮克回答說。

狼妖突然開口說話了：

「饒了我吧，可憐可憐我吧，烏楞斯皮克。」

「狼妖說人話了。」眾人紛紛在胸前劃著十字說：「他是魔鬼，連烏楞斯皮克的名字都叫得出來。」

「饒命啊！饒命啊！」那個聲音接著說：「讓鐘聲不要再敲了，那是給死人敲的喪鐘，饒命啊！我不是狼。我的手腕被鐵夾子扎穿了洞。我老了，我在流血，可憐我吧！是哪家孩子的尖叫聲把全村的人喊醒了？可憐可憐我吧！」

「我以前聽見過你說話。」烏楞斯皮克厲聲對他說：「你就是那個魚販子，殺害克萊斯的凶手，害死可憐的女孩子的吸血鬼。父老鄉親們，別害怕。他就是被稱為老大的傢伙，那個使貝特金悲痛死去的罪魁禍首。」

烏楞斯皮克一手夾住他的脖子，一手準備抽出刀子。

但是托麗亞，貝特金的母親制止了他的動作。

「讓他活著受罪！」她高聲說。

她一撮一撮地扯下他的白髮，用指甲摳破他的臉。

她憤怒絕頂，不停地大叫大喊。

狼妖的雙手被鐵夾子咬住，由於極度疼痛，走起路來一跳一顛的。

「可憐我吧，」他哀求道：「拉開這個女人吧。我給兩個金幣，砸爛那些鐘吧！那些不停叫喊的小孩在哪裡？」

「讓他活著受罪！」托麗亞高聲喊叫：「讓他活著受罪，為他的罪孽付出代價！死者的喪鐘，它為你而敲響，你這個殺人犯。用火紅的鉗子慢慢烙死他。先別打死他！讓他付出代價！」

托麗亞在趕來時從路上撿到了一把貼餅的長柄鐵模。她憑藉火炬的亮光，看到在兩個鐵板上，深深地鑄刻了布拉邦式的菱形圖案，還有一圈長長的利齒，簡直就像張開的鐵嘴。當鐵模被打開時，就如一隻獵犬在張開大口。托麗亞手執鐵模，一張一合，發出金屬的聲響。她憤怒已極，到了瘋狂的程度，她咬牙切齒，像垂死者那樣喘著粗氣，因渴望復仇的巨大痛苦而呻吟，她手中的武器咬著俘虜的手臂、腿部，尤其是脖子，每咬一下，她就說：

「他以前就是這樣用鐵牙齒對待貝特金的。讓他償還血債。殺人犯，這下你流血了？上帝是公平的。你聽聽喪鐘。貝特金在呼喚我給她報仇。你嚐到鐵牙的味道吧，這是上帝的嘴！」

她毫不留情地不斷用鐵模夾他，當她再也夾不動時，乾脆就用鐵模狠狠揍他。她是那麼急切地渴望報仇，反倒沒有一下子殺死他。

「發發善心吧，」俘虜哀求道：「烏楞斯皮克，用刀子捅我吧，讓我早些死去。拉開這個女人，砸爛那些喪鐘，殺死那些大喊大叫的孩子。」

而托麗亞還在不停地咬他，一直到有個老頭出於憐憫從她手中拿下那把鐵模。

但是托麗亞還是朝狼妖的臉上啐了口水，扯著他的頭髮說：

「你可要付出代價，我要用火紅的鉗子慢慢燒死你，用我的指甲摳掉你的眼珠。」

這時赫耶斯特那邊的漁民、村民、婦女聽說狼妖是人而不是鬼，所以都趕來了。有些人手執明晃晃的燈籠和火把。他們都高喊：

「你這個沒人性的凶手，你把搶走的可憐的受害者的錢財藏在哪兒了？要他統統退還。」

「我什麼都沒有了，饒了我吧。」魚販子說。

婦女們向他扔石塊和沙子。

「讓他償還一切！償還一切！」托麗亞說。

「可憐可憐我吧，」他哀求說：「我身上都浸透了血，血還在流，饒了我吧。」

「你的血，」托麗亞說：「你還會有血來償還血債。給他的傷口塗些藥膏吧。用文火慢慢燒他，割下他的手，用炙熱的鐵鉗烙他。要他償還血債！要他償還血債！」

她還想打他，但一下子昏了過去，癱倒在沙地上，像死人一樣，她一直躺在那裡直至甦醒過來。

這時烏楞斯皮克把夾子從俘虜的手上鬆開，發現他的右手少了三個指頭。

他吩咐大家把他緊緊捆綁起來，裝進一個魚筐裡。男女老少輪流背著籮筐走了，向丹莫的方向走去，要在那裡伸張正義，討還公道。他們執著燈籠和火把。

魚販子還在不斷嚷嚷：

「把鐘打爛，把叫喊的孩子殺掉！」

托麗亞開口了：

「讓他償還血債，用炙熱的鐵鉗慢慢燒死他，要他償還血債！」

接著他們兩人都不吭聲了。烏楞斯皮克什麼也聽不見，只聽見托麗亞急促的呼吸，沙地上人們沉重的腳步聲以及大海咆哮的隆隆聲。

他心裡充滿憂傷，他一會兒注視著天上瘋跑的朵朵雲彩，一會兒注視著不時顯出火紅羊群的大海。在燈籠和火把的亮光下，他看到臉色蒼白的魚販子以凶狠目光注視著他。

骨灰在他心中跳動。

他們走了四個小時才到達丹莫，那裡已經集合了無數的人群，他們已經得到了消息，都想要親眼看看這個魚販子，他們跟隨著漁民的行列，吵吵嚷嚷，載歌載舞，不斷地高喊：

「狼妖被逮住了，殺人犯抓住了！上帝保佑烏楞斯皮克！我們的兄弟烏楞斯皮克萬歲！我們的兄弟烏楞斯皮克萬歲！」

這情景簡直就像一場群眾的起義。

當人群走過法官家的門口時，他聞聲走了出來，對烏楞斯皮克說：

「你勝利了，謝謝你。」

「克萊斯的骨灰在我心中跳動。」烏楞斯皮克回答說。

選譯自《烏楞斯皮克傳奇》第三卷第四十三章

莫里斯・梅特林克

Maurice Maeterlink（1862-1949）

梅特林克出生於比利時的根特市。他家庭富有，使他可以專心從事文學創作。他是比利時乃至世界著名的象徵主義詩人、劇作家和散文作家，一九一一年榮獲諾貝爾文學獎，是比利時獲此殊榮的第一人。他在布魯塞爾被譽為作家搖籃的名校聖巴特學院讀書，同時研讀法律，畢業後也從事過律師工作，但他醉心文學創作，很快離開了律師事務所，到巴黎遊學，結識了帕那斯派的詩人，並開始寫象徵主義的詩歌。他詩歌創作期很短，但很緊湊，成果豐碩，其代表性詩作有《溫室》（*Serres chaudes*, 1889），《歌謠十二首》（*Douze chansons*, 1896）和《歌謠十五首》（*Qinze chansons*, 1900），其詩歌淳樸自然，富有音樂性，奇特而有神祕感。他以平易的筆觸來描寫人們面對未知世界的焦慮。他的突出成就表現在其戲劇作品，一八八九年他發表了第一部劇作《瑪萊娜公主》（*La princesse Maleine*），引起了法國評論界的注意，作家兼文藝批評家奧塔夫・米勒波在《費加洛報》撰文，熱情讚揚這位不知名的作家，譽為「新莎翁之作」，為他鳴鑼開道，從而奠定了他在戲劇界的地位。一八八九年至一八九六年，他先後創作了八個劇本，其中推一八九二年創作的《佩列亞斯和梅麗桑德》最為上乘，當年即被著名導演呂涅－波（Aurélien Lugné-Poe）搬上舞台。德國音樂家德布西將之改編成歌劇，與該劇相得益彰。一八九六年他移居法國。此時他已譽滿法國劇壇，成為當時風行的象徵主義文學在戲劇方面最傑出的代表。當時的法國舞台上充斥著蹩腳的自然主義戲劇，梅特林克的戲劇氣氛特殊，他借助於傳奇和下意識，體現焦慮、死亡和愛情，其強烈的象徵意象表現無遺，戲劇語言樸素無華，的確使觀眾耳目為之一新。他的作品多有悲觀和宿命論的色彩，但其後期劇作具有歷史、說教和樂觀的色彩，如《莫娜・瓦納》（*Monna Vanna*）和讀者熟悉的夢幻象徵劇《青鳥》（*L'Oiseau bleu*）等。他的作品表現出對人類命運的憂慮，對世界和人生的荒謬感，在二戰後法國興起的荒誕劇中，仍然可以找到回響。梅特林克的作品很早就被介紹到中國來。茅盾主持的文學研究會的叢書於一九二三年出版了《梅脫靈戲曲集》，同年傅東華從英文重譯《青鳥》，該劇在大陸舞台不斷上演。他還是個昆蟲學家，寫過諸如《蜜蜂的生活》（*La Vie des abeilles*, 1901）、《螞蟻的生活》（*La Vie des fourmis*, 1930）等書，但他這方面的修養顯然不足。但他的散文，如《卑微者的財富》（*Trésor des humbles*, 1896）等，以其昆蟲社會生動的描寫而獲得極大成功，一版再版。一九四〇年他到美國，正遇上戰爭，他在那裡將其劇本改編成英語，並撰寫回憶錄。他終年病逝於法國尼斯住所。

波利克拉特的指環

梅特林克除了詩歌戲劇創作以外，在十九世紀九〇年代還寫了不少帶有道德說教和神祕色彩的散文，主張空寂、遠離塵世的內心生活。本短篇寫於一八〇三年，題目取自古代暴君薩摩斯島國王波利克拉特的故事。國王屢挫敵人，稱雄愛琴海。其盟友埃及法老阿馬斯告誡國王，過分驕橫恐終將受上帝懲罰，國王聽言將其象徵權力的心愛指環扔進大海，次日清晨一漁夫捕獲一條大魚獻給國王，在魚肚子裡發現了該指環，國王知道其祭品未被上帝所接受而預感自己必死無疑，阿馬斯獲此信亦驚慌離他而去，說：「我遠離你，不願與你一起死去。」故事寓意明顯，奉勸世人切莫超越允許的範圍而觸犯上帝和人的意志，否則將受到懲罰。本文收入《夢心理學入門及其他作品》（*Introduction à une psychologie des songes et d'autres écrits*, 1886-1896）。

在小旅舍的前廳裡有那麼一個從維勒城來的老醫生，這是一座奇異的城市，雖然人煙稀少，但一切完好無損，可稱為沼澤地帶的龐貝城，雖然湮滅了好幾個世紀，但依然新鮮如故，而且還依然露出蠟人像上新近塗抹上去的微笑。在壁爐台下面，還有青年畫家N，他的妻子和另一位朋友，加上我。我們都在耐心地等待夜幕的降臨。離我們不遠的地方，有三個澤蘭群島的農民在抽菸，一言不發。他們身著當地土產叫作「鼹鼠皮」的短絨褲，腰纏銀製大環扣的腰帶，頭髮按群島古老的習慣剪修成「木杯」的樣式。在窗子旁邊，有一個陌生人，兩肘支在桌子上睡覺。

旅舍主人和他的妻子早已離開退回到另外的一個房間，需要通過兩扇門關上的一個小過道才能進去。我的畫家朋友N幾個星期以來一直在這些奇異的列島遊蕩。他在那裡尋找智慧和幸福最為純潔的表現形式。他帶回來了三、四幅小畫，畫面絕妙地凝聚了我們在四周處處可以感受到的那種有點神奇的幸福感。這不是一般的幸福感，它很深沉、穩重和認命，就如馬克－奧利烏斯①的一個箴言。但它總是露出微笑，但不失其莊重。這些畫當中，還有一幅畫的是一個沉睡的小港口和一個塗上藍顏色的吊橋以及一些神情專注而心滿意足的樹木，人們的確可以從中覺察到這種近乎夢遊症似的歡悅靈魂。但是我們所處的房子的外觀較之其他東西更加觸動畫家的心靈。有一天近中午時分，他正在路上行走，突然停住了，如同一個人最終找到了他一直尋找的東西。他指給我看他所畫的，果然是這座房子，和我在當天早上也看到的一模一樣。而看到這座房子，人們就知道如何才能幸福地生活。所有過路人的眼光無疑會在它的門檻上讀到下面的話：「我願生於此，死於此。」但這就如孩子的笑臉那麼簡單。

房子的門面由紅磚砌成，呈極其柔和的紅色，好像是昨天才漆上顏色似的，上面被熟透整齊漂亮的果實所遮掩。窗戶是白的，護板是綠的。小花園種滿雛菊和文靜的植物。一打左右的蜂箱塗上的藍顏色比七月的蔚藍天空更加輕柔。門窗關閉著，以避開鄉村和大路上傳來的熱氣。在門檻前有兩雙奇妙無比的白色木屐在陽光下等待著，如同童話裡的故事一般，是內心的智慧、純真、清靜和安寧的可愛標誌和見證。

我們談論著美好的歲月，有一個人說，唯有美好的歲月才能真正活在人們的記憶裡，他補充說：「最大的悲傷和最大的不幸是不會留下持久痕跡的。我已經有過兩次看到死亡離我那麼近，以至於它再也不會令我吃驚了。有那麼一些時刻，我努力透過對某些行為或者某些時辰的回憶來總結自己的一生，為了把它們作為我靈魂的印記帶走，為了不至於在永恆中迷失方向或者忘記自我，但是在這些時刻，我記住了什麼呢？我在這裡頭沒有重新見到任何一件這類事件，即被人們通稱為人生中重大的那種事件，但是我卻認出了特別是我的孩提時代極其美好、樸實、天真的那麼幾分鐘。這就是實實在在的我，這一切也許是我死後將一直伴隨著我的東西。而且，最為了不起的是這些時刻是那麼的純潔無瑕。當我在這裡談到這些事情的時候，我離最後的日子還有一段很長的距離，我似乎覺得我最為幸福的時刻曾經是更加劇烈、更加罪惡的那些時刻。但是，在作出決定性選擇的那會兒，這些時刻一點也沒有再現，就像其他時刻一樣，它們不應該歸我所有。我沒有勇氣告訴你們其他的時刻是什麼。它們充滿了一些極其渺小、幼稚、祥和的歡樂，而這些東西只能對自己敘說。但是有一點我現在是確定無疑的：既然死亡已經向這些同樣的時刻伸出了兩次手，那就是我的靈魂準備帶走的東西，它就如掛在一位被拋棄的公主的脖子上的項鍊，以作為今後有一天藉以找回她的標記。的確，我們的兒童時代是我們生命的靈魂，而哲學家們所尋求的『先驗的我』是否應該

①羅馬皇帝，西元一二一－一八〇年在位，曾用拉丁文寫過一本箴言集以告誡世人。

到其他地方去尋找？」

「我想你說得很對，」畫家N接著說：「但應補充幾點。我跟你一樣也有幾分鐘『具有啟示性』的時刻，它們將伴隨我人生的旅程，我不喜歡談起這個旅程。而且我既然沒有機會再創造新的，這幾分鐘也許是我一生給自己留下的全部東西。因為我們有的只是我們的回憶。這幾分鐘也許是對我們的補償，而這裡頭會有窮人，也會有富人。至於我呢，我知道我將要帶走的東西，但這是我不想說出來的祕密，因為我覺得人的靈魂似乎充滿了正義和羞恥心。你剛才還說這些時刻總是很美好，我承認這是對的。我們生來就應該是幸福的，只有在幸福中我們才能重新找回我們自己，它似乎是我們存在的本質。但是你們發現了沒有，每當我們穿越這永恆的每一分鐘時總會事先受到警示？人們透過一些不可言喻的東西去認出這些時刻。我們在未來就已經看到它們了，而一股不可抗拒的力量強迫我們不能放過任何可能將有重大後果的時刻。這就是我第一次見到這座房子時明顯感覺到的東西，正如我在那幅畫中所表現的那樣。」

當我們如此談論的時候，我們壓低嗓門，好像這些都是危險的、禁止談論的話題（而且太長時間談論幸福難道不危險嗎？），一言不發聽我們說話的老醫生打斷了我朋友的話。「是這樣的，」他對我們說：「你們熱烈談論的這座房子，我認識它快有二十五年了。你們注意到它不是沒有道理的。的確，這座房子看來比島上其他房子更幸福，而島上的房子看來都很幸福。但是你們不能搞清楚為什麼這種幸福的表象會以一種不尋常的方式如此打動你們。而我呢，我認為我知道其中的道理：也許因為這不是『自然的幸福』的表象。你很快就會理解我說的話。但是，我順便告訴你們，我個人很讚賞事物的正義和道德，它們時時刻刻都在警告著我們，如果我們會用眼睛來看，用耳朵來聽，我們就可以免於犯任何錯誤。你們不會不知道這座房子的環境。大海離大門有兩千步左右，在堤岸的另一邊。如果夜色不那麼黑的話，從這個窗戶可以看得見大海。如果大家不說話，還能聽見海潮的聲音。我們所在的地方比海床還要低，海堤一旦決口，海水也許會上漲到超過我們頭上房頂最高的瓦片。但是這些都不重要。我想和你們談的是旅舍的主人。」他轉身對我說：「先生，先生你只是遠遠瞧見了他們夫婦倆一眼，也許還沒有從第一個印象裡擺脫出來，而第一印象總是絕對可信的，因為這是藏身於我們內心的靈魂、從裡頭跑出來迎接並且判斷另一個靈魂的時刻。而這個時刻一消失，靈魂知道了想知道的所有一切，就不再為此操心了。因此我們可以說，我們只有在第一次看到一個人時，才能真正瞭解他。之後我們會很快地把他忘掉。因此我們應該趕緊借助於某些言詞把這個印象固定下來，不然它就會像回憶夢境那樣很快地消失，也許印象本身就屬於夢的世界。好了，先生，如果你能告訴我們你初次踏進這裡的感受，我將感激不盡，因為我也一樣對一個美國哲學家相當準確地稱為『超靈魂的東西』充滿好奇心。」

「先生，」我回答道：「你向我要求的東西並非沒有危險。的確，我們第一次接近一個人時，我們相當清楚地看到了他的過去和未來，而且我們是如此全面地、如此高高在上地判斷他，如同我們就是創造這個人的上帝一樣。我們因而是生活在一個確定無疑和萬無一失的環境中。我們卻不知道如何利用這個環境。但是當我們對這些事物進行思考時，它們就會逃逸消失。我們就好比不會說話的燈籠，裡頭點燃明亮的火焰，但就是沒有辦法打開它。我仍然想法滿足你的要求。我也一樣在近中午的時分來到這裡，看到四隻白色木鞋在門檻上等待著。我小心翼翼地打開大門。男主人和女主人正在前廳深處、靠牆一角的一張禱告席形狀的木凳子上打盹，她的頭偎依著丈夫的肩膀，他的雙手緊緊握住她的一隻手。他們頭髮灰白，臉上像小孩一樣莊重地露出微笑。但我不知道如何向你描述他們的外表，你比我更瞭解他們的外表。我想抓住的，是隱藏在我心裡、也隱藏在你們心裡的上帝判斷這兩個人的那個短暫時刻。但他們睡著了，上帝什麼也看不見。但當他們睜開眼睛，就在眼皮一張一閉的瞬間，上帝遇見了他們的靈魂，跟它打了招呼，占有了它，並且知道該怎麼辦了。又有兩個靈魂在今生今世或者來世都不會拋棄我了。但是我無法說出來我雖然深切知道的東西。這種事情嘴巴說不出來，也進不了腦子裡。我只能是空泛地說說而已。你們記得亨利・海涅的一首歌謠〈天氣很壞〉嗎？詩人幾乎什麼也沒有說，大意是：天氣很壞，下雨、颳風、下雪。有一個人靠著窗戶，注視著眼前的黑暗。一道孤獨的亮光慢慢地遠去。那是一個提著燈籠的老婦在街道的另一邊蹣跚而行。她也許買了些麵粉、奶油和雞蛋。她想為她的大女兒做蛋糕，她這時正坐在家中的扶手椅上，瞇著眼睛注視著那道亮光，金色的髮鬈飄落在她的臉上。這就是全部的內容。這裡面什麼都沒有，但這首小詩比其他的對我具有更大的威脅性。也許應該讀一下詩文才會體會到這種內心的威脅。也許這是對一個極其重大事件的等待？不管怎麼樣，當我剛才第一次見到男女主人時，不知為什麼我回憶起了這些詩句，他們那時就坐在我們三位澤蘭島農民此刻正要離開的那張凳子上。」

那三位澤蘭島農民正把他們的陶製菸斗貼近小桌子上燃著的一個紅銅火盆，他們平頭上戴著一種奇怪的帽子，類似帽簷被剪掉的高筒大禮帽。他們像完成一項神聖儀式那樣向我們敬祝晚安後就緩步離開而去，穿過他們島上的大草原，消失在黑暗中。

三個澤蘭人輕輕地把門拉上走進黑暗中之後，醫生接著說：「我很欣賞，很欣賞偶然的機會給你提供了相當令人滿意的相同例子，來說明第一次相遇所產生的那些奇特印象。因為我們首先看到的一張臉，我們在一段時刻內是以兒童明察秋毫的眼睛來看的。很奇怪，我們僅能根據無法解釋的一種超級生命的法則如此生活和行動。我這會兒又扯上好多廢話而沒有談到正題。你將會看到藏身在你心裡的上帝，如你所說的那樣，祂並未欺騙你，上帝的判斷很準確，祂還看到了這兩個人的過去和未來，雖然祂不能向你說出祂所知道的東西，因為祂不說和我們同樣的語言。而且，我們的思想總是賦予像靈魂這樣的東西以過分隨意的形式。好了，我嘮叨夠了。現在就留下我們幾個人了——我希望在窗戶旁睡覺的那個陌生人不會打擾我們——現在就我們幾個人，我可以告訴你們我所知道有關男主人和他妻子的事了。而且我們島上的居民，沒有人不知道發生過的事情，但誰都迴避去談論它，因為一切都沒有受到證實。三十年前，我們的女主人是個絕頂美人。她嫁給了一個相當有錢、但歲數很大的男人，他們就住在這所房子。他們有兩個孩子，兩個金黃色頭髮而且胖得出奇的男孩。我不只一次看見他們坐在小花園的草地上，就是現在擺放著兩雙白色小木鞋的地方。他們那時已經頭戴無簷高筒大禮帽，並根據當地的習慣身著剛才離去的那些男人一樣的服裝。青年婦女和老人過著美好的生活。他們在村子裡的行為很不檢點，近於道德敗壞。但是難道不應該因地而異去對生活作出判斷嗎？在那個時候，可以說島上發生的所有災難像忠誠的候鳥一樣，都相約會合在這所房子的屋頂上。都是一些小人物平庸的災難，但卻使得周邊的老實人唉嘆說『這太不公平了』，因為農民總是不斷地審視命運。

「有一天，青年婦女的一個表兄弟從鄰近的一個小島來到村裡。他也很年輕，性格堅定，處世謹慎。他一進屋，環繞這所房子發生的似乎已經被遺忘的事件又甦醒過來，繼續發生，越發不可收拾。人們不知道事情究竟是怎麼發生的。但是這些細節毫無意思。然而，又有什麼辦法呢？發生的事件，就如天兵神將降下人間，總要清點清點吧。這位親戚來到不久，老頭可疑地突然身亡。那時我正好不在。人們進行了調查。但拿不定主意，也就沒有追查下去。歸根到底，這可能算是一樁被動罪行，一樁過失罪行，比人們想像的還普遍的那種罪行，可以暫時欺騙自己不受到良心譴責的那種罪行。女人繼承了老頭的遺產。那位表兄弟娶了她，生下了一個女孩。前夫的兩個小男孩後來都病了，幾乎在同一時間死去。我被叫到現場，什麼疑點也沒有能發現。什麼都不做就可以殺死一個小孩，只要不再阻止他去死就可以了。我沒有證據證明他們殺死了兩個男孩，但我知道是他們殺了他們倆，但我不得不保持沉默。

「這一切都很平常，報紙上充滿這類事件的報導。但這裡頭肯定有蹊蹺。跟你們一樣，我在等待事情的結果。因此我常常回到這所房子來。我想來看看是否正義得到了伸張。我指的不是人們實行的正義，這種正義是粗俗的、笨拙的，因而毫不足道。我說的是另一種正義，它應該存在於某處，而且似乎統治著我們的思想。我不瞭解正義至今已經做了些什麼。但我知道，就如我藏身在他們的靈魂裡頭一樣，他們比花園裡兩個小男孩還要幸福。我還知道一些普通人的平庸幸福，在我看來似乎是最值得羨慕的幸福，以近乎神奇的方式，不斷散發在這所房子裡。經過仔細的觀察，我敢確定他們內心沒有想過總有一天終將會遭受懲罰。此外還有什麼呢？對了，他們只有過一次極大的創傷。大概在二十年前，他們唯一的女兒突然失蹤了。他們向我證明，他們是何等地愛這個孩子，甚至為她犧牲了老人的兩個孩子。整整三天，人們再也見不到他們，房子一直緊閉著。但是第四天的早上，大門、綠色的護窗板和窗戶又重新打開了。當我經過那裡時，主人和他的妻子又站在門口微笑著。也許痛失孩子正好庇護了他們，幫他們贖了罪。我不知道是否如此，反正我還在等著。」

「先生，」我們當中有人說：「你錯了，你不該等著。什麼也不會發生的，你期望會發生什麼事呢？如果他們內心沒有感覺到會受到懲罰，他們將永遠不會受到懲罰。必須先具有高尚的靈魂才會接受對自己的懲罰。我曾經在非洲待了兩年，我認識了三位黑人國王，他們都罪惡累累，萬惡不赦，但是他們卻是黑人中最為幸福的人。他們一直到死都很幸福。他們在其他地方難道會受到懲罰嗎？我認為如果說正義普照人間，它應該把它的恩澤惠及所有的生靈。請看此刻在 N 婦人膝上睡覺的小狗吧，牠脾氣不好，性情暴躁，簡直壞透了。但牠卻像一個王子那樣被寵愛著。但在這所房子的院子裡，有另一隻狗。我想你們都見到過。牠可愛極了，有小孩一般的眼睛，很聽話，你對牠一笑，牠就會高興地哭起來。但牠出生三個月後就被拴起來，牠的主人只在牠死後才會解開繫在狗脖子上的鐵環。然而狗的主人並沒有其他的生靈……」

「先生，」N 夫人笑著打斷他的話：「我不允許你說我小狗的壞話。牠很壞，這是真的。

但所有其他同品種的狗都和牠一樣壞。而且，我就是喜歡牠這個樣子，牠比另一隻狗漂亮多了……」

我們在這所房子多待了一天。我們對房子的主人很感興趣。他們是多麼幸福呀！他們犯下罪行已經有二十多年了。我們早就原諒了他們。有一個晚上，我們又聚在同一間客廳裡，畫家N、他妻子和我。那時已經很晚了，我們沒有點燈。我們也停止了說話。我們注視著窗外堤岸上被北邊的輕風吹得向一邊傾斜的樹木。突然我們聽見有人怯生生地敲大門的聲音。「進來。」N夫人說。沒人進來。又聽見依然是怯生生的敲門聲。主人和他妻子像往常一樣早就躲進隔壁的房間裡，而且小心地把房門關上。我不知道他們怎麼會聽見這輕微的聲音。男主人從房間走了出來，手裡提著一盞燈，把房子大門打開了。我們什麼也沒看見，除了門外似乎在等候著他的滿天星星。但我們還是聽見了黑夜中的細聲碎語。然後是壓低的叫喊聲。最後，主人又露面了，手牽著一個漂亮的年輕女人。他無言地把她推進了隔壁的房間，接著自己也跟著進去了，並把小過道的兩扇門關上。我們再也聽不見任何聲響。N夫人有些擔心，點起了一盞燈。半小時以後，男主人把朝大廳的門稍微打開，他笑逐顏開，滿臉是快樂的眼淚。他站在門檻上，一隻手貼近嘴巴，像在教堂裡說話那樣，輕聲說道：「我們的女兒回來了。」然後又消失了，把門重新用兩道鎖關上。

我不知道N夫人怎麼會產生了一種無名的恐懼……她怎麼說也不願在這所房子裡多停留一分鐘。她的丈夫只好隨著她。他們摸黑上路，一直走到了維勒市。我一個人留在旅舍裡。但是第二天我也離開了，很慶幸找到一個藉口離開了這所充滿太多幸福的房子，而沒有表現出逃難的樣子，因為我覺得這一回N夫人又說對了。

譯自《夢心理學入門和其他作品》，一八八六－一八九六年

愛彌爾・凡爾哈倫

Emile Verhaeren（1855-1916）

凡爾哈倫與梅特林克同是比利時在國際上最負聲名的兩位作家。他被法國詩壇譽為「詩歌王子」，在比利時被稱為「民族抒情詩人」。他出生在安特衛普的聖－阿芒。他先在根特念書，與羅登巴赫同過學，後在魯汶學習法律。開始從事律師生涯，在艾特蒙・皮卡爾的律師事務所擔任見習律師，並積極參與《青年比利時》雜誌的活動，接觸了藝術界的一些名人，如第歐・凡・里森貝格和卡米耶・勒莫尼埃等人。後全心投入詩歌創作。他早期接受帕那斯派詩歌的影響，主張「為藝術而藝術」，這時的代表作有《弗蘭德女人》（*Les Flamandes*, 1883，中譯本名為《弗朗德勒女人》），詩中表現出繪畫的影響，追求色彩紛紜和強烈的形象，也具有弗蘭德神祕主義的痕跡。後因健康問題和父母雙亡的刺激，他經歷了思想上和宗教信仰上的深刻危機，陷入極度的痛苦和絕望之中，而轉向悲觀的象徵主義。這時期他陸續發表了具有反叛精神的「黑暗三部曲」：《黃昏集》（*Les Soirs*, 1888），《土崩瓦解》（*Les Débacles*, 1888）和《黑色火炬集》（*Les Flambeaux noirs*, 1891），反映了時代的精神和個人痛苦的心路旅程。一八九一年他與畫家兼詩人瑪特・瑪森的相遇和結合，使他心理得到了平衡，重新激起了生活的勇氣，並參加了社會主義團體的一些活動，關心勞動人民的疾苦，這在他的「社會三部曲」有所反映。他在《恍惚的農村》（*Les Campagnes hallucinées*, 1893）、《章魚的城市》（*Les Villes tentaculairés*, 1895）和《黎明》（*Les Aubes*, 1898）等三部詩集中謳歌力量、勞動、技術進步和社會博愛。他在其詩歌創作的巔峰時期，發表了壁畫式巨著《整個弗蘭德》（*Toute la Flandre*, 1904），擯棄了原先過分自信的風格，提倡反璞歸真，與大自然的協調。他此階段的詩歌創作還有被稱為「時光三部曲」的《明亮時刻》（*Les Heures claires*, 1896）、《午後時刻》（*Les Heures d'après-midi*, 1905）和《夜晚時刻》（*Les Heures du soir*, 1911）。他的整個詩歌作品頌揚熱情和力量，語言富於創意，表現力強，節奏新穎。他還是多才多藝的作家，除了詩歌，他還從事戲劇創作，他的戲劇《隱修院》（*Le Cloître*, 1900）被列為法蘭西劇院保留節目。他還寫過不少有關林布蘭、恩索和魯本斯等畫家的評論作品。晚年，因世界大戰的爆發，思想深受打擊，動搖了他對人生的看法。一九一六年他在法國城市盧昂不幸被火車撞死。他的墓地平靜地躺在他的家鄉埃斯科河河畔的聖－阿芒市。

下面四篇散文詩選自散文詩集《虛幻的村莊》（*Les Villages illusoires*），寫成於一八八九年至一八九二年之間，根據比利時拉博出版社一九九二年版本譯出。

一個夜晚

要感受到那種刻骨銘心的哀傷和痛苦，真應該聽聽一個盲童夜晚在一個荒廢的城市吟唱的一曲馬拉加民歌①，他在燈籠下，孤身一人，久久站立，喉嚨哽咽，嘴巴扭曲，眼睛朝天。發出的是呻吟，還是呻吟，永遠是呻吟。而這一切是那麼刺耳，那麼鑽心，那麼揪心。然後，這一切化成了呻吟，縈繞耳際，而後漸漸消失的呻吟。它從心裡深處湧出，宛如淚水般的一顆顆汗珠。歌者在回憶往事：他從那些由於愛情和痛苦而死亡的國度回來，死亡的國度就在那邊，它們如同疲憊而可憐的靈魂，如同昔日愛情的墳墓前面臉色蒼白渾身哆嗦的瘋子。他的引路人呢？——一個悲慘的殘肢者，瘦得像一隻羽毛被拔光的小鳥，他用獨眼從下面注視著這個兩眼翻白、筋疲力盡的孩子。馬路上空空蕩蕩。唱歌是為了掙一些錢好去安心睡個覺。然而行人咕噥著走過去了，面對的是鐵色的午夜，寂靜如死水，午夜的鐘聲響了。

這讓我勾起了那個夜晚的回憶！我那無聊的手杖敲打著發出空蕩回響的路面，我是在一條名聲不好的街道拐彎處意外聽見了這首悲歌。盲童正在彈著吉他，第一根琴弦斷了，可憐地垂吊著。而在街上的小酒店，可以看到一些女人，裸著胸脯，手指夾著香菸，眼光久久露出乞求的神色，頭髮上戴著假寶石。一抬手一頓足之間，她們手上和腳下的金屬環就會噹噹作響。她們玫瑰色的拖鞋，如同環繞雙腳的一串首飾。而在港口那邊，從那裡可以聽見海濤的聲音，定錨的環索把它們無情的錨頭和天上的星星混合在一起，有諷刺意味的是，它們也和蕩漾在空中的哀歌混合在一起，它們以另外一種節奏在運動。

對我來說，唉，這首哀歌，何等的憂鬱，何等的無奈，這首哀歌深深刺痛我的靈魂，而充滿敵意的氛圍只是對著它聳聳沉重的肩頭。我無窮的哀思沉默了，悲歌用它那黑色音符把它們像袍子一樣裹住了。而它的節奏取代了我的憐憫之心。悲歌給我講述些什麼呢？——我莫名的憂愁，我無窮的煩惱，我所有像燈火一樣被吹滅的激情——而且更深刻的是，我不可言狀的焦慮，我靈魂中的靈魂，那些在我內心裡蜷縮一團、驚恐慌亂的東西，那些會狂吠的，那些糾纏不清的，那些總是突然讓人心驚膽戰的，那些我緊緊抱在囚徒緊身衣裡的東西，這裡面，是我的恐懼的地窖！

把我的生命和他們兩人的生活連結起來，兩根琴弦當中那根嘎吱作響的琴弦突然緊緊抓住了我的心窩。

我們在惡行中結成了美好的兄弟情誼，我們毫無目的地搖晃和漫步，走向冷酷的陌生人，我們三人從此變成在各個城市間到處遊蕩的人，但並未因此改變我們的本性。我們有野性的本能，以我們的口渴來灌酒，以我們的飢餓來果腹，我們是自身污垢的主人，我們把它們的惡臭灑向全世界！啊，如泣如訴、令人傷心斷腸的馬拉加民歌，我們以它作為咒罵聲，惡作劇地、但不失高貴地扔向那些愚蠢的好心腸的施捨者！

初登於《新社會》雜誌，一八八九年

①馬拉加為西班牙南部的一個城市。

瘋人院

我離開了那個令人沮喪的地方。作為人，我感到傷心和絕望。我眼前還浮現著那些瘋子的形象，他們注視我，盤問我，跟我說話。首先是那些稟性溫和的男人，他們發出怨言，為想像中遭受的種種迫害而呻吟不已；而性格暴躁的，愛高聲叫嚷的則目中無人地往前走，胸前掛著聖像。我腦子裡還出現了一些動也不動、不聲不響的婦女，她們直挺挺地站在我的跟前。其他人當中，有的手舞足蹈，亂抓頭髮，口水四濺，喊些褻瀆神明的話，接著立即在胸前劃十字。其中有一位胸部肥大的婦女，抱怨身體衰弱，乞求修女給她一副靈丹妙藥，第二位婦女控告和她住同房間的婦女把條蟲傳染了她：因為她感覺到有蟲子在啃吃她的胃，如同在海綿上鑽洞那樣。第三位婦女，三年前已達到百歲高齡，她大聲叫罵，說她的幾個兒子偷走了她的錢財，她正在把所有的裙子集中起來，希望在裡頭揀回她的金子。

而男人呢？我看見有些人以緩慢的聲調在唱著情歌，連續幾個小時搖頭晃腦，擺動身子，活像被擒獲的狗熊。一個老兵用食指抓破自己的臉，人們把他的手捆綁起來，他就尋找牆上的鐵釘繼續幹。一位禿頭的詩人用詩句寫成訴狀，想呈遞給法庭的主審大法官。在隔板的後面，一些人歇斯底里大發作，大喊大叫。一些光明派①的信徒正在佈道。一些發狂者在鐵床上折騰，人們聽見搖晃的彈簧撞擊牆壁的聲音。有少數人驕傲到了頭腦發熱的地步，竟然宣稱他們創造了世界，建造了天上的銀河，腳在上面一踩全是明晃晃的鑽石。一些患憂鬱症的，則轉過頭注視著窗戶外的一條陰溝。一些被女人搞得癡呆的，身心損傷、一貧如洗的男人正在自己身上盡情發洩，因而不得不給他們戴上手套，免得他們「自戕」。一個盲人，滿身污垢，眼睛糜爛，沿著牆根散步，身體不斷往牆上蹭，在上面留下了一道道的垢痕。一個老年的法院執達員把自己的舌頭嚼爛。

這一切緩慢地在我眼前轉動，但有時也會突然停住，那是當另一幅更加怪異的景象呈現的時候。

那是一個鄉下來的老人，他好像剛從閣樓上的倉庫冒出來，鬍子上似乎纏滿了蜘蛛網，他的一生是那麼空虛，死亡之神也幾次折磨過他，他的嘴唇和眼睛黑如煙炱，雙手浮腫，只剩下拿起一個廉價玩具的力氣，他擺弄這玩意兒，獨自傻笑。

布娃娃全是用破布縫就的，她的小手輕輕敲打他的面頰，男人笑個不停，當沒有人看他時，他把布娃娃的小裙撩開，臉上居然發出一絲亮光，就像一個強烈欲望得不到滿足的人一樣。他再也控制不住自己，破娃娃掉在地上。

這一切令我感到極度噁心。眼花撩亂的景象使我厭煩，使我深感殘酷。接著一陣恐懼攫住我，我害怕自己也變成瘋子。我趕緊離開，跑回到自己的房間，對著一面鏡子，瞧著鏡中的自己又叫又嚷：「我沒有發瘋！沒有發瘋！絕對沒有發瘋！」

初登於《新社會》雜誌，一八九〇年

①盛行於十八世紀的一種異端宗教流派，聲稱受到上帝的直接啟迪而得到光明。

城市

在滾滾作響的木頭路面上，出租馬車、四輪大車和雙輪馬車川流不息，發出奔跑的馬蹄聲和揚鞭的陣陣呼嘯聲，匯成了均勻、單調的隆隆聲響，白天黑夜，永不停止。樹木從圓形的生鐵護欄間隙中生長出來，每一片葉尖上都沾上灰塵，樹腰部分纏繞著一個護套。橫豎排列的字母組成了整齊的燈光招牌，每一層樓掛上無數美妙的金黃色飾物，好像太陽的光輝被切割成塊塊招徠人和矇騙人的東西。出於裝飾效果而呈彎曲狀的路燈在痛苦地折磨其鐵製柱子。陰溝裡灰暗、骯髒、暗綠色、靜止的水不只是一股被制服的水。人們把山頭給截斷了，褻瀆了世間的孤獨寂寞。巨大的岩石被切開，而泥土變成磚瓦，成堆地被賣掉了。一座座房子高傲地聳立著，屋頂和塔樓俯視大地，天空面積變小了。龐大的都市在夜晚一下子燈火通明，它自己本身就形成了一片蒼穹。

被人們釋放並馴服的各種聲音比岩石和大海之間搏鬥的聲音更加響亮。鋼鐵的機器把一切回聲都碾碎了。汽笛的聲音，劃破長空，比暴風雨的呼嘯更加淩厲。幾個世紀以來一直沉睡在漫漫長夜的礦底的煤石被打碎了，如今沿著堤岸成堆地擺放著。而森林的木材按尺寸碼好躺在黑暗的庫房裡。在船塢的十字路口存放有可怕的石腦油和易燃的汽油，在紅色碼頭上稀疏的木椿之間，收割來的一捆捆亞麻、大片土地裡收上來的大麻和棉花像船帆那樣迎風格格作響，但是它們像被制服了意志那樣馴服順從。空氣、火、土壤、大海、空間、黑夜、暴風雨，世上所有的對立衝擊像牙齒一樣被可怕的大鉗粉碎了。而在此時此刻，人們看見極大的痛苦攫住了一切事物，看見龐大的物質無比恐懼的樣子。而現在的城市，如倫敦、巴黎、羅馬，古代的城市底比斯、巴比倫、帕爾米拉①，以及在遙遠的幻想中由暴君建立起來、如同他們的瘋狂一樣不可思議的城市，它們是人違抗自然、用痛苦的智慧對抗無聲的力量建設起來的，人們看見它們最終的出現就是為了實行報復。

選譯自《虛幻的村莊》，一八八九年—一八九二年

①底比斯、巴倫比和帕爾米拉都是古代有名的城市，分別位於今日的埃及、伊拉克和敘利亞。

回憶

今夜，孤零零一個人，我走進我心中的地下墓穴。在那裡，在十字架底下，他們安息著，在他們彌留之際，我曾經單獨跟他們在一起，撫慰過他們。有你，我的父親，有妳，我的母親，還有妳，最先離開人世的，多麼溫柔，多麼善良的我的姨媽。她走了好多年了，就在十一月那個陰暗的冬天，那時候村裡有很多窮人也去世了。

我全部的童年一直懸掛在妳的心上。妳沉默寡言，好像遠遠離開其他人的生活，妳以被壓抑的母性和獨身女人的夢想，一個人孤單而憂傷地疼愛著我。妳曾經以另外一種方式愛過嗎？我呢，早在到教堂做禮拜的年齡之前，就向妳懺悔了。妳的一個口袋內裝著我積蓄的零用錢。夜晚，每當我感到害怕的時候，我總起來敲打妳的房門。我幾個小時幾個小時地——這一切都很美好，但不是已經有些褪色了嗎？——就我小女朋友的事沒完沒了地徵求妳的意見，一把眼淚一把鼻涕向妳訴說我的哀傷，用我的「為什麼」和我的任性來糾纏妳，我還記得有一天我竟然打了妳。

今夜，孤零零一個人，我走進我心中的地下墓穴。

妳的眼睛浮現在我的記憶裡，如同古老的珠寶突然甦醒了起來，多麼溫柔的眼睛！是我，在妳喪葬的時期，在點燃了蠟燭、窗戶緊閉的房間裡，親手永遠地闔上了妳的雙眼。我也想起了妳最後穿上的衣服：一個小白帽緊貼妳蠟白的橢圓形臉龐，妳的雙手合攏著，妳蒼白的手指間滾動著死者的念珠。冰涼的床上，蓋上了一張大床單，就在這張床上，我曾經縮成一團，安靜地偎靠著妳睡覺，我又看到了壁紙上的滿天星星。妳就這樣躺了長長的兩天，腳尖往上翹，妳顯得更瘦長了——在那一天之前，我從未注視過死人，不管是男的還是女的，而這回我只在妳入殮時才停止注視妳——啊，插進我心頭的釘子——當棺木被釘上以後幾個小時裡、喪鐘為妳敲響之前，我親吻了棺木，我親吻了妳基督徒葬禮的棺木！

今夜，孤零零一個人，我走進我心中的地下墓穴，我審視著自己的靈魂，帶著眼淚，帶著悔恨，我進入了遐想：

「如果真的死人會在午夜適當的時辰回到人間，我會感覺到這是妳嗎，我溫柔而又善良的姨媽？當造訪的月神屈就降臨人間，這會是妳嗎，古代傳說中那位仁慈的狄安娜女神？她不是母親，而是姨媽，是坐在嬰兒搖籃邊的聖女，耐心、溫柔、勇於獻身，就如一位更幸福妹妹的姐姐？這是妳的撫摸嗎，這無疑是來自於比生命還遙遠的地方的宗教之光？我可憐的老人和善良的姨媽，告訴我吧，妳還會是原諒我安慰我的親人嗎？我是不是永遠還是妳的孩子，妳還愛我嗎？妳是我的最愛，我心中唯一最愛的親人，雖然對其他人說來，妳已經永遠死去了？」

今夜，孤零零一個人，我走進我心中的地下墓穴。

初登在《新社會》雜誌，一八九二年

喬治・羅登巴赫

Georges Rodenbach（1855-1898）

喬治・羅登巴赫出生於圖爾內。詩人和小說家。家庭富有，受過良好教育。他在根特市著名的聖－巴貝中學念書時，結識了凡爾哈倫。他得到法律博士學位，在布魯塞爾擔任過律師。他年輕時曾在巴黎小住，接受文藝薰陶，開始寫詩。回國後積極從事文學活動，接近《青年比利時》雜誌。一八八八年開始在巴黎定居。供職於《費加洛》報社，同時全心投入文學創作，活躍於馬拉美和埃特蒙・德・龔古爾的文學沙龍。他是比利時象徵主義最早的詩人之一，其早期的詩作深受帕那斯派的影響，講究形式。他的詩集《一片寂靜》（*Du Silence*）顯露了作家獨特的詩風，突出表現夢幻和世紀末的悲觀，富有雲霧式的神祕主義色彩。他的詩集《眼睛的旅行》（*Le Voyage dans les yeux*）和《封閉的生命》（*Les Vies encloses*）體現了和他的老戰友凡爾哈倫不同的藝術氣質和風格。他的全部著作中影響最廣的應推小說《布魯日——死亡》（*Bruges-la-Morte*），最初是以連載形式在《費加洛》報上發表的，一時聲名大振，被譽為象徵主義小說的代表作。該小說曾被改編成電視劇和電影。羅登巴赫一生深受宗教教育的影響和布魯日城市憂傷氣氛的感染，使他的詩歌、小說和戲劇作品充滿了懷舊的情緒。小說《布魯日——死亡》描寫住在這個失去往日光彩的古老城市的主人公維安因失去愛妻而陷入不能自拔的痛苦中，移情於與他亡妻奇怪地相似的一個無意中遇見的女人。在一片真假難分的幻覺和迷亂中最後殺死了情婦。書中關於十九世紀末布魯日城的運河、破舊的房子、孤獨稀少的行人、風吹雨淋的碼頭、淒涼的鐘聲的描寫，反映了作者夢幻與焦慮的心境。他的詩歌和劇作都有這種強烈的懷舊主題，反反覆覆出現布魯日的流水、雨景、鐘樓、雲霧、石頭等。他的語言純正，富有音樂感，雖然靈感似嫌單調，卻有感人的力量。小說《布魯日——死亡》已譯成多種語言，大陸出版的兩個中文譯本分別題為《布呂赫的幽靈》和《亡妻》。羅登巴赫也是一位劇作家，他的劇本《排鐘樂師》（*Le Carillonneur*, 1897）也再現了布魯日的憂鬱氣氛。可惜這個天才的作家英年早逝於巴黎，得年四十三歲。

相似與相通

小說《布魯日——死亡》的主人公維安在漫步布魯日街道中，突然發現與其亡妻驚人地相似的一個演員簡娜，他跟她生活在一起，想重溫往日夫妻相愛的日子。他在欺騙自己，因為在相似的外表下，出現了痛苦的不和諧。

于格內心尋思：相似可真有不可言表的力量！

相似應和了人性中兩種互相矛盾的需要：習慣和求鮮。習慣乃是法則，或說是生命的節奏本身。于格曾經如此尖銳地體驗過這一點，習慣成了他不可救藥的命運的主宰。與一個他始終熱愛的女人生活了十年之後，他再也不能擺脫掉對她習慣的依賴。亡人依然占據著他的心靈，他希求在其他人的臉上尋找她的容顏。

另一方面，對新鮮事物的愛好也同樣出於本能。一個人對總擁有同一財富會漸漸感到厭倦。人們只能在對比中享受幸福，如同享受健康一樣。而且，愛情也是自身當中的間歇。

相似正好使習慣和求新在我們心中得到協調，賦予它們相同的地位，讓兩者在一個不確定的地點相遇。相似使守舊與求新呈現在水平線上。

這種聚合作用主要表現在愛情中：新顏和舊歡的酷似表現了無比的魅力！

于格享受這種魅力，倍加感受其中的樂趣。他的孤獨和傷痛使他很早就對這種心靈的細微變化特別敏感。何況，不正是這種追求相似的天生感情使他在鰥居後立即就來到布魯日生活的嗎？

他可以說具有人們稱為「相似意識」的東西，一種附加的、纖細、脆弱的意識，以無數牽線把世上萬物聯繫起來，用遊絲把樹木聚合在一起，在他的心靈和無以慰藉的鐘塔之間架起一種非物性通感。

正為此他選擇了布魯日，這座昔日大海從那裡開始退去的城市，並視為莫大幸福。

這早就是一種相似的現象。因為他的思想和這個最大的灰色城市息息相通了。布魯日灰色街道呈現憂鬱氣氛，每天似乎都在過萬聖節！這種灰色好像是由修女帽的白顏色與教士袍的黑顏色調配而成，在這裡川流不息，而且很有感染性。灰色奧祕，永恆的輕喪氛圍！

因為城裡沿街樓面色彩變幻無窮：有些塗上一層淡綠色，或者砌上縫隙用白灰填上的褪色磚頭。但近旁的一些樓面卻是黑糊糊的，活像一幅嚴肅的木炭畫，燒製的銅版畫，塗上墨色可以起修正作用，並與鄰近有些明亮的色調相調和，然而整體上，仍然是灰色，它沿著像運河堤岸那樣排列的外牆飄動逸散。

教堂的鐘聲也可以想像成黑色，但軟綿綿的，融化在空間，傳來一種同樣是暗灰色的喧響，在運河的水面上拖曳、起伏、擴散。

運河上雖然有那麼多的映象：一片片的藍天、一片片屋瓦、一隻隻浮游的白天鵝、岸邊一棵棵青綠色的白楊樹，運河本身都交會成一條條無聲無色的水道。

這裡，由於氣候的神奇效果，產生了一種互相交融現象，說不出來的一種氛圍的化學作用，中和了過於強烈的色彩，使之化為一種夢境，一種近乎昏暗、混沌的混合體。

這就好像北方天空多見的雲霧，削弱的光線、堤岸的花崗石、連綿的陰雨、傳來的教堂鐘聲，透過它們的混合作用影響了空氣的色彩──還有在這個古老城市，光陰留下熄滅的灰燼，歲月沙漏流下的灰塵，全面堆積成了城市沉默的作品。

這就是為什麼于格情願在那裡隱居的理由，為了體驗他最後的精力如何不知不覺、無可挽回地在沙土化，陷入一顆永恆的微小塵土裡，把他變成如同城市顏色一樣的灰色靈魂！

今天，這種相似的意識，透過突如其來和近乎奇蹟的分心手法又起作用了，不過是相反的方向。在這個已經遠離他最初記憶的布魯日，究竟怎樣經過命運的安排，讓一個新的面孔突然呈現出來，復活往昔的追憶呢？

不管他如何面對這奇特的意外，于格為簡娜與死者的酷似而沉醉，就如他原先對他自己與這座城市的相似而感到情緒激動一樣。

選譯自《布魯日──死亡》，一八九二年

（比利時拉博出版社一九八九年版本）

憂鬱的城市

于格·維安本以為在一位演員的身上找到了他亡妻的影子。他要求簡娜時時處處都要做到和死者一模一樣，她拒絕了。

于格日益感到其動人的謊言已支撐不下去，他開始向布魯日回歸，把他的心靈和這個城市重新結合起來，同時竭力重現另一個平行的世界。在他痛失愛妻以後以及來到布魯日的最初的日子裡，他曾以這個世界來鎮定他內心的痛苦。而現在既然簡娜在他看來已不再和死者完全一樣，倒是他自己再次和這座城市融為一體，不分彼此了。他在空曠的街道上單調和無休止的漫步中強烈感覺到這一點變化。

因為他已經到了簡直無法待在家裡的地步，住宅的孤寂，風在壁爐裡哭泣，回憶在四周湧現，像一隻隻緊盯他的眼睛，令他感到恐懼。他幾乎整天都外出遊蕩，毫無目的，心緒不定，對簡娜以及自己對她的感情搖擺不定。

他真正愛她嗎？而她本人又隱瞞了怎樣的冷漠和怎樣的背叛呢？多麼煩人的猶豫不定！冬天陰鬱的黃昏苦短！浮動的雲彩凝聚！他感到雲霧的感染力也滲透了他的心靈，使他頭腦昏亂，沉陷於一種灰色的麻木狀態中。

啊，布魯日冬天的夜晚！

古城又開始影響他了。水面平靜的運河教導他學會沉默，其寧靜引來了高貴的天鵝；無聲的堤岸向他提供逆來順受的榜樣，遠處盡頭的聖母院和聖救世教堂高高的鐘樓上傳來了虔誠和苦行的告誡。他本能地抬起眼睛往上看，似乎在尋找一個庇護所，但鐘樓似乎在嘲笑他那可憐的愛情，好像在說：「瞧瞧我們吧！我們是信仰的化身！沒有樂趣，也沒有塑像的微笑，我們好像是空中的碉堡，要升天到上帝的身邊。我們是威武的鐘樓，惡魔射盡了它們的弓箭來對付我們！」

不錯！不錯！于格本願如此，變成超脫生活之上的一座塔樓！但他不能像布魯日那些鐘樓那樣，因挫敗了惡魔的企圖而驕傲。正相反，可以說魔鬼的妖術，即他現在為之痛苦不堪的強烈情欲使他猶如中了邪，無以自拔。

他閱讀過有關惡魔的故事又出現在他的腦海裡。這種對於神祕力量和走火入魔的恐懼難道沒有一點根據嗎？

這難道不是和魔鬼簽了需要流血的契約後、被引上了悲劇的道路？于格有時感覺到死神的影子好像在向他靠近。

他曾經想驅走、戰勝死神，用類似這種巧妙的伎倆來嘲弄死神。看來死亡要來報復了。但是他還有時間逃脫這下場，及時驅邪！當他漫步於這座神祕大城市的街區時，他總是抬眼仰望那大慈大悲的鐘樓，感受教堂鐘聲的安慰，還有每個街角聖母像充滿憐憫的款待。聖母像坐落在神灶深處張開雙臂，四周點著蠟燭，還放置了一個球形玻璃罩，裡頭擺上玫瑰花，看來猶如玻璃棺材裡凋謝的鮮花。

是的，他要掙脫罪惡的枷鎖！他要懺悔了，他曾經是一個痛苦的還俗者。他要用苦行來贖罪。他將會回復到以往的樣子。他又開始和這座古城心心相印了。他與被稱「苦難姐妹」、痛苦的布魯日又結成了難兄難弟，一樣的沉默，一樣的憂鬱。哦，他在給亡妻服喪期間遷到布魯日是做對了！無言的相似！心靈與萬物的互相交融！總之，我心通萬物，萬物進入我的心。

這樣城市便更具有一種人格，一種獨立的精神，一種近乎外化的性格，可以與歡樂、新歡、捨棄、鰥居相互感應。每個城邦都處於一種心態，剛到那裡稍事逗留，這種心態就會傳播擴散開來，像液體那樣到處滲透，被空氣中的塵土所吸收。

于格自始就已感受到布魯日這種蒼白、鎮痛的作用，在此影響下，他滿足於往事單純的回憶、希望的消失，以及對體面死亡的等待……

而今，他雖然有著當前的焦慮，但他的痛苦畢竟隨著夜晚悠長運河下的無聲流水逐漸稀釋。他盡力使自己找回和城市一樣的形象。

選譯自《布魯日——死亡》，一八九二年

（比利時拉博出版社一九八九年版本）

死亡

在布魯日慶祝聖血宗教儀式的夜晚，長年侍候他的女僕老芭貝因不滿主人行為不檢點而離去。孤獨的于格第一次在家裡接待簡娜，正當她對酷似自己的于格亡妻的遺物感到不解時，悲劇發生了。

簡娜瞥見了鋼琴上那個珍貴的玻璃盒子，為了繼續表現她的無所謂，賭氣地打開盒蓋，取出一束細長的秀髮，她吃了一驚，又覺得好玩。她將頭髮拉扯開，在空中搖晃。

于格臉色變得蒼白，這可是褻瀆行為，在他看來猶如犯下瀆聖罪……多少年來，他一直不敢觸動這件故物，因為它是死者的遺物。這件他膜頂禮拜的聖物，他每天在水晶盒灑下了多少淚珠，難道為了最終成為譏笑他的一個女人手中的玩物……啊！這個女人長時間以來使他受夠了罪，讓他痛苦萬分。他心中所有的怨恨，幾個月來每分每秒他苦苦嚥下的滿肚子苦水，猜疑、背叛、雨中在她的窗口下的盯梢，所有的積怨這下子一股腦兒都湧上了心頭……他一定要把她驅逐出去。

但當他撲上去時，她躲閃到了桌子後邊，像玩遊戲似的故意挑逗他，她遠遠高舉細長的髮辮，像玩弄被催眠的一條蛇一樣將它貼近她的臉和嘴，然後繞在脖頸，猶如纏上了一條金色鳥羽的長蟒……

于格叫喊：「還給我！還給我！……」

簡娜左躲右閃，繞著桌子轉個不停。

于格在瘋狂的追逐中，在她的嘲笑和挖苦下昏了頭。他抓住了簡娜。她脖子上依然纏著髮辮，她竭力掙扎著，怎麼也不肯將髮辮交出來。這會兒她生氣了，開口罵他，因為他緊緊掐住她的手指把她弄疼了。

「妳給不給？」

「絕不！」她說，在他猛力緊抱下，她一直神經質地笑個不停。

這下于格真的氣急敗壞了。他耳際轟鳴作響，眼睛充血，腦子一片昏亂。突然，他發作起來，手指頭痙攣，心中充滿想瘋狂狠抓什麼東西、揉碎鮮花的強烈欲望，手中也有一股鉗住什麼的感覺和力量。他抓住簡娜纏在脖子上的髮辮，拚著命也要奪回來！他凶狠而驚慌地拉緊圍在脖子上的那根髮辮束，它像一根繩索般繃得緊緊的。

簡娜再也不笑了，她呻吟了一下，發出一聲嘆息，宛如水面上破裂的氣泡發出的氣息。她給勒死了，倒在地上。

她死了，要怪她自己沒有猜到那個奧祕，也不知道有一樣東西是絕對不能碰的，不然就要冒犯褻瀆罪。她的手接觸了這根愛報仇的髮辮，對那些心靈純潔並且與奧祕靈犀相同的人來說，一旦那根髮辮被觸及，它就會讓你知道，在它被褻瀆的那一刻，它本身就會變成死亡的工具。

的確，整個房子因而遭受了厄運：芭貝先已離去了，簡娜橫屍在地，死者簡直死過兩次……

于格呢，看著這一切他懵住了，不知道發生了什麼……

兩個女人合成為一體。生時她們面貌相似，死後容顏尤為酷肖，她們的臉色因死亡顯得一樣蒼白，他分不清她們兩人了，只見他愛戀的唯一臉孔。簡娜的屍體是亡妻的幽靈，只有他才會感知它的存在。

于格退化的心靈現在只能回憶起遙遠的往事，他鰥居的最初日子，那時他認為自己生活在過去的陰影裡……他心境異常平靜，他在扶手椅上坐了下來。

所有的窗戶仍然敞開著……

在一片寂靜中傳來了鐘聲，眾鐘齊鳴，告示宗教儀式行列返回了聖血教堂。美妙的遊行結束了……曾經發生過的，曾經唱過的結束了，似乎充滿生機，在萬物復甦的一個早上結束了。街上人煙又稀少了，整座城市又孤單起來了。

這時于格不停地喃喃自語：「死亡……死亡……布魯日死亡……」他表情刻板，聲調舒緩，盡力做到和最後鐘聲的節奏諧調：「死亡……死亡……布魯日死亡……」鐘聲困乏遲緩，猶如筋疲力竭的矮小的老婦正無精打采地一一摘下鐵花的花瓣。花瓣散落在何方？古城裡抑或是一座墳墓上？

選譯自《布魯日——死亡》，一八九二年

（比利時拉博出版社一九八九年版本）

亨利·米修

Henri Michaux（1899-1984）

亨利·米修是一位傑出的現代抒情詩大師，曾被人稱為地獄派詩人。出生於瓦隆尼地區拿慕爾省一個建築師世家，小時在弗蘭德地區受教育六年。他從小就厭惡家庭對他的限制和周圍世界的荒謬。出於對墨守成規的憎恨和對自由生活的渴望，青年米修毅然放棄了學醫，當上見習水手，隨船遠赴美洲，從事過各種職業，遊歷過許多地方，如南美、遠東等地。他回比利時後，和弗朗茨·海倫斯一起主持了《綠色唱盤》文學雜誌的工作。後長期居住法國（於一九五五年取得法國國籍）。他性情古怪，有時讓人難以捉摸，例如他強烈否認他是比利時人，不能容忍人們把他和比利時文學聯繫在一起，甚至聲稱不讓他的著作列入比利時文學選讀裡。他是冷靜的幽默家、厲害的諷刺家、一切社會和政治行為的嚴厲道德批評家。他主張思想和語言的絕對自由。他對文學的各種模式和流派表現出極強的獨立性，但不難看出他對達達主義和超現實主義的同情。他放任自己的憤怒、反抗和抗爭。對他來說，只有否定的態度才能引導他的心路旅程走到盡頭。他反對社會的因循守舊、反對溫情、反對神祕主義和一切神話。在否定一切的基礎上，詩人探討下意識和夢幻的境界，甚至反映吸毒造成的心理危機狀態。他嘲笑世界和各種制度的運作，近乎虛無的狀態和人生的荒謬。他的語言激烈，並且不斷創新。米修的詩作，有超現實主義的狂熱和激情、達達主義的破壞力和荒誕文學的絕望情緒和幽默感，很難把他列入哪個流派。他的代表性詩作有《我曾是誰》（*Qui je fus*, 1927，已有中譯本）、《異地》（*Ailleurs*, 1948）、《不幸的神奇》（*Misérable miracle*, 1948）、《無限的騷亂》（*L'Infini turbulant*, 1957）、《睡法，醒法》（*Façon d'endormi, façon d'éveillé*, 1969）。他同時也是畫家、符號學家。特別應該提出的是，米修在二十世紀三〇年代曾經到過中國，寫過《一個野蠻人在亞洲》（*Un Barbare en Asie*, 1933），表現了他對東方文化，尤其是中國文化的讚賞。他的詩和畫顯然受到中國的水墨畫和戲劇的影響。他企圖在圖畫和符號式作品中表述他內心「活動」的東西，讓他感受到的東西「說話」，使他寫出的東西以不同的方式「活動」。他的畫很有個人特性，但顯然可以歸入普魯東所提倡的那種「自動寫作」風格。人們對他的個人和作品會有不同的詮釋和理解，但不可否認，米修不失為當代少數具有世界影響、與眾不同的作家之一，而這種影響顯然將繼續存在。

下面三篇短文摘譯自米修一九三九年出版的散文詩集《一個叫羽毛的人》（*Un Certain Plume*，或音譯《布呂姆》）。第一篇是開篇之作。作者筆下的羽毛，是一個類似卓別林電影裡的人物夏洛克的文學典型人物，現代生活難以忍受的各種苦惱的犧牲品。羽毛這個名字既有文學內涵（法文「羽毛」一詞，也指文人的用筆），也有輕飄瀟灑和先天欠缺的味道。他天性極度懶散、漫不經心，人們無論對他如何百般侮辱挑釁，怎樣打他罵他，他總是一副聽天由命、逆來順受的樣子。人們說他是一個「緩衝人物」以面對充滿敵意的人和物。米修創造這個人物無非把他自己人生的各種病症投射在羽毛的身上，加以取笑。但他追求的仍然是徹底治癒這些病症。羽毛是時代的產物，是對荒誕人生的一種諷刺。

一個溫和的人

羽毛把手伸出床外，他想到吃驚怎麼沒有碰到牆壁。「怎麼回事，」他想：「也許它被螞蟻啃掉了。」接著又睡著了。

過一會兒，他妻子一手抓住他，死勁搖晃說：「你看看，」她說：「懶鬼！你忙於睡覺的時候，我們的房子被人偷走了。」的確，四周空蕩蕩，是一片潔淨的天空。「哦，事情發生了。」他想。

又過了一會兒，他聽見有聲音。這是一列火車高速向他們飛馳過來。他想：「看火車那樣著急的樣子，它肯定會趕在我們前頭到達。」他接著又睡著了。

接著，他被凍醒了。他全身都是血跡。他妻子的幾截肢體橫陳在他的身旁。「流了血，」他想：「總會引來不少的麻煩。如果火車沒有駛過來，我會因此感到慶幸。但火車既然通過了……」他又睡著了。

「你說說看，」法官說道：「你怎麼解釋你的妻子受了傷，甚至被發現分屍八段，而你就在她身旁，竟然沒有做出任何事情阻止這一切發生，甚至什麼也沒有發現？這真是個謎。整個事情的關鍵就在這裡。」

「在這樣的馬路上，我幫不了她的忙。」羽毛想，又睡著了。

「明天就要執行死刑了。被告，你還有什麼話要補充嗎？」

「請原諒，我沒搞懂事情的來龍去脈。」他說後又睡著了。

選譯自《一個叫羽毛的人》，一九三九年

（經法國伽利瑪出版社授權）

羽毛在飯館

羽毛在飯館裡吃午餐，飯館領班向他走來，嚴厲地注視著他，壓低聲音並且神祕地對他說：「你餐盤裡的東西菜單上根本沒有。」

羽毛馬上表示道歉。

「是這麼回事，」他解釋說：「我因為太匆忙，沒有花時間看菜單點菜。我隨便要了一塊肉排，我想也許有這道菜，如果沒有的話，在附近找到也不費事，而且，如果沒有肉排的話，我也樂意點其他的菜吃。服務員也沒有感到特別的奇怪，他走開後，很快就給我端來了肉排，就這樣……

「當然，該付多少錢我會照付。我不否認，這塊肉排很不錯。我會毫不猶豫地按價付錢。要是我早知道這樣，我肯定會點其他的肉菜或者要一個雞蛋，不過，怎麼說，我已經不餓了，我馬上跟你們結帳。」

但是領班仍然站在那裡不動，羽毛感到特別不自在。過一會兒，他一抬頭看……嘿！這回是餐館老闆站在他跟前。

羽毛立刻表示歉意。

「我真的不知道，」他說：「菜單上沒有肉排這道菜。我沒有看菜單，因為我的視力很差，我身上也沒帶夾鼻眼鏡，而且，看東西總是使我難受得要死。我點的是我第一個想起來的菜，是為了聽聽其他人的建議而不完全出於個人口味。服務員可能操心其他事，也沒有多問，就給我端來這個，而我呢，漫不經心地就吃起來了，總之……我現在就把錢直接付給你，既然你本人來了。」

但是飯館老闆仍然待著不動。羽毛感到越來越不自在。正當他把一張紙巾遞給他時，他突然看到了一件制服的衣袖：一位警察站在他跟前。

羽毛馬上表示道歉。

事情經過是這樣的，他走進餐館只是為了歇一會兒。突然有人在他跟前喊道：「您呢，先生？您要？……」——「哦……來一大杯啤酒吧，」他說。「還要什麼？……」生氣的服務員又喊著。為了擺脫服務員的糾纏而不是真的要其他東西，他說：「好吧，那就來一個肉排吧！」

當人家給他端上了放著肉排的盤子時，他早就把這檔事忘了。天啊，菜真的放在了他的跟前……

「聽著，如果你想法解決這件事情，那就太好了。這錢給你。」

他遞給他一張一百法郎的紙幣。他聽見遠去的腳步聲，自以為得到解脫了。沒想到這回警察局長站在他的跟前。

羽毛馬上表示道歉。

他和一個朋友有個約會。他找了他整個上午都沒找到。他知道他的朋友離開辦公室後要經過這條馬路，因此他進到這裡來了，在靠窗戶的一張桌子旁邊坐下。另外考慮到等待的時間可能會很長，他不願意給人家造成捨不得花錢的印象，就點了一道肉排菜，只是為了跟前有東西放著。他片刻也沒有產生吃的念頭。但是東西既然放在他眼前，他不由自主地開始吃了起來，一點也沒有意識到他所做的事。

要知道他從來是不上館子吃飯的。他從來只在家裡吃午飯。這是個原則。這次完全出於粗心，任何一個碰到不耐煩事情的人隨時都會有短暫不知覺的行為，如此而已。

但是警察局長已經打了電話給安全局局長，「你說吧，」他把電話交給羽毛說：「好好解釋你的行為吧，這可是你得救的唯一機會。」一個警察粗暴地推著他說：「這可是關係到你走上正道的問題，知道嗎？」而當消防員進入飯館時，老闆對他說：「你看你給我的餐廳造成多大的損失。簡直是一場災難！」他指著餐廳，所有的客人早就盡快拔腿離開了。

祕密警察的那幫人告訴他說：「事情可要鬧大了，我們警告你，你最好坦白交代所有的事實。這可不是我們處理的第一樁案件，相信我們的話。事情發展到這一步，說明事態確實嚴重。」

然而一個身材高大、神態粗魯的警察在他的肩膀上對他說：「你聽著，我也無能為力，這是命令。如果你不在電話裡說話，我可要揍你了。就這樣說定了，好嗎？老實交代！你是被告。如果我聽不見你開口說話，我要揍人了。」

選譯自《一個叫羽毛的人》，一九三九年

（經法國伽利瑪出版社授權）

羽毛在天花板上

在他漫不經心的愚蠢時刻，羽毛居然用雙腳在天花板上走路，而不是把雙腳停留在地面。唉，當他發現這一點時，已經太遲了。

他因血液一下子淤集在腦子裡而全身癱瘓，動彈不得，就如一塊鐵被鉗子夾住似的，他簡直不知道怎麼回事。他完全不知所措。他恐懼地看著遠處的地板，以前是那麼舒適的扶手椅，而整個房間，像一個可怕的深淵。

這時候，他多麼願意自己是在裝滿水的水缸裡，在逮捕野狼的陷阱裡，在櫥櫃裡，在銅製熱水器裡，而不願意孤零零一個人在天花板上，那裡可笑地空蕩無人，什麼東西也沒有，而從那裡重新走下來無疑是自殺。

多麼不幸！不幸自己一直被綁在同一個……而這會兒整個世界有那麼多人繼續平靜地在地面上走路，而他們的身價絕對不會比他高。

而且如果他能夠進入天花板，在那裡平安、雖則迅速地結束他悲慘的一生……但是天花板很堅硬，只能把你「打發回來」，這是不用說的。

在不幸中是沒有選擇餘地的，人們給你提供剩下的東西。他像一隻天花板裡的鼹鼠，絕望地堅持著，這時布倫俱樂部的一個代表團出發尋找他，一抬頭就發現了他。

大家一言不發，架起一個梯子，把他弄下來。

大家有些不好意思，一再向他道歉，並且責怪一位不在場的組織者。大家對羽毛臨危不懼的精神奉承有加，換作其他人，肯定會氣餒無比，早就懸空跳了下去，跌得個斷手缺臂，而且更有甚者，這個國家的天花板特別高，差不多都是在西班牙征服時期建造的。

羽毛沒有答腔，只是尷尬地撣掉袖子上的灰塵。

選譯自《一個叫羽毛的人》，一九三九年

（經法國伽利瑪出版社授權）

下面兩篇短文可以看出作家思想和語言的獨特性。語言看似簡易，表達方式具有科學的嚴謹性，但寓意深遠，表現了夢幻和想像的威力和內在衝動的力量，總之是對一切傳統形式的顛覆。

懶惰

靈魂喜愛游泳。

要游泳，就要橫著身子，肚子朝下。靈魂掙脫開來，走開了。靈魂是游泳走開的（靈魂走開時，你是站著還是坐著，膝蓋還是手肘彎著，根據身體不同的姿勢，靈魂走開的姿勢和方式也會隨之不同，我以後將會證明這一點）。

人們常說靈魂飛走，不是這樣。它是游泳走開的，像蛇和鰻魚那樣，絕不會是另外一種方式。

許多人因而具有喜愛游泳的靈魂，人們庸俗地稱他們是懶人。當靈魂離開肚子去游泳，就產生了我不知為何物的一種解放，這是一種放任、一種快感、一種親切的放鬆……

靈魂離開游進電梯間或是馬路上，這就要看人的膽怯或者勇敢，因為靈魂總有一根線和人繫在一起（這根線有時很纖細，但要弄斷它可真需要極大的力量），因而對他們（對靈魂和人）會是很可怕的。

因此當靈魂憑著把它與人聯繫在一起的這根簡單的線在遠處游泳時，有多少類似一種精神物質的東西會流過去，如同泥土、水銀或是煤氣——無窮的快感。

因此懶人身上的污垢是清除不掉的。他也不會改變。因此說，懶惰是一切罪惡的根源。因為還有什麼東西比懶惰更自私呢？

懶惰具有驕傲所沒有的根基。

但人們還是對懶人大加討伐。

當懶人躺下時，人們打他們，朝他們頭上潑冷水，他們應趕緊把他們的靈魂召回來。他們將用人們熟悉的，尤其在孩子們那裡看到的那種仇恨眼光注視著你。

選譯自《內部的空間》一九七二年，本文寫於一九二九年

我不會作詩

我不會作詩，不要把我視為詩人，尤其不要在詩歌裡找到詩意，而我不是這樣說的第一個人。詩意，不管它是激情、創造還是音樂，永遠是難以掂量的東西，在任何體裁裡都可以找到它，是豁然開朗的世界。它的精鍊程度在一幅畫、一張照片、一間陋屋表現得要強烈得多。在詩歌裡令人惱火和使人感到不快的，就是孤芳自賞、寂靜主義（兩個死胡同）以及對自身感情所表現出來的那種令人厭煩的溫情。我總是以最壞的東西來結束：站在有意為之的一邊。然而詩意是大自然的一個饋贈、一種恩賜，而不是一項工作。哪怕稍有作一首詩的意圖，就足以殺害詩歌本身。

選譯自《我不會作詩》，一九五六年

（經法國伽利瑪出版社授權）

米歇爾・德・蓋德羅特
Michel de Ghelderode（1898-1962）

米歇爾・德・蓋德羅特首先是著名多產劇作家，是法語表現主義戲劇的代表人物。出身弗蘭德家庭，但從小接受法語教育。父親為皇家檔案館職員，培養了他對古老弗蘭德的歷史和民間傳說的愛好。他母親愛幻想，也很迷信，相信巫術鬼神，對他的思想成長也很有影響。他因健康問題被迫中斷學習。在孤獨中接觸了文學，首先是用法文寫作的弗蘭德作家的作品，如科斯特的《烏楞斯皮克傳奇》和梅特林克、凡爾哈倫、艾克豪特等作家的作品，並且發現了英國伊莉莎白時代的戲劇、德國表現主義戲劇和義大利皮蘭德婁的距離論。他早期的劇作主要是獨幕劇，多取材於弗蘭德的民間傳說，頗受梅特林克象徵主義的影響。隨後，他的劇作逐漸取材於人類的重大神話，如《浮士德博士之死》（*La Mort du docteur Faust*, 1926）、《克里斯多夫・哥倫布》（*Christophe Colomb*, 1928）、《唐璜》（*Don Juan*, 1928）等。他早期作品就表現了信奉無政府思想和崇尚神祕感的傾向。他的作品《歐斯坦特談話集》(*Entretiens d'Ostende*, 1956）的人物就帶有神祕的傳奇色彩。但他的成就主要表現在戲劇上。他具有決定性意義的經驗來自於一九二六到一九三二年他與弗蘭德人民劇院合作的經歷。該劇院向他預定一系列劇本，他用法語寫劇，立即譯成弗蘭德語演出。其語言的潑辣達到了淋漓盡致的地步。他開創了弗蘭德神話的新的表現形式，既神祕又刺激感官，既有拉伯雷風格又有夢幻病態的描寫。其代表作有《埃斯庫里亞爾》（*Escurial*, 1927）、《巴拉巴斯》（*Parabbas*, 1928）、《海利溫大人》（*Sire Halewyn*, 1934）等。隨著其風格逐漸成熟，其作品的冷酷性越發尖銳，故有「殘酷戲劇」之稱。其劇作《嗨，老爺！》（*Hop Signor!*, 1936）、《小丑學校》（*L'Ecole des bouffons*, 1942）和《悲慘的瑪麗》（*Marie la misérable*, 1953）等，充分反映了人類關係的冷酷，語言富於巴洛克風格，充滿宗教和繪畫色彩。他的劇作於二十世紀五〇年代在巴黎公演後，才真正為世界所公認，以後他的劇本一直在歐洲舞台上長演不衰。他一生共創作了五十多部戲劇。他還出版了一些短篇小說和散文集，下面摘譯的文章出自文集《巫術》（*Sortilèges*, 1941），該書收入十二篇短篇小說，多以死亡、罪惡為主題，故事光怪陸離，格調冷酷陰暗，與其劇作遙相呼應。蓋德羅特是風格特殊的作家，很難把他歸入任何文學流派，儘管如此，他不失為世界公認比利時最著名的劇作家之一。

病態的花園

下文選譯自《巫術》裡的一個短篇，作者描寫了一間荒蕪破落的房子，坐落在草木繁盛充滿神祕感的花園裡，裡面除了作者和他的小狗「老爺」之外，還住著謎一樣的一位老太太和一個其醜無比的殘廢女孩，還有一隻象徵死亡被叫「破傷風」的凶殘可怕大貓，作者對周圍環境作了一番描寫後，敘述後來發生的一件恐怖的意外事件。

我的房間肯定被當作客廳使用過。它位於南邊，通過三個高高的窗戶採光。打開雙道門後就是台階，沿著被拆除的階梯就可以走下到花園。天花板有灰色假大理石的小天使像和花瓣狀的雕飾，隔牆還保留著當時的掛毯，色澤暗淡，但依然耐看，而路易十六式的壁爐賦予整體以一種格調，雖然它看來有些搖晃不穩而且落下厚厚一層髒土。地板鋪的好像是烏木。一切都顯得破爛不堪，但還能支撐下去。如果說房子內部給人以衰敗的印象，但倒還沒有荒廢的感覺。門後的玻璃鏡子依然固定在鍍金層剝落的木框上。這些霧濛濛的鏡子很吸收光線，使房間裡充滿幽靈般的輔助光線，很讓我賞心悅目。我忘了描寫一下被原住戶拋棄的吊燈，實際上那只是黃銅製的莖塊狀吊燈空殼，上面散落一些淚狀的水晶片。

尤其是屋外的花園，令我陶醉，也令我不安。我竟至因此把房子都忘了。這個花園猶如原始森林的一角，被包圍在厚厚的高牆當中，它使我著魔，我可以連續數個小時注視著它，卻沒有走下到花園裡去的想法，也不知道它究竟是什麼樣子。這個花園讓人猜不透，一副無法接近的樣子。這是一片荊棘叢林——春天的陽光早已消失了——上面生長著諸如栗子樹、椴子樹一類的樹木，整個沐浴在永恆的半明半暗的光線裡。這片荒蕪和傾斜的土地在離階梯六十多公尺的深處地勢逐步升高，從而給人以面對一堵植物高牆的感覺，人們可以猜想到那裡會有些崎嶇的小徑取代已經消失的條條小路。我感到眼前這一幅景象很凶惡，排斥人們去接近它。

這幅圖像因為年代古老的植物而變得很恐怖，不能不引起不安、甚至恐懼的感覺。倒不是因為裡頭會有野獸出沒，而是它表現出來一種不可抗拒的力量。常春藤、紫藤、野葡萄之間展開了章魚式的大戰，窒息了小樹叢，擠壓了圍牆。這種不安——甚至恐懼——來自於這種想法，即這一大片植物一旦心血來潮就會沖垮花園，大海的波濤淹沒這座住宅和所有的房間——異常茂盛的草木在離我的窗戶還有一段距離的地方就停住了，它被兩旁有欄杆的一段路面隔開了，欄杆雖矮，但仍然能標誌出內院的界線。我的不安更多是來自於另一種想法：這綠色的樹木能夠而且一定隱藏著某種祕密。這是個禁區——我感覺到這點——而且有些方面依然深藏不露，但這個花園已給人以充滿敵意、自外於周圍世界的感覺。它依靠蔓延交錯的枝葉和一團團荊棘來保護自己。最糟糕的是它憑藉其表情來保護自己，是的，這個詞用得很貼切。它看來像生病的樣子，雖然這一帶的空氣流動順暢，陽光四處照射，但組成花園的一切都失去了光澤，蒼白灰暗，以至於極其繁盛的草木，仍然顯出枯萎的顏色。不，花園並不是被人們無端地拋棄，它發燒得很厲害，或者說它發狂了——甚至於……

那些圍牆也生病了，搖搖欲墜。它們在區域內蜿蜒起伏，形狀像有牆垛掩護的堡壘，到處可見裸露磚頭的紅色傷痕。我知道這裡以前聚集了很多修道院，到處可見的花園，迅速頹敗和消失的圍牆都是修道院財產的遺跡。以後這片寧靜的廣大地盤在被稱為城市規畫專家的圖紙裡已不復存在，或者被分隔殆盡了，這些人是古老城市的破壞者——比鄰我的房間的好幾個住家好像無人居住，它們花園的面積和獨立性跟我的一樣。有時我可以聽到較遠處學校的孩子嘈雜聲和遠處鐵匠作坊敲打的叮噹響，也聽到不知從哪裡傳來的一隻公雞美妙的啼鳴，牠天一亮就唱起來了。

我原以為我的小狗會衝向野草叢生的地方，這難道不是對狗的一生再好不過的安身之地？才不是這樣！「老爺」從階梯上觀察這一切，然後走下去，嘴巴翕動著，一副小心翼翼的樣子。牠只是小步跑到欄杆那裡，又轉回來，又再跑過去，最後還是轉了回來——牠感到失望還是厭惡，我永遠不會知道。從那時候起一直到我今天提筆寫這幾行字時，牠從沒有逾越過小院子一步，牠只滿足於從高處遠遠地審視這個花園。很顯然，這裡頭有生命的騷動，很有迷惑力，但「老爺」學會了等待並且掩飾其普通的感情。如果牠不是在演戲的話，那麼牠是否和我一樣，甚至比我這個凡人更加感覺到這塊封閉的天地怪異的氣氛？牠老在四處嗅覺什麼呢？牠聞到了我沒有聞到的東西嗎？牠一整天都躺在階梯上，一隻眼睡著，另一隻眼醒著，警惕地注意四周的動靜……

能夠使一隻狗或一個有知覺的人感到焦慮的東西，不一定非是超自然的力量。某種完善的感官或者衰敗的感官都能識別一般人無法覺察到的東西：神祕的聲音、怪異的氣味。我知道我的夥伴擔心的是什麼。夜晚，房子嘎吱作響——而人們已習以為常了。發出的氣味不太聞得出來。房子有它特殊的氣味，各種腐爛的味道，它也病了——這個房子——雖然它依然結實，但有些頹敗了，就如一些老人提前走向緩緩來臨的死亡一樣。但是有些日子，房子發出了更為強烈的味道，好像隨氣候的變化，它的病情變得更加嚴重了。是醫務所傳來的怪味？我更相信難以忍受的霉爛味是來自於花園，臭味是從那裡散發出來的。但我不願意承認這點。是不是花園隨著季節的變化正在腐爛變質？我確信附近應該有個檢疫所。是花園，是腐植土，才能發出腐爛植物的味道。只有在黃昏時分，我才會發現緊貼草地的矮樹林中時隱時現的磷火……

我需要強迫自己才能重新提筆，因為我從未像現在那樣感到在本子上寫東西是那麼毫無用處。我將很快地闔上我的筆記本。如果說我在最後幾頁描述了幾件意外事故，那可是為了忘掉它們，而不是為了永遠保存在記憶裡。這個筆記本，我將把它扔掉，同時也扔掉我經歷過的那些事情的記憶……。長長的一個月過去了。黎明是清新的，夜幕開始提前降臨。秋天快結束了。而花園在經歷了花紅葉綠的夏天以後，樹木在落葉紛紛中裸露了其枝幹。整個花園在嘎吱作響，慢慢下陷。在雨水的沖蝕下，它緩緩地溶解，回歸到吸水的土壤裡去。這回病態的花園正在死亡，這個街區也在死亡，命運已經給它的墳墓鏟了第一把土。我的花園，我的墳墓正在經歷最後的日子，春天不會再來了。我憂傷地跟花園一起經歷這一切，我孤零零地住在客房裡，好像在那裡已經隱居了整整一個世紀。白天，我聽見孩子們歡樂的叫聲，他們扔石子打碎周圍地區的窗戶。剩下我一人了，是的，因為穿灰色衣服的老婦人不久前已經搬家離開了這裡。她的離去就如老鼠搬家一樣——她是在一個灰霧蒙蒙的早上離開的，房東前來幫忙，他表現得更加恭順，滿臉苦相。這個古怪女人敲打我的房門，感謝我對她所做的一切。我欠身向她致意，她走時臉上沒有絲毫笑容，好像她正走向永生似的。至於小奧蒂，她確實到了永生的世界。我很清楚這一點，雖然他們什麼都沒對我說。她死了，我是從她那裡知道的，我因而有理由感到高興。你相信不，她好幾次出現在我的夢裡，或者至少是她的靈魂——她真有一個魔鬼的靈魂。她的身子還沒有一尊小塑像高。她對我說過：

「謝謝您，先生。我本應該作為一個漂亮的女人生活在這個世界上，被人愛，也更加愛別人，我本會養育很多孩子，他們在大花園裡玩，與小狗和小鳥為伍。上帝不希望我這樣。我會在我長住的天堂裡長大，變得漂亮。我現在有頭髮了，金黃色的頭髮，我不會再四處莽撞了……」

是的，你相信不，另有一次，她又回來了，對「老爺」說話。我的小狗看見她就如我看見她一樣真切。至於另一個，那隻貓，我可不敢寫牠死了。魔鬼是不會死的，他已被打入了地獄，但是他是不會以他原來那副悲慘的樣子再回來了。但願上蒼能聽到我的話！……

如何來敘述這個慘劇呢？我是預感到它早晚會來到的，但誰會想到它竟然發生在我再也沒有去想它的那個時刻？那是八月底，我正在睡覺——我感到那個下午氣氛特別壓抑——一切都帶上灰燼的顏色。這個慘劇來得太快太突然了，簡直是一樁謀殺案。可能是下午三點鐘。四聲尖叫把我從睡床上驚醒，尖叫聲是那麼急促，那麼淒慘，連我自己也不由得從心扉深處叫喊了起來。在我寫這幾行字時，我身上還在冒汗呢。這件我早就料到而我卻讓它發生的事究竟是怎麼發生的？我的小狗剛剛勇猛地縱身一跳，像著了魔一樣尖聲狂叫。回應狗叫的是一聲聲可怕的貓叫。樓上的窗戶戛然一聲打開了，從那裡發出了極其尖銳的叫喊聲，而這時從花園裡傳來了小孩的呼哧聲，開始是呻吟，後來變成了揪心的喘氣聲，我就是在那個時刻叫喊了起來。從樹叢裡露出了殘廢女孩的形體，可怕的貓抓住了她——她的頭部——這隻貓逮住了和牠一般大小的獵物，像一位摔跤家一樣，貓把牠那骯髒的大嘴貼近小孩的面頰。啊，這連結成一體的怪物……看樣子「破傷風」在這場邪惡的戰鬥中不會占上風，因為除了小孩拚命掙扎，用手指頭亂抓她的侵犯者之外，小狗出場了——我敢說牠是以極其漂亮的方式出場的——而且完全意識到對手的實力。小狗最初一跳把小孩和其侵犯者都打翻在地。大貓很快地翻轉過身來迎戰小狗。但「老爺」動作更敏捷，一下子咬住了「破傷風」的腰部，我聽到骨頭折斷的聲音。這隻殺人貓雖然受了重創差點死去，卻以驚人的力量躲開了狗的襲擊跳上了圍牆。貓在常春藤上爬行，小狗在後窮追牠絕望的攀登——狗的利齒依然緊緊咬住對手不放。「老爺」只在「破傷風」爬到了牆頂後並狠狠摔了下來時才鬆手，貓口吐白沫，我這時看見牠不聲不響地在圍牆上拖著身子，搖搖晃晃。牠全身散了架。嘴上滿是玫瑰色的唾沫，一直走到花園的盡頭，好像企圖在那裡把牠身上的骨架重新恢復起來似的。但牠終於翻倒在地，在樹叢裡痙攣地打滾。與此同時，小孩奧蒂躺在院子裡，兩個拳頭和雙腳瘋狂地敲打著地面。她活像一隻金龜子，在我趕上去扶她站起來之前，穿灰色衣服的老婦人出現了。她一言不發，果斷地抓住了小孩。這個古怪女人很鎮定。當她把孩子扶起來的時候，孩子頭上的風帽滑落了下來。我這才知道這小孩是禿頭——一根頭髮也沒有——這個凹凸不平又光溜溜的球狀大腦袋，是我的保護人給我留下的最後的具體形象。之後，因「老爺」拒絕離開現場，我把牠留在院子裡。牠好像一點都不認識我了，牠剛才的壯舉把牠自己也震懾住了。我只檢查了一下，確定牠沒受什麼傷。我該出門了，因為穿灰色衣服的老婦人從上面的窗戶請求我把這件意外事故報告給房東。老房東聽了我的敘述顯得很震驚。他一聲不吭，把我送到房門口跟我告別。不一會兒他又回來了，帶著一個面黃肌瘦的傢伙，我看像一個醫生——人們稱之為窮人的醫生。兩個修女跟在他後頭。這一群人進了住宅，上了樓梯。我回到自己的房間。我聽見小孩在樓上呻吟，像小娃娃一樣媽呀媽呀地叫個不止，我聽她足足呻吟了一個小時。接著，我好像聽見他們在集體禱告。最後一陣腳步聲把房子裡的人都震醒了。我打開房門想看看還能幫上什麼忙。一切都安排好了。

修女們帶走裹捲在床墊單子裡已經睡著的奧蒂。醫生跟在後面，臉上表情很滑稽。屋外房東等候在一輛馬車的旁邊。我在花園裡又找到了「老爺」，牠仍然還沒有恢復原有的正常知覺。牠拒絕喝水。也許牠在期待惡貓又回來？

「貓已經完蛋了，」我說：「你真是一頭了不起的狗！」

但是我的話一點作用也沒有：牠依然堅持在那裡站崗放哨，氣喘噓噓的——而這時暮色慢慢降臨，陰沉沉的，天上沒有星星。只有在蒼白的夜色裡不時出現一些顫動的夏日的亮點。

選譯自《巫術》，一九四一年

安德烈・巴庸
André Baillon（1875-1932）

安德烈・巴庸被視為比利時現代現實主義大師級的小說家。他出生於安特衛普一個資產階級家庭，父親為法國人，母親為弗蘭德人。父母早逝，六歲就成了孤兒，交由一個專橫的姑母撫養。他身體孱弱多病，加上嚴格的教會教育，使他養成憂鬱敏感的個性。他很就體驗了生活的挫折，一生極其坎坷，家產花光後，他嘗試過各種職業，甚至到過鄉下養雞，但多因健康問題以失敗告終。他從事文學創作較晚，擔任過《最後消息報》的編輯，一九一二年他與女鋼琴家熱爾曼・列文相識，過了一段相對平靜的感情生活，這對他的文學創作產生了積極的影響。他於一九二〇年移居法國，窮困潦倒，以賣文為主，因工作過度，病魔纏身，精神幾乎崩潰，曾經被當成「神志清醒」的瘋子送到醫院治療，最後以自殺告終。他的作品多有自傳小說的性質，反映了他心靈的不平衡、焦慮和神經質以及對幸福的追求。他出版的第一部小說《一個瑪麗的故事》（*Histoire d'une Marie*, 1921）頗有民粹主義的色彩，講述一個善良女人不幸被逼為娼的悲慘故事（取自與他生活過的一個女人的經歷為原型），接著陸續出版了《穿木靴》（*En sabots*, 1922）、《妄想》（*Délires*, 1927）、《一個簡單不過的人》（*Un homme si simple*, 1925，中文譯本名為《一個瘋子的懺悔》）、《盧森堡的球螋》（*Le Perce-Oreille du Luxembourg*, 1928）等。他的作品具有宿命論的色彩和絕望的情緒。他以極端清醒的筆觸描寫了其主人公的各種遭遇、苦難和挫折。人們不難從中發現作家性格的各個側面及感情變化的細膩描寫。其小說語言簡樸、尖銳、有節奏感兼具神經質，他善於運用直接引語和間接引語的語法結構，故作天真但不乏尖刻挖苦的語言風格。巴庸一生經過長時間身心的痛苦磨練，今天已被公認為才華洋溢並富於創造性的法語作家之一。他的作品有不少被改編成劇本上演。

世上最古老的職業

命運對年輕的瑪麗是很殘忍的。她被騙到倫敦當妓女，因不堪非人生活，回到布魯塞爾後，被生活所逼不得不重操舊業。

對下面發生的事，如果只有她一個人在場的話，也許她會有不一樣的反應。但是有人早就對她說了這樣的話：

「女管家貝特太太會陪妳前往，不會有什麼事的。只不過是對杜邦先生一次簡單的拜訪，為了使一切符合規定而已。妳照著她說的回答問題就可以了。」

杜邦先生是主管婦女問題的官員。而且人們還讓瑪麗喝了一小杯酒給她壯膽。

她進入辦公室以後，有人對她說：

「請坐，杜邦先生很快就來。」

牆壁上懸掛著一些牌子，上面的字體很大，使得人們不由自主地想讀一讀：

仔細考慮你要做的事。

懶惰是一切罪惡的源泉。

「是一些誡言，」她心想：「和神父的說教一模一樣。大家都知道它們究竟有多大的價值。」

而且她對自己是否只喝了一小杯酒倒沒那麼有把握了。

但是當杜邦先生進來時，她對自己的信心卻不那麼足了。他人很瘦，臉色發黃，像一個病人，灰鬍子。他馬上露出一副不懷好意的樣子。

他什麼話也沒說，在桌子後邊坐下來，翻閱著材料。

「這麼說，」他大聲叫了起來：「妳想得到妳的牌照啦。」

如果只有她一個人，瑪麗會怎樣回答呢？她看著女管家。

「是的。」女管家對她示意說。

「是的。」瑪麗說。

「是的？」官員生氣地說，眼睛睜得大大的。

「是的。」瑪麗又說了一遍。

「既然如此，讀一讀這個。」

他指給她看一張印有文字的硬紙夾。在上方，她看到一行字：「賣淫條例。」

「是的。」女管家指點她說。

「是的，我知道。」瑪麗說。

杜邦更生氣了。

「妳既然知道，還堅持幹這個行當？太沒羞恥了。妳這樣會自絕於社會之外。妳想過嗎？我有義務來警告妳。而且我絕不會同意妳走上這條路。」

「但願我不哭。」瑪麗心想。

「好，就從這兒說起吧。妳有父母親吧。那好，他們將會知道他們女兒的行為。我會給他們寫信說。」

「天哪！」瑪麗心裡嘀咕。

「不要。」女管家提示她說。

「不要。」瑪麗說。

「的確，」官員說：「妳已經是成人了。但是怎麼說，這總是不道德的。我還要進行調查。告訴我，是什麼驅使妳這樣做？貧窮，是嗎？」

「不是。」女管家提示她。

「不是。」瑪麗說。

「那麼是懶惰吧？」

「啊，不是不是。」瑪麗抗議說。

「既不是貧窮，也不是懶惰，那麼是出於罪惡啦？」

「罪惡，嗯！……」

「是的……是的。」女管家說。

「是的。」瑪麗說。

下面的事再也無關緊要了。官員敲打著桌子說道：

「坦白說，妳做的事很不好，我不知道該怎麼說才會讓妳知道這有多不好。老實說，妳還可以幹些其他什麼的。有那麼多的職業，有……有……」

他在紙堆裡尋找什麼，似乎要從那裡找到他想說的職業當中的一個。

「妳不幹別的，這意味著妳把自己置身於社會之外。妳變成了眾人玩弄的妓女，眾人玩弄，妳懂嗎？我應該堅決反對妳這樣做……這麼說，妳姓居約……名叫瑪麗……很好。身體健康嗎？醫生會檢查的。我尤其不能讓妳違規而被罰款。」

過一會兒，官員忘記他剛才還在發怒，轉身問道：

「怎麼樣，貝特夫人，生意還好吧？」

「當然不錯，杜邦先生。」

他沒有再挽留她。他在等下一個進來的女人。他又變得氣勢洶洶了。

選譯自《一個瑪麗的故事》，一九二一年

（比利時拉博出版社一九七七年版本）

一個簡單不過的人

馬丁患有嚴重的精神官能症，達到近乎瘋子的程度。他在瘋人院接受治療，以負罪感和請求寬恕的心情坦陳作家職業的艱難和愛情生活的困惑。下文是五次懺悔的頭一次，作者通過內心獨白細膩描寫了馬丁入院的情形。

懺悔之一

我的名字？我叫讓·馬丁，住院大夫先生。讓，就是最普通的那個讓。馬丁就是……不，可不是一般的馬丁：和那隻在植物園的大坑裡、為乞得一小塊麵包皮而打躬作揖的狗熊的名字一樣。

你覺察到這裡頭細微的區別，對吧？

您問我的？我有職業嗎？寫寫書而已。作家，搞文學的。我可不喜歡這個詞。好吧，如果您樂意，就記下吧。

為什麼我要求住進薩爾佩特里耶爾醫院？不為什麼，先生。圖個清靜罷了。我頭痛得很，頸部像是有根鐵條壓著。怎會累成這樣？為了那些書，您明白嗎？需要奔波和操勞的事太多：在巴黎就是累人。還有，為了錢。

不過從昨天起我已經好多了。我平靜下來了，先生！說不出來的平靜。心境平和，先生。看看我的手：它們過去常常發抖。現在不抖了……幾乎不抖了。我的生理反應能力：您寫的是「弱」。這又能說明什麼呢？如果應該……呃！真該把生理反應能力都是弱的人關進薩爾佩特里耶爾！再說我能吃，特別能吃！胃口還大得很。昨天，三大勺飯哪，今天早上……布利查小姐塞在我盤裡的東西都被我吃得乾乾淨淨。如果她做事公道的話，就會跟您說的。記下這一點，我請求您。啊。您不記下來，我也不堅持。如果布利查小姐不撒謊，她會證明我胃口的確很好。

年輕時患過強迫症？您說是我！先說說什麼是強迫症？啊，對了：做過了懺悔又反覆重來好幾遍，煤氣開關關上了卻以為沒有關，一些愚蠢的擔心。從來沒有這種情況！請記下：一個非常平靜的孩子。優秀獎、乖巧獎，如此等等。班裡第一名、教友會會長、耶穌聖心榮譽團成員。煤氣開關，重複多少遍的懺悔，這是未來的瘋子才會有的舉止！所以，一點也沒有強迫症。

後來？是有一點神經衰弱，和所有人一樣。不是腦子的問題，先生，是胃的問題。腦袋從來沒有問題。

最近有沒有精神紊亂？呃！一個晚上，一個人從床底下拽我的腳。我很害怕。我現在……您記下了？記吧！記吧！我十分清楚：床底下根本沒有任何人。是腦子裡臆想出有人在床底下拽你的腳。別寫了。我……不是嗎？……一切都很清楚。

有沒有家庭糾紛？沒影的事。絕對的和諧。我們可是天生的一對恩愛夫妻。一個好女人……恩！她叫讓娜，先生。在巴黎嗎？……不……哦，是的……就是說，她不住在巴黎了。

一個最溫柔的女人。有那麼一些日子，您知道嗎？討厭的肝病會發作。

不，沒有小孩。一個也沒有……也就是說……我……這麼說吧，我自己沒有孩子，讓娜也沒有。

情婦！多難聽的字眼！還是複數形式！如果您指的是「一個女朋友」、「一個女伴侶」什麼的。

再說，我……不，沒有情婦。

我哪一年結的婚？是在……我想想？一九……，一八……老實說，也相差不了幾個年頭……怎麼！您作了紀錄。您在表格上都填了什麼：「不道德，不記得結婚的時間。」啊！……

……不，我什麼也不想說了。真的，我再沒有什麼可說了。「不道德」，是因為……

選譯自《一個瘋子的懺悔》，一九二五年
（法國雷德出版社版本）

馬塞爾・勒貢特

Marcel Lecomte（1900-1966）

馬塞爾・勒貢特出生於布魯塞爾。畫家愛彌爾・勒貢特之子。十八歲時與詩人克萊芒・龐薩埃相識，為他打開了文學的大門，他發現了達達主義和神祕的東方哲學。一九二四年與努杰和喬爾曼一起創辦文學雜誌《聯繫》（*Correspondance*），第二年因觀點分歧被除名。他比較接近比利時超現實主義流派，在圈子裡頗有些名氣，但因表現出獨立性，顯得有些孤立。他也熱中密傳學、占卜術和東方哲學。他受凡爾哈倫的影響，出版了兩部詩集，後開始寫些短文。他善於在平和和瞬間表現幻覺怪誕的世界。其代表著作有《穿銀灰色西裝的人》（*L'Homme au complet gris clair*, 1931）和《荒誕的時刻》（*Les Minutes insolites*, 1936）等。《穿銀灰色西裝的人》再現了義大利象徵主義畫家基里訶的夢幻世界，發揮了超現實主義文學鍾愛的「偶遇」的主題，並且開始了他以後不懈追求、有關「巧合」主題的探討。勒貢特文筆特殊，詞彙量較局限，不拘泥於修辭和語法結構，具有音樂性，他刻意追求簡練的風格，反對過分細膩的描寫和敘述。

劇院的房間

主人公依廉在四個不同的場合，遇見了一個穿銀灰色西裝的陌生人，其存在具有神祕感和威脅性，甚至在他死後，依然成為依廉揮之不去的夢魘。下面講述了「偶遇」的情況。

依廉一早就起床了。他要去參觀他過些日子打算購置下來的一座古老房子。房子位於他現在居住的首都近郊，這將滿足他在鄉下生活的願望，也符合他一貫追求別致風格的品味。

他走出家門後，首先走進了他經常光顧的離家不遠的一家咖啡館。它那以面積之大而在城裡頗為聞名的寬敞大廳，這時只有稀稀落落幾名顧客，他們分散坐著，相距很遠，由於燈光陰暗，更透著一種怪異的氣氛。

他一進去，一個穿銀灰色西裝的人引起了他的注意。這個臉上含笑的身影，從依廉所處的位置看，似乎正在滔滔不絕地自言自語。

當他走近時，他這才發現，他那一大套話事實上是說給一個靠著一根柱子坐的人聽的，只因這個人出奇地矮小，在一個不在行的顧客眼裡，他很可以巧妙地掩飾他的存在。

時值南方的盛夏，依廉叫來並喝了一杯清涼飲料之後又上路了。

他首先必須在這個城市的街區採購一些東西，不料這正好使他偏離了他今早外出的既定目的地。

當他處理完該做的事以後，他朝郊區的方向走去，他走過最後的幾間房子，穿過了幾處空地，他正要走進真正的鄉村時，偶然回頭，發現有一個人似乎也朝同一個方向走，但這個人穿過田野，抄著不同的路，接著又出現在他身後的同一水平線上。這個人的胳膊下夾著一個梯子，可以看出他身穿藍色工作服，頭戴寬沿的草帽。

這個人怪怪地朝他靠近。

正當他在一間孤零零的房子（門面的破爛情景不免使他感到有些沮喪）門前按門鈴的那個瞬間，他似乎發現這個無意間又出現的來客的奇怪舉止。

這個人顯然突然發現對他來說無比奇異的東西，因為他背對依廉，梯子早已放在地上，一隻手舉在眼簾下，一直注意觀察眼見的東西，他時而俯下身子，時而踮起腳尖，似乎在緊盯著鄉村某個特定地點展現的一個場景，而這個場景卻是以同樣的注意力注視著這個觀察者的人①所看不見的，雖則後者的注意力是朝向另一個方向的。

門輕易地打開了，但沒有人出現。

依廉正準備進屋的當兒，他回過頭看了一下，他瞧見那個人這時表現出不在乎的樣子，以很自信的步伐走開了。

他嘴裡吹著民歌的調子很快就消失了。

也許依廉不知道有一群年輕人，而且人數還不少，在附近的空地裡從事體育活動引起了這個鄉下人的好奇和注意。

當這群青年散開後，那個人也離開鄉村走遠了。

在屋裡，依廉感到很奇怪，好像沒有人前來迎接他。應該會有人等候他，因為他們早知道他會在哪一天幾點鐘到達。

他看到第一樓層盡頭有一扇門開著，他沿著樓梯往上爬，每走上一步，他總對蟲蛀的階梯抱怨不已。

一進門，他面對的是一個小劇場。一個鑲著金色飾帶的深紅色帷幕前擺有幾張椅子，似乎在等待觀眾的到來。放下的幕布蓋住了寬敞的舞台，舞台有大廳本身那麼大。左右兩邊，他分別看到了奇怪地飾有教堂特有的那種三角簷的小門，但只露出它們的上半部，其餘部分被舞台稍微延伸的部分所掩蓋了。

他抬起頭，看到樓上沿著牆壁伸展的長廊，光線從上面的幾個窗戶照射進來。

依廉右腳向前邁，左手拿著帽子和手杖，他正準備在大廳裡走動時，突然聽到從遠處傳來的爆炸聲，強烈地震撼了流動的空氣，接著是一陣可怕的爆裂聲和撞擊聲，他此刻正想邁步往上踩的那塊地板一下子塌陷了，此刻上面有兩、三個玻璃窗也被震破了，碎片橫飛，一片狼藉。

他稍微觀察了展示在他眼前的奇特景象，很快就下樓，跑出門外，打算在房子的周圍轉一圈。

①指主人公依廉。

到了房子北邊，他遇見了一個人，此人一動也不動，低著臉和眼，似乎在沉思，他背著一個小門，小門被沿牆栽種的杏樹的繁盛枝葉所遮住。

依廉認出了他離家後到過的曼努艾爾咖啡館遇見的那個臉上帶笑、說話滔滔不絕的人。

那人沒讓他說話就先講開了：

「您一點都沒有聽見，先生，在剛發生的爆炸之後，在這間屋子裡面發出的巨大嘈雜聲？」他說著，一邊把左手的拇指往後舉起，他指著牆壁。

「就差一點點，」依廉反駁說：「連我自己也成為犧牲品了。」接著他開始敘說他碰上的意外事故，陌生人似乎注意聽他講，不時以專注的神情凝視他的臉。

陌生人又說：「劇場裡的房間發生意外，首先是因為建築破舊、損壞嚴重，而在附近發生的意外爆炸所產生的空氣震盪，則是不幸的原因，爆炸還引起了房子倒塌，但是屋裡空無一人，這真是奇怪。如果您同意，我們一起去警察局報案。」

在他臉上，依廉又看到了他那熟悉的微笑。

（幾小時以後，依廉知悉不久之前才在本地區安家的一個火藥庫剛剛發生了意外爆炸事件，原因是軍隊裡幾個士兵的粗心大意，這場災難中也免不了造成生命的損失。他還知道一些年輕運動員躲過了這場厄運，他們在爆炸前很短時間裡，很幸運地稍早離開了那個地點，而正是從那裡突然發出打破了鄉村沉寂的巨響。）

依廉和他的夥伴找到了往前走的道路，沒走出三百公尺的路，在穿越樹木的一個路口，依廉被一個快速行走的人狠狠地撞了一下。這個人穿著體面，衣冠不整，渾身透出庸俗的高貴氣派，嘴裡嘰里咕嚕地數落馬路上粗心行人的笨拙舉止。

依廉正要重新上路時，他發現那個穿銀灰色西裝的人不見了，他的心一下子被一種巨大的焦慮所抓住，就如人們在睡夢中那樣，有時會感受到一種巨大的威脅，承受一種莫名的壓力，而不知道自己為何成了威脅的對象。

他在穿越樹林之前，經過了幾塊草地和農田，道路似乎恢復了原狀。在依廉看來，道路現在變得很硬實，但一路上仍然免不了有驚奇發現，反過來倒使依廉更好地觸及到眼前景象的含義。

他走進了路上的警察局。他詳細地講述了他早上意外的遭遇。

選譯自《穿銀灰色西裝的人》，一九三一年

白色的圍巾

幾天過去了，有個晚上依廉走進了市區大馬路邊的一家電影院。他是在放映了差不多半場的時候才進去的，而他本來是想看上半場的電影的，因為當他第一次在銀幕上看到這部電影的演員時，後者早就因該片取得了觀眾熱烈的讚賞。

他不得不首先看一週的時事新聞。在放映了一些國外重大事件的鏡頭以後，人們看到了國家的獨裁者取道回府的場面，他在外出巡行後正穿行在官邸附近的一條馬路。

最初看到的是馬路上的行人個個站住，有序地排在人行道兩邊，等著宣布官方隊伍來的消息，大家已準備好熱烈鼓掌和歡呼。

接著攝影師趕上前去迎候獨裁者走過來。眾人背朝著人行道佇立著。但是依廉還是發現有那麼一個人背對著群眾，甚至小型隊伍在群眾的熱情擁戴下行進時，也沒有改變他原來的姿勢。依廉吃驚地認出了那個穿銀灰色西裝的男人，他此刻正在全神貫注地欣賞一個櫥窗，裡頭陳列一些手帕、披肩和幾條長圍巾。

一星期以後的一個晚上，依廉正在一棟房子的長廊到處散步，他被邀請參加一個大型晚會。

在這之前，連續幾個小時，他曾全心投入了有點瘋狂、有點危險的歡樂當中，經歷了喧嘩吵鬧的時刻，而高潮過後，他慢慢發現自己此刻正在這棟出奇寬敞的樓房裡面遊蕩，只能聽見歌聲和樂聲輕微的回響，到最後他感到自己是在一片寧靜中漫步。

但是他停止了散步，從一扇打開的門裡的一面鏡子看到了自己的身影。從鏡子裡，他也覺察到他的衣領和領帶因跳舞時的擠撞而變得不整齊這類的細節。他就這樣進入了一個放置著一張長沙發、一張桌子和幾張椅子的房間。

鏡子盡頭的左邊有一個出口，門半掩著，對著一個過道，斜著通向這扇門。過道僅靠房子裡的燈光來照明。

他對著鏡子剛剛結束複雜的打領帶動作，接著對著鏡子照看自己的影子，突然他發現有人從他進屋的那個方向窺視他。

他轉過身子，端詳被牆壁遮住一半身子的一個年輕女人，她調皮地繼續保持片刻這種奇怪和令人難忘的姿勢。

最後，他以極其自然不過的方式向他靠攏過來，她一身黑色服裝，突然間她揭開了罩在臉上的黑色花邊面紗。她碰了一下他的臂膀，叫他坐下。他順從了。這個女人極其尖銳的目光尤其使他感到吃驚。沒有什麼開場白，就請求他仔細觀察牆上掛的五張女人的照片，並且告訴她其中哪一張讓他真正動心。

每一次依廉面對一個年輕的女人，在他身上總要發生一些極其特殊和特別準確的反應。

他的思想深處一直藏有一種類型的女人形象，這種女人相當罕見，只要她一出現，就足以使他產生沒有任何企圖的歡悅感覺。他已有數次感受過這種歡悅，而之後他總是把這種歡悅跟他有幸觀察到的這類女人的外表，長時間地加以對照。

但是以這種奇怪的方式走進來的這個女人，雖然不真正符合這種類型，但她和牆上五張女人的照片一樣，仍然讓他喚起了一些隱約的回憶，依廉因此感到有些惱火，有一種受到傷害的感覺。

年輕女人過後不久自己也在依廉座椅左邊的一只椅子上坐下，但她把椅子挪動了一下，使得她坐下的位置和其夥伴的位置正好形成直角的方向。在依廉似乎漫不經心地觀察照片的那段時間裡，她的眼光一直在他的臉部和牆上的照片之間來回移動。

她似乎饒有興趣地跟蹤他對照片的審視，這是她先前向他提出的古怪要求。最後，依廉說這五幅照片都是出自於同一個女人，只不過由於髮式、面部表情以及攝影師使用的照片技術，改變了她們的外表，因而人們在有可能發現這個狡猾的騙術之前切實會猶豫一陣子，而且說這些照片中最使他動心的是……。說著說著，他轉過身子想看看女伴的面部表情，但她立即起身大笑起來，逃到她剛才窺視他的那扇開著的門，依廉本來想跟著追上她，但她在消失之前對他做了一個命令式的手勢，他不由得又坐了下來。

她過了好一會兒才轉回來，她優美的手臂端著一個大銀盤子，上面放著兩杯香檳酒，但她剛剛跨過門檻，依廉就聽見了她發出一聲驚叫，一種奇怪地打破寧靜氣氛的驚恐叫聲，他看見年輕女人的眼光越過他的頭部緊緊盯著房間的深處。

依廉立刻站立起來，半轉身子，瞥見從走廊走出來、臉色嚴肅、表情特別緊張、穿銀灰色西裝的男人。他不聲不響地向依廉靠過來，這個人現在一動也不動，保持著好像被人當場捉住的一種姿勢，雙手高高舉起一條白色圍巾。

依廉不由自主地立刻想起他以前欣賞過、他父親藏書上的一幅雕刻畫，這幅畫一直困擾著他的兒童時代。根據傳說，它表現了一個王子在他宮殿房間裡從背後受到危險襲擊的場面，他被一個謀反者用一條絲綢手巾活活勒死了。這個場景給人以內心悲壯、外表寧靜的印象，看不出有任何激烈的表現，但它卻留下了人們意識無法體會的深藏含義。

這時依廉感到自己如同被周圍世界所拋棄，陷入一場無法迴避的冒險行動。他掏出了手槍，向那個男人衝去，但他的動作顯然不夠迅速，因為人造燈光很快被熄滅了，人們聽見盤子掉下和玻璃杯打碎的聲音，但依廉很快重新把燈點亮，進入了走廊，追趕那個人，連續開了幾槍。

有那麼兩、三分鐘，他感覺到遠處的聲音不再那麼急促了，好像是逃遁的腳步聲，他怎麼也趕不上那個被追趕的人，但他並未中止追逐，有時向右、有時向左、有時朝前追、有時向後轉，他四處追趕，疲於奔命，只見那個傢伙像玩遊戲似的不斷開燈關燈。

依廉最後完完全全迷失在走廊和房間的迷宮裡，他氣得臉色發紅，手靠著樓梯的扶手，幾乎喘不過氣來。

接著他暫時讓自己平靜下來。極其緊張的追逐過後是一片死一樣的沉寂，他注視著這座樓梯的台階和他前面的一扇門，眼睛死死地盯著這一切……

選譯自《穿銀灰色西裝的人》，一九三一年

弗朗茨·海倫斯

Franz Hellens（1881-1972）

弗朗茨·海倫斯為比利時著名詩人和小說家。出身於大學教授家庭。他在根特度過了美好的青少年時代，這段時光在他的作品中留下了深刻的印象，表現在《在死亡的城市》（*En ville morte*, 1905）和一九二六及一九三五年之間出版、帶有自傳性質的「三部曲」《天真的人》（*Le Naïf*）、《欲望的女孩》（*Les Filles du désir*）和《弗雷特里克》（*Frédéric*）。如同另一位比利時女作家瑪麗·杰維爾一樣，他善於捕捉生命過程和季節變化的一致性，賦予日常生活的場景以豐富的想像力。他先後在皇家圖書館和上議院擔任圖書管理員，這使他有機會參加各種文學活動和接觸各方面的文學藝術界人士。在二戰期間，他在法國南部城市尼斯避難，長期脫離故土和與法國藝術家的頻繁交往，使他改變了他對比利時文學的看法，他極力主張將比利時法語文學的提法改為比利時的法國文學。他對發展比利時文學和團結發現文學人才方面，做了許多有益的工作，他創辦了具有現代主義精神的刊物《法國和比利時的信號》，後改名為文學雜誌《綠色唱盤》（*Disque vert*），團結了一批以後成名的法國和比利時作家，如米修、馬爾羅、紀德、桑特拉爾等。海倫斯在開創比利時獨特的怪異文學或稱夢幻文學上，作出了重大的貢獻。他的作品多圍繞婦女、兒童和夢境三大主題。他創作了有名的夢幻小說《梅呂津》（*Mélusine*, 1920）、故事集《夢幻的現實》（*Réalités fantastiques*, 1923），也發表了很多文學理論著作，探討精神和物質方面現實和夢幻的分界線，如《元素和神話的詩學》（*Poétique des éléments et des mythes*, 1929）和《真實的夢幻》（*Le Fantastique réel*, 1967）。他並不反對現實，而是想賦予現實以更開放、更擴大和絕對的意義。故人稱他為夢幻現實主義大師。他著作甚豐，體裁多樣，有小說、詩歌、戲劇、文藝評論等，《埃爾塞納回憶錄》（*Mémoires d'Elseneur*, 1954）是他的成熟巨著，該書充分而集中地體現了他多方面的文學才能。

自由的幽魂

《夢幻的現實》一書呈現的現實世界充滿了奇異的象徵和意象，暗示著某種憂慮和焦急。文筆簡練、直接、具有諷刺意味，但不乏詩意，表現了作者嫻熟的文學技巧。

那天晚上，我走進一家在倫敦街道上到處可見的藝術小劇場。其燈光比其他地方要耀眼得多。也許出於這個原因，我在這裡停住，不再尋找別的場所了。我只想散散心，在這裡我應該不會失望。

我占據的位置在高處，樓座的第一排。我旁邊坐著一位安靜抽著菸斗的觀眾。從我的座位可以遠遠見到舞台空蕩蕩的地板。一排腳燈刺眼的燈光映入我的眼簾。我的眼光可以毫無困難地看到幕後一個角落裡沒固定好的布景，隨時跟蹤演員準備入場和倉促出場的情景。

為了看得更加清楚，我俯身在環繞池座過道的金屬欄杆上。就在這個時候，一個身著紅色服裝，骨瘦如柴的歌唱家走上舞台。我覺得他短小的身材尤其顯得滑稽。雖然他唱的歌對我毫無意義，但我對他的古怪表情仍然準備報以微笑，突然我感到一陣暈眩，好像一件五彩的面紗從我的眼前晃過。

我恢復了正常的知覺，這時舞台的幕布還未落下，但唱歌的那個傢伙變得很可怕：在暗綠色的光暈中，一身紅色，蜷縮著身子，他的頭部只露出一個光禿的腦殼，如同一團發光的硫磺。我在欄杆上俯得更低。他的嗓音深沉，毫無音色可言。當他唱歌的時候，我看見他故意轉向我這一邊，抬頭朝著我，他兩眼發亮，目光顯然是有針對性地注視著我，他唱出了一段歌詞，吐字出奇地清晰，顯然是對我一個人唱的：「你不是個自由人嗎？」

不用說，我當然是個自由人！他為什麼需要問我這一點呢？他為了這個毫無價值而且缺乏風趣的發現而對我說話，究竟有何意圖？我注意到他的口氣很肯定，這跟他的句子的疑問形式形成對比。他向我扔下這句問話後，很快轉過頭不再看我，而重新面對觀眾繼續唱下去。

劇院空心的船形結構一下子把我鎮住了。我在這之前一直沒有覺察到這一點。我眼前是一個被黑暗淹沒一半的半圓形，包廂和看台的金色稜邊閃耀著，像水面上的反射光。劇院的深處，觀眾形成了一團半明半暗、黏糊糊的笨重物體。呈現在我眼皮底下的是一個深淵，我腦海裡突然萌發了一個滑稽的念頭：跳下這個深坑，翻過欄杆，一躍而下……

歌唱家的歌詞在敲打我的腦門：

「你不是自由的嗎？你不是自由的嗎？」

「當然是的，」我說：「我有自由跳下去。誰也阻擋不了我翻越過欄杆……」

我在暗中發笑，我把身子向前傾得更厲害。樂隊的演奏似乎像野馬奔馳，在這狂飆中升起了一股令人陶醉的氣氛。

「的確，」我想：「如果我實現了這一跳躍的動作，這可是一個古怪和新奇的冒險行為。明天，全世界都會知道我的勇氣。我的妻子，當她在報紙頭條新聞上看到我這瘋狂行動的消息時會怎麼想？……我是自由的！我是自由的！……」

我的太陽穴在嗡嗡作響。我的思想也像銅管樂和提琴狂亂的演奏一樣馳騁。我眼前清楚地看見我墜落下來時的血紅色景象，我感到我的皮肉開始萎縮，緊貼著骨頭，我的身體從後邊擺動到前邊。

「你不是自由的嗎？你不是自由的嗎？」可怕的清醒聲音一直在我的耳際唱著。

我雙手緊緊抓住欄杆。

「當然，我是自由的……」我喘著氣回答說：「誰也不能強迫我跳下去！我可以自由選擇留在我這個位置上……我有自由作出選擇！」

是的，我應該作出選擇，在兩者之間作出決定。這變成了一件必要而命定的事情：要嘛原處不動，放棄成名的機會，要嘛下定決心做出致命的一跳！

突然間，一股熱浪從我的腳趾尖端一直湧上我的頭部。我感到我的肺部抽搐著，我的頭髮壓迫著腦殼。有那麼一陣子，在我記憶的光暈中轉動著我過去瘋狂舉動的一幅幅紅色和綠色的圖像。我自然努力抗拒過每一次的瘋狂舉動，但往往還是衝動占了上風。這一次又是這樣，我第一個想法難道不是從欄杆翻過去？什麼再也阻擋不住我這樣做。

「我是自由的……」我恐怖地大叫起來：「我是不會跳下去的。」

但是當我說出這句話時，一股不可抗拒的力量把我往前推。經過絕望的掙扎，我還是做到了挺住不動，並且突然轉過身子，為了避免看到前面的深淵。我成功地用雙手死死抓住座位的靠背，把我的手臂緊緊綁在裡頭，我就這麼待著，閉上眼睛，拚命抓住我的座椅，就像一個感到無名恐懼的海上遇難者緊緊抓住一根救命稻草一樣。歌唱家的歌詞就像定音鼓敲打我的太陽穴，而樂隊的演奏在我的腦海裡造成一片嘈雜的聲響，我感到陣陣冷汗在我面頰流下，劃出了一道道痕跡。

猶豫了好一陣子以後，我勇敢地睜開了眼睛，我看到我旁邊觀眾平靜的身影。他依然抽著菸斗，雙肘靠在膝蓋上，似乎在專注看著舞台上的演出。我剛才的舉止使我還停留在一種半昏亂的狀態中，我注視著鄰人高大而安詳的輪廓。

「他也是一個自由人。」我想。

這個確定的想法使我放下心來。我開始對自己的恐懼心理感到好笑。因為演出即將結束，我鼓起勇氣從欄杆上看了最後一眼。

但我很快往後縮，頭也不回地逃了出去，一直跑到馬路上。我剛才在下面的舞台上，又見到跟我說話的那個歌唱家紅色和綠色的身影。這個幽靈一般的傢伙這回取代了樂隊指揮的位置。他張開雙臂，揮舞著指揮棒，拉長他那瘦小和透明的身子，以魔鬼般瘋狂的節奏，指揮自由的人們飛速奔向深淵。

選譯自《夢幻的現實》，一九二三年

玻璃的迷宮

我是通過哪個狹小而隱蔽的甬道進入這個建築物的？顯然我已進去好長時間了，因為那裡的一切對我來說是那麼自然和恰當。我坐在一張桌子前吃飯，菜已經端上來了。而在另外的桌子上，各色人種的顧客正在吃喝。侍者手端盤子，手臂裡搭著餐巾來回走動著。這群人似乎出於習慣性動作，全神貫注地用餐。我一點胃口也沒有，就開始環顧四周，把眼睛抬起來。我覺得我似乎從來沒有睜開過眼睛似的。我首先看到的是天花板，高極了，是純淨的天藍色。桌子是用加工的玻璃製成的，水晶玻璃的隔牆沿著桌子延伸直達拱頂。一間間相連的大廳被分割成無數走廊，是由透明和細薄的玻璃製成的。我的眼睛，一望無遮，穿透了它們一個接一個的平面，但我不能確定走廊之間是否相通。相反我倒覺得那裡好像沒有什麼出口，儘管隔牆出奇的透明使我得出相反的結論。我一點也不想仿效我隔桌的客人，他們只是一心吃著他們的飯菜。我雙手緊緊抓住架在桌子正當中一根垂直的杆子，它是用收割者磨鐮刀用的那種平滑石頭做成的。這支杆子直通天花板。我開始拉動石製的長杆來檢驗我的力量，我很及時地發現整個拱頂就架在這根薄薄的支柱上，如果我再稍微使勁一拉，我所在的建築物就會整個塌陷下來。我鬆開手，全身開始發抖。當我看到在這個表面上開放、但讓我感到很封閉的地方，出現了一個正在跑動的奇怪東西，這種軟弱無力和大難臨頭的印象達到了極點：一頭沒有上鞍的黑馬在隔牆中間狂奔亂跳。我簡直不能以其他方式來描述這一切，因為我無法跟蹤黑馬沿著走廊亂跑亂跳的情況，因為牠跑得很快，輕易地越過各種障礙。馬的形體渾圓、肌肉發達，顯得高大無比。奔跑中馬鬃迎風有力地擺動。牠的臀部給我的印象尤其深刻，可以說大自然的力量都集中在動物的這個部位，也集中在分量較輕、一路橫掃和燃燒一切像火焰一般的長尾巴上。當牠朝我的方向轉過身來時，我發現牠紅色的眼睛在閃光，其凹進的鼻孔在呼氣。我從來沒有親眼見過如此結實、如此漂亮的怪物。很明顯這匹馬只是順著走廊走，很快就會跑到我的跟前來。我企盼這個時刻，同時也害怕這個時刻，由於光線透明，路程看來似乎很短，其實很漫長。馬在飛奔，牠的飛奔使牠猶如張開翅膀似的飛了起來，雖然人們還是聽見了馬蹄在石板上清脆而沉重的聲音。最後牠似乎靠近了過來。牠突然跑進了我坐著的那個長廊，馬沿著走廊跑了一圈，有時掉個頭，以更快的速度繼續奔跑。牠巨大的臀部閃閃發光，我驚恐萬分地看著牠凹陷的背部、青筋突出的頭部，以及一晃而過的腿部下面的馬蹄。然而，桌旁四周似乎沒有人發現牠的存在。侍者依然在走廊裡走動，好像什麼事也沒有發生過一樣。突然馬縱身一跳，穿過我的頭部，越過了玻璃的隔牆，接著又縱身一跳，回到了走廊，在我的跟前停留了片刻。面對著大山壓頂的龐然大物，這個流星式飛過、活生生的花崗石或青銅怪物，我害怕得發抖。牠又開始瘋狂地奔馳了。只要牠的蹄子碰一下隔板當中的一片，整個建築物就會散架了。我這才想到應該逃避這個危險的地方和這些麻木不仁的人們，他們平靜的態度比預示世界末日的動物瘋狂而美妙的飛奔更使我吃驚。但要逃走，從哪兒逃？所有的通道都堵死了。只有這個神奇的動物能救我。跳上馬背，把我託付給牠？牠跑得那麼快，而我又不是騎士。我來了個主意，唯一的出路，就是睡覺。我回憶起在大戰剛開始之時，有個晚上，一群散兵，在一條馬路上四處流竄時被敵人發現，最後躲進一個小小市鎮的小旅館。半夜，等輪到我走進旅館大廳的時候，我發現他們在燒盡四分之三的燭光下睡覺，手臂靠著桌子，頭枕在手臂上。在微弱的光線下，他們個個像死人。他們睡得很死。黎明時我們離開了這個庇護所，沒有碰上什麼麻煩，大家都確信睡覺把我們從槍口下解救了出來。我因常常失眠，身上總帶有安眠藥。我服下足夠的劑量，很快就睡著了。

我是不是醒了？我不敢肯定。我只感到四周一片黑暗和死寂。空氣很沉悶，暴風雪好像要來了。也許只剩下我一個人了。為了讓別人聽見，我隨便說了一句話：「但願這只是一場夢。」沒有聲音回答我。看來我一直還在睡著。但是為什麼就在睡夢中我依然不能擺脫掉恐懼呢？

選譯自《回憶的祕密》，一九五一年

畫中人

下文摘譯自作者短篇小說集《埃斯科河的潮水》（*Les Marées de l'Escaut*, 1931）其中一篇，根據真人真事寫成：與他在尼斯相識的著名義大利畫家莫迪格里亞尼在死前不久為他畫了一幅肖像，但不像，酷似作家四十來歲，出奇地年輕。海倫斯隨後結婚，其妻子也辨認不出畫中人，一種擔心油然而生。

這幅畫給我妻子造成的不好印象以及她當時的處境（她懷著孩子），驅使我下決心去做唯一剩下該做的事：把畫賣掉以遠離有關的回憶。如果畫家還活著，我本來會把賣畫的錢如數寄給他，但他剛剛去世①，畫家的妻子也悲慘地隨他而去，就像我在上面提過的那樣。我向我住在英國的一個朋友建議要他買下這幅畫，我知道他是一位現代藝術的業餘愛好者。他提出的買價，毫不誇張地說，與我買時付給畫家的錢差得遠呢。但是我還是接受了他的報價，因為這筆錢正好符合我當時的需要，來支付我與妻子返回巴黎的開銷，我在那裡找到了一份好工作。

①本文作者曾提到畫家莫迪格里亞尼（1884-1920）因貧病交加悲慘死去，其妻絕望已極，抱著幼子跳窗自殺。最後這個情節不是真實的。

十五年過去了。開始，我還多少關心這幅畫的命運。我知道它以比我在朋友那裡賣掉高出十到十二倍的價錢又轉手給新買主了。以後，有關這幅畫的記憶完全從我的腦海裡消失了。不久前，我發現它在藝術品拍賣目錄裡又出現了，標價高得驚人。

我本來沒有必要提起這件事，如果我沒有想起這幅畫曾經給我留下遠非一般的記憶的話。那時候，在我打算把這幅畫脫手之前，我背著妻子，叫人給畫拍了照。我收藏的照片，應該說是唯一的照片，被放進抽屜下面一個最隱蔽的角落。經過無數次的搬家之後，它會選擇在哪裡落腳呢？每件事物都有自己的命運，有時是很奇特的命運，而這些薄薄、柔軟、輕輕、不起眼，被人輕蔑地稱為「紙頭」的東西的命運，對我而言較之其他東西更顯得神祕。我發現我從未在意的這些紙頭在辦公室的黑暗中經歷了漫長的旅行之後，將會顯示出它們自身的意義。它們耐心逗留在某一本書裡頭，或者躲在更加被人遺忘的另一個角落，無意間滑落在那裡，最後不知如何，也不知為什麼就在那裡長駐下來。

經過這麼長的時間之後，我產生了好奇心，想再看一看這幅畫，或者說這張照片。但是如何找回照片呢？我開始翻找我的抽屜，在無數信封裡、檔案堆以及我習慣收藏複印件、照片的各種檔案夾裡尋找，也搜遍屋子各個房間裡堆積雕刻藝術品的地方，乃至屋子上面的頂樓。我不知道自己為什麼那麼執著地尋找，我深信我永遠找不回這張照片，它無疑跟其他具有獨立性和冒險性的物件一起迷失了。經過一、兩天如此這般的折騰，我的煩躁心情表露無遺，連我的妻子都發現了。我有那麼一陣子真想讓她跟我一起來找，但這勢必要向她坦陳我懷有如此好奇心的原因，而這是我做不到的。我承認我這樣的搜尋沒有什麼意義。但頑固執著是我性格中的一個特點：每次我開始一項觀察或者實驗，我很少有不把這項工作一直做到底的，哪怕中途發現這項工作根本就無法進行下去。我盡量掩飾我的焦慮，開始絕望地翻開我書架上每一本書，依然毫無結果。我找了一圈後，只好暫時停住。「我也許放過了某個角落。」我想：「先歇兩、三天再找吧。」

第二天，當我平靜地正要結束手頭上的一封信時，突然產生查找里特列詞典②的念頭，因為我對一個成語的意義抱有疑問。對這種衝動，我只能以似乎是為了回應某種召喚來解釋。因為老實說我的疑問是很輕微的。我一打開詞典，我發現了我一直在尋找的那張照片。我承認我當時心頭受到很大的震撼：照片就在那裡，近在咫尺，垂手可及，而且就在我幾乎每天查閱的詞典裡！我怎麼會在無數次查閱詞典時，竟然沒有發現這張照片？要是我第一眼看到手上的照片沒有再一次把我投入驚愕之中的話，這個問題還會多困擾我幾秒鐘。

我的手開始發顫，我閉上一會兒眼睛，對意外看見的東西感到萬分吃驚。這是一張優秀的照片，非常清晰，因為是印在光面紙上，圖像更加明亮，同時更為生動，更不用說由於縮小了尺寸效果尤其好。在以前，我自己、我妻子、還是我的朋友們，誰也不會在這幅畫像誰的問題上搞錯的。我照著鏡子，怎麼也不能找回我在畫裡的相貌特徵，或者說能讓我回憶起我以前的外貌。我以前的外表已不存在了，從藝術家作這幅畫的時代起到現在已經過去的十五個年頭，並沒有給我指引正確的道路。確實有些藝術品要經過漫長歲月後才能顯示出其

②法國出版的著名法語詞典，法文為*Dictionnaire Littré*。

意義，但這幅畫的情況並非如此。不，時光並未給它增加些什麼，也無助於我瞭解它，同樣也沒有使我覺察到，如同我以前曾經想像過的那樣，畫家只是把我的相貌作為藉口，透過這個形象來表現他自己而已。

這個發現很完整、很及時、很獨特。就在那個瞬間，我重見了創造這個形象的那個人。他在我跟前停留了一秒鐘，比他如果以人的形式返回人間時的樣子更加鮮活：只有兩隻眼睛，但其目光穿透我、吸收我、籠罩我，從嚴格意義上來說是預言家的那種目光。

我召喚妻子過來，把照片指給她看：

「這可不就是瑟治的照片！」她一見到照片就叫了起來：「你在哪兒找到的？」她怎麼也沒有想到這是尼斯那幅畫的照片。

不可能有任何的疑問：我剛找到的畫像是我們的孩子的畫像。

這也是我的畫像，即每個人生來具有、永恆的兒童時代的畫像，這種模糊的相似，就如蒙上水氣的鏡子裡隱藏著神祕的本源，也就是我們人類原本有過、無可置疑的形象，即隨著季節的更迭一再重複的形象。

選譯自《埃斯科河的潮水》，一九五三年

（經法國阿爾班・米歇爾出版社授權）

蘇珊・里拉爾
Suzanne Lilar（1901-1992）

出身根特一個講法語的古老家族，但也深受其周圍濃厚的弗蘭德語言和文化氣氛的薰陶。後與著名律師和政治家阿爾伯特・里拉爾結婚，長住安特衛普。他們生有兩女，其中一位即為著名小說家佛朗索瓦茲・瑪萊－若麗絲。她後來放棄律師生涯，專心從事創作。她的劇作《布拉多爾》（*Burlador*, 1945）在巴黎演出成功。該劇以婦女的眼光重新解讀唐璜這個神話人物。她之後出版的小說《葡萄牙嬉遊曲》（*Le Divertissement portugais*, 1960）又重新表現同一主題。她還出版了充滿哲學意味的劇作《條條道路通天上》（*Tous les chemins mènent au ciel*, 1947）和《痳瘋病國王》（*Le Roi lépreux*, 1951）。一九五四年出版了文藝批評著作《類比學家的日記》（*Le Journal de l'analogiste*），探討詩歌理論中的符號學和修辭學，榮獲聖伯夫文學批評獎。她對婦女地位問題的長期思考，使她對沙特和西蒙・波娃的女權主義觀點保持距離。她擺脫傳統的看法，揭示了欲望在男女實現自我和追求幸福當中的功能，她為此發表了三部理論著作，即《夫婦》（*Le Couple*, 1963）、《關於沙特和愛情》（*A Propos de Sartre et de l'amour*, 1967）和《第二性的誤會》（*Le Malentendu du deuxième sexe*, 1969）。除了有名的《葡萄牙嬉遊曲》，她在一九六〇年還出版了小說《無名的懺悔》（*La Confession anonyme*），並以三種語言寫了一部比利時現代戲劇史（一九三〇－一九五二）。她還寫了兩部回憶錄，其中一部題為《在根特的兒童時代》（*Une Enfance gantoise*, 1976），以優美的語言回顧了比利時兩種語言和兩種文化對她的深刻影響。她在文學上的成就，使她獲得多項文學獎。

王子的手

近五十歲的弗蘭德女小說家索菲・拉布臘特夫人在葡萄牙結識了風流倜儻的沒落貴族、巴爾幹王子格德萊迪斯。驕傲的她瘋狂地愛上了這個唐璜式的人物。但王子對她只玩貓與老鼠的遊戲。她一生最後的炙熱愛情換來的是年老色衰的辛酸和悲嘆。小說筆調委婉細膩。下面一段描寫了兩人邂逅的過程。

這時王子手裡拿著刀子和剪子，開始親自動手切割周圍擺放一些松雞的烤全羊，這是這頓奇特宴會的頭道菜。當客人的數量不太多的時候，他很樂意親自來做這件事，因為他很高興能在他小小的宮殿裡，當著客人的面充分顯示他動作的兩大優點，即有力和準確，還因為他喜歡在品嚐羊肉之前能夠先看到整隻羊，這會讓他記起他口啖的是一個獵物。這樣的作法還可以增加格德萊迪斯在請客時喜歡炫耀的那種豪華節慶氣氛。看到他以極大的熱情和高貴的神情切開體積不小的野味或者還裝飾著羽毛的鳥肉，的確是個不平凡的場面。王子的手藝很乾脆、很準確，他的每一個動作都一次成功，從來不需要重來。索菲對格德萊迪斯的兩隻手很著迷（她第一次注視這雙手），這是一雙外科醫生的手，是穩當和靈活的完美結合。人們之間的交談停止了，也許不光是出於奉承，大家才把眼光盯在王子雙手的動作上。因而當王子自己打破沉默，召喚阿比蓋利過來，命令她放一些音樂時，大家這才感到鬆了一口氣。接著大家聽到一個相當單調、但是非常傷感的合唱。索菲愚蠢地問他，這是不是她聽說過的立陶宛的戴諾絲音樂，格德萊迪斯告訴她這是阿連特喬農民的歌曲（大家都知道這是位於塔茲河南部的一個省分）。

索菲鼓起勇氣詢問王子，聽說他不喜歡音樂，這是不是真的？他大笑起來。

「但是，」他略帶諷刺地注視著她，「這不是音樂，不是嗎，而是民間藝術。」

一位男僕給王子端來一個銀製大盆，好讓他可以涼一涼他的手指，阿比蓋利尾隨在後，手裡拿著一塊亞麻布巾。索菲不無厭惡地注視著白色布巾上女侏儒猴子般瘦小的手無意間碰到王子漂亮的手。他發現了她的眼光。

「怎麼，」他說：「妳不喜歡怪物？啊！妳不是一位真正的弗蘭德女人。妳看過她的眼睛嗎？我從來沒有在任何女人那裡看到同樣的眼睛。這是小丑令人感動的地方。靈魂只有在怪誕中才更會被肉體所俘虜。」他繼續說，聲音更輕一些：「在這個世界上，存在著相當多的誤會。一副漂亮的面孔是上天的承諾，但是承諾是很少能夠兌現的。」他笑著說：「我希望妳會相信上天吧？也相信地獄吧？」

索菲完全同意這樣的看法。

「但是，」她說：「你難道不認為會有些『美妙』的誤會嗎？」（她強調這個詞。）

阿比蓋利不停地在他們身後穿來穿去，索菲沒能抓住她的眼光，但她感覺到後者不斷地處於一種戒備狀態，但她對此也不再在意了。因為這時人們熱烈的交談已轉換了話題，這更激起她極大的興趣，而且她已開始感到喝酒所引起的興奮，王子肯定對酒作了細心的挑選和調配，喝起來非但不會壓抑精神，反而會激化它。有些酒不那麼正道，只是傷害人們的智力，但絕不會使人頭腦糊塗，它們賦予智力以一股激情，好像加速了其節奏。索菲感覺到她的思想在起飛，解脫了一切束縛往前衝，完全陶醉於她的自由天地裡。格德萊迪斯在場，對她這種昂奮的精神狀態顯然不會構成障礙。人們知道，對一些女人來說，靠近她們所愛的男人會使她們精神煥發。索菲感到極度興奮，也知道她擁有一切有利的武器。

「你知道，」她高興地對王子說：「我跟阿比蓋利和解了。」

「妳小心一點。別去惹她。她對我有著狗一般的忠誠。」

他故作謙虛，發出天真、心滿意足的大笑。索菲對男人這種特點報以微笑。

「她很壞嗎？」

「不完全如此。她喜歡開一些玩笑，例如把一個物件收藏起來，宣布一個假消息，在一個漂亮女人的手提包裡放進一隻蛤蟆。她這樣做不是出於喜歡惡作劇，而是喜歡把一切攪混。她是紙牌遊戲中的『老千』。」

「那你幹嘛還把她留在你身邊？」她有些妒忌地說：「為什麼呢？」

「這麼說吧！」他說：「就算我喜歡賭博吧。而妳呢？妳是個玩家嗎？」

「我嗎？我什麼都玩！裝成交際花，女文人……我玩貧窮的遊戲……還有……的遊戲。」

（她及時阻止自己不說出「愛情」這個字。）

「貧窮的遊戲，」他問：「這是怎麼回事？」

「例如，出去旅遊時不帶錢，自己想辦法擺脫困境。再如，在馬車夫專用旅館用餐時，當人們向你推薦一道菜時，你說：『這對我太貴了。』」

他好奇地端詳著她。

「這可是不道德的遊戲。」

「我當時什麼也沒考慮。你知道，我那時對什麼都無所謂。」

「那麼說，妳曾經對什麼都無所謂？」

「啊！」她大聲嚷道：「我什麼時候不是這樣呢！」

他又再一次發出克制的笑聲，這笑聲沉悶地在四周傳開，使人想起一塊石頭投在水面上激起的層層漣漪。索菲心想，這笑聲是他最大的魅力。她禁不住把王子與坐在若愛思旁邊的一位英俊的青年相比較。他剛從牛津大學畢業，是屬於那種讓人興奮的英國青年。他因與若愛思家有聯姻而沾上親戚關係，正是憑這點，他也出入於格德萊迪斯一家。索菲長久地注視著他。她一直在說服自己，這個年輕面孔無可挑剔的光澤，比不上她在格德萊迪斯臉上看到的那種精緻的灰色。男人像酒一樣，她想。一些人變老了，但不失其高貴典雅。在這種情況下，他們身上發出醇酒的芳香遠遠超出那些青年。王子脫穎而出，令人讚嘆。至於年輕人，他們倒像那種刺激人的濃酒，他們已經脫離兒童時代，不再有剛摘下、還飽含露水的葡萄串上的那種絨毛。

他是不是誤會了她心不在焉的原因？格德萊迪斯指給她說，她右邊的男人是一位偉大的建築師，他剛接下建造一所大學的任務。她好像犯了錯誤被當場抓住似的，盡量表現出有禮貌的樣子。但她不由自主地去傾聽另一個談話，那是若愛思和現已退休的法國外交官安德烈・巴拉丁的談話，索菲對他很熟悉。他過去曾經愛過許多女人，現在雖則再不能透過交談攻勢做到這一點，他並不因此感到難過，這回他還是控制不住向坐在他旁邊的女賓炫耀一番的誘惑——或者說為了自我炫耀——發揮了一項有關愛情的超人觀點。索菲發誓，這種觀點只是模模糊糊地與他擁有的手段一致。

「我們徵求一下拉布臘特夫人的意見吧。」若愛思開玩笑地建議說。

外交官的悄悄話本來就不是說給所有人聽的，這回他竭力使他說的話適應於一般性交談的那種口吻。

「我剛才說，」他以佯裝的超脫態度說：「男人尤其喜歡沒有性格的女人，她們像一個未鑿過的燧石，可以任人隨意塑造。」

索菲嘆口氣說：

「啊！巴拉丁，你一點都不會愛我了！」

大家都笑了，但王子和索菲兩人卻陷入了一種尷尬的沉默中。索菲焦慮地發現，她現在再也控制不住自己的語言了，好像是另外一個人在代替她說話似的。但是，王子在想些什麼呢？他在等待人們重新打開話匣子，接著他輕輕地挪動椅子，斜著身子，在索菲身後與建築師說話，一邊把身子靠著索菲——或者裝成這樣——他把右手放在她的肩膀上，用他的大手重量往下壓。啊！多麼溫柔，多麼美妙的重量呀！索菲覺得自己被征服了。而且壓力的感覺繼續存在，但似乎沒有人覺察到什麼東西。何況，格德萊迪斯的親朋好友中有那麼一條規矩，大家都裝著不去注意他那些奇異的舉止。但是若愛思呢？……

然而索菲根本沒有想到若愛思。她感到十分吃驚，她怎麼會如此馴服，也萬分驚訝，她在給自己選擇一個主子的時刻，竟然感到如此自由自在、無拘無束。

王子回到了自己的位置，一切——至少表面上——恢復了原狀。索菲這下子恢復了理智。她差一點做出了蠢事，然而為了打破她和格德萊迪斯之間重新出現的沉默，她挑選了一個最不合時宜的話題。

「你給我講一講立陶宛的情況吧。」她要求說。

他做了一個突然的動作，就像一匹馬偏閃了一下，臉色變得冷酷起來。

「立陶宛跟妳又有什麼關係？」他粗暴地說：「如果妳一定要瞭解，有的是有關的書籍、論文和各種數據。我呢，我是一個背井離鄉的人……」

她把鼻子埋在盤子裡。

「為什麼妳向我提出這個問題？」他問道：「這不過是茶餘飯後的話題，是嗎？」

她沒有回答，因為她剛剛才敢於承認自己對他懷有興趣，一切與他有關的東西都使她入迷，她就像一個獵戶，到處尋覓他的蹤跡。

「妳到古西來吧。」他以極其溫柔的口氣說：「你將會看到我是如何做到讓古老的立陶宛復活起來的。我回到那裡一次。」他繼續說，壓低了嗓門（索菲屏著呼吸，深怕打斷他的話頭）。「簡直一望無際，蜿蜒漫長的道路兩邊都是一樣的森林，幾年以前，我和我母親就是沿著這條道路坐著小轎車逃離的。同樣的路線，同樣的沼澤地，接著來的是其他的森林，其他的道路和新的沼澤地。我愉快地聞到了植物腐爛的味道。好像整個立陶宛都來迎接我了。

我情不自禁地輕聲呼喚著她的名字：『立陶宛』……『立陶宛』！就如我一再叫喚我心愛的女人一樣。晚上，我們到了歐里阿諾，但是我在天空中卻找不到中世紀古老村莊的城樓和鐘樓。村莊已被封・登・格爾特茲的軍隊燒毀了，城樓被尼爾塞利的軍隊炸掉了。至於那個已經五、六度易手的古堡，則呈現出一片破垣殘壁的頹敗景象。還可以居住的部分不久前改成了學校。一位年老的神父允許我前往一看。我向他詢問我以前認識的人的消息，但毫無所獲。好多人在戰鬥中犧牲了，不少人被放逐，其他人則選擇了逃亡。我是這個消失的世界唯一的倖存者。我吃驚地聽見我在石板路上的腳步聲。牆上原來掛著的格德萊迪斯和格迪敏家族的肖像已經被地圖、圖表、政治家的照片所取代。幽雅的法式家具讓位於上課用的粗糙桌子和長凳。有時我在前廳的一個角落或者房屋旮旯裡的牆上，認出被遺忘的一張彩色紙片或者一塊褪色綢布，有幾次，我的腳又接觸到那些傾斜的石板地面和地板上長年磨損而形成的窟窿。我感到十分傷心。妳會對我說，把一個古堡改造成學校沒有什麼可悲的。唉！可不是嗎，我也知道。如果我是聖人，我早就留下來了，我會把我的財產分出去，放棄我的貴族封號。但是，在格德萊迪斯家族中沒有聖人，只有牢固地世代相傳和忠實於其名分的男人。

「我不知道是什麼東西驅使我朝馬廄走去。妳也喜歡馬。要知道立陶宛人愛馬正如愛他們的女人一樣。馬廄裡有五、六匹波莫瑞①的母馬，用來拉雪橇的。其中有一匹純種，就如一個上流社會的姑娘被貶到鄉下農莊的庭院一樣，處境很糟糕。我走進時，這匹馬開始嘶鳴起

①波蘭西北部地區名。

來，牠用頭尋找我的手掌，馬嘴在上面蹭蹭擦擦。我突然想起了一段往事：阿思麥德，我那隻可憐的馬，自從我父親從馬背上摔下膝部受傷以後（也許因為這個缺陷使他受到奧里阿納幾任參謀部的蔑視），騎馬行家的父親和叔叔們就把這匹馬給我留下了。我這下又想起我在家庭領地森林裡騎馬馳騁的情景。我又重見我們曾經攀登過晨霧籠罩的迪尼亞河岸一個又一個的沙丘和堤岸，聞到從河上漂流的木頭發出的清香，又聽見看不見的河上船工的歌聲。我腦海裡又重現我每次回到古堡時的情景。秋天，我遠遠可以看到亮燈的窗戶。春天或夏天，窗戶全打開了。不過，在壁爐木柴燃燒的火光前，或者在六月燈火通明的夜晚裡，處處都是巴黎的服裝和法國的香水，法國酒和用法語交談引起的歡快和陶醉，而我的母親，她談吐優雅，風韻猶存，吸引了一圈男人圍在她身邊。在我下樓到大廳前，我總要穿上我華沙大學的校服，大家都說這種穿著很適合我。我騎馬回來後，再沒有其他東西比起優雅的社交生活更讓我高興的了。我瘋狂地沉溺於享受，光是年輕人的熱情不足以解釋這一切。也許我已經染上人們指責我的那種追求奢侈的嗜好。我回想起我青年時代的美好時光：我用手挽著馬頸，把我的頭深埋在發出甜美香味的馬鬃裡。那一天，我明白了，像我這類的男人注定是要消亡的。妳感覺到了，像我這樣多愁善感的人在這個世界上已經沒有位置了，是吧？」

索菲沒有回答。她一次也沒有打斷他的話。

「我覺得，」他說：「我們兩人之間可以沒完沒了地說個不停。」

為了轉換話題，他說：

「妳是否願意我和妳一起生活在一個荒無人煙的小島上，互相講故事來度過時光？」

「哦！不。」

「那為什麼呢？」他問道，覺得很有趣。他瀟灑地把頭往後一仰。「妳是不是害怕我。」

「不，」她急切地回答：「我害怕我自己。」

他笑了起來，抓住她的一隻手輕輕一吻……

拉布臘特夫人在門房那裡找到了鑰匙。拉布臘特還沒回家。她進了屋，在鏡子裡看到一個容光煥發的女人朝她微笑。她認不出來這就是她本人。為了突出她的膚色而搽上的脂粉在她看來是如此奇特，她覺得這裡面有點「魔鬼的味道」。「這就是真正的魔鬼的美」她想，……而她眼睛發射出的光芒，在這個早已不習慣愛情的女人身上引起一個不尋常的動作。她再也受不了繼續注視鏡中的她，於是把臉深深埋在手裡。這個動作應該說是出於一種羞恥心（雖然在索菲這樣的年齡感到羞恥是很可笑的），持續的時間很短暫。她變得勇敢了，把手指一個個張開，開始以一種強烈的好奇心仔細觀察自己的容貌。突然之間，一陣喜悅之情湧上了心頭。她剛剛意識到她的身上已經打上了王子的烙印，而這個烙印比起他來占有她深刻得多。

節譯自《葡萄牙嬉遊曲》，一九六〇年

瑪格麗特・尤瑟娜
Marguerite Yourcenar（1903-1987）

她的一生可以說是世界主義的一生，她遊歷過很多國家，浸潤於多種文化。她在布魯塞爾出生，父親為法國人，母親為比利時人。早年喪母，她從父親那裡接受了古典教育和對地中海文明的熱愛。她在第一部小說《阿列克斯或論無望的戰鬥》（*Alexis ou le traité du vain combat*, 1929）中提到了同性戀的問題。一九三四年她出版《夢中的古羅馬銀幣》（*Le Denier du rêve*），講述一枚義大利錢幣輾轉過手的故事。從一九三九年起，她在美國定居，並加入美國籍，長年住在緬因州的一個小島上。同年發表小說《致命的一擊》（*Le Coup de grâce*），故事發生在美國。她的小說往往帶有自傳色彩。她以《世界迷宮》（*Le Labyrinthe du monde*）為總題的家史三部曲，第一部《虔誠的回憶》（*Souvenirs pieux*, 1972）是對生下她僅十天就因產褥熱而去世的母親的「回憶」，作者通過照片、戶籍紀錄、信件等家庭資料重建了母系的家族史；第二部《北方檔案》（*Archives du Nord*, 1977）追溯了從遙遠的中世紀到她出生為止的父系家族史；第三部《什麼？永恆》（*Quoi? L'Eternité*, 1988）則是她本人的自傳，敘述了她童年的生活，著重塑造父親的形象。她還以歷史學家的角度描寫各個世紀的物質生活和文化生活，主要表現在她的兩部小說：《安德里安回憶錄》（*Les Mémoires d'Hadrien*, 1951，中譯本名為《一個羅馬皇帝的臨終遺言》）和《苦煉》（*L'Oeuvre au noir*, 1968）。前者浸透了拉丁和希臘文化精神，再現了西元二世紀安德里安皇帝的形象，描寫了猶豫於異教和基督教之間，介於昔日的光榮和衰敗的開始的羅馬皇帝歷史，體現了哪怕貴為帝王也逃脫不掉的人性矛盾。後者以歐洲古老的祕傳文化（鍊金術、占星術、巫術、鬼學等）為背景，講述了一個虛構歷史人物的精神追求。他試圖反抗正統宗教，改變多災多難的世界，但最後受到教會審判，入獄自殺。在尤瑟娜筆下，這些歷史小說富於現代色彩，提出了當代社會普遍性的問題。她的文筆古典、精確和嚴謹。她在一九八〇年當選為法蘭西學院院士，成為三百四十五年來第一位享有此殊榮的女作家。

王佛獲救記

老畫家王佛和徒弟林兩人在漢國的土地上沿著大路到處流浪。他們行進的速度很慢，一路走走停停，因為王佛晚上要凝望天上的星星，白天要觀察地上的蜻蜓。他們隨身行李輕簡，因為王佛喜愛的是物品的形象而不是物品本身。除了一些畫筆、漆罐、墨瓶、成卷的絹和宣紙以外，在他看來，世上似乎沒有任何東西值得他去占有。他們一貧如洗，王佛常用自己的畫去換取一碗小米粥，他向來就嫌棄金銀財寶。徒弟林被身背滿口袋沉重的畫稿壓得直不起腰，但他仍然滿懷敬意地躬著腰身，彷彿他背馱著的是整個蒼穹，在林的心目中，這個口袋裡裝滿白雪皚皚的山峰、春日的江水、夏夜明月的姿容。

林生來不是注定要伴隨這位朝捕晨曦、暮捉晚霞的老人四處流浪。他父親是做黃金買賣的，母親是一位玉器商的獨生女，這位商人儘管抱怨她不是男兒，還是把所有財產遺留給她。林就是在這樣一個無憂無慮的富家環境中成長，但嬌生慣養的生活使他變得十分膽小：他害怕昆蟲、雷聲和死人的面孔。到了十五歲那年，他的父親就替他挑選了一位十分漂亮的妻子。老人家認為自己已經到了可以晚上安心睡覺的年紀，能夠為兒子帶來幸福使他感到十分寬慰。林的妻子柔弱得像蘆葦，稚氣得好比乳汁，甜得如口水，鹹得像眼淚。辦完婚事後，為了不給孩子增添麻煩，老兩口竟至悄然地離開了人世。從此，在那塗上朱色的宅院裡，和林相依為伴的只有那個臉上永遠帶著微笑的年輕妻子和一株年年春天綻放粉紅色花朵的梅樹。林喜愛那位心地純潔的妻子，如同人們喜歡一面永遠不會褪色的鏡子或者一張永遠能消災避禍的神符一樣。他遵照當地的風尚，經常上茶館去。他對一些賣藝者和舞伎，也給予適當的厚待。

一天晚上，他在一個小酒館裡和王佛同桌共飲。這位老人為了能夠更生動地刻畫一個醉漢的形象，自己也喝了酒。他側著頭，似乎在用心度量自己的手和酒杯之間的距離。黃湯一旦下肚，這位平素沉默寡言的藝術家的話匣子就打開了。這天晚上，王佛滔滔不絕，彷彿沉默是一堵牆，話語則是用來塗蓋這堵牆的各色顏料。在這位老畫家的指點下，林看到了被熱酒蒸氣暈化了的酒客面容的俊美，火舌不均勻地舔過的肉塊美妙的棕色光澤，桌布上的酒漬像撒滿了枯萎花瓣一樣具有的那種精緻玫瑰紅色。當一陣狂風穿破紙窗，驟雨撲入室內時，王佛俯著身子，指引林欣賞那一道道青灰色的閃電。林讚嘆不已，從此他不再懼怕暴風雨了。

林為老畫家付了酒錢，看到他既沒錢又無住處，就恭敬地請老人家到他家住宿。兩人於是一起上路，林手提一把燈籠，火光不時出人意料地照射在一個個水坑上。這天晚上，林驚訝地發現，自己住宅的院牆，並不像他原先想像的那樣是紅色的，而是像快要爛掉的橘子那樣的顏色。在庭院中，王佛注意到一株小樹輕柔纖弱的形狀，並把它比喻為一個在風裡吹乾長髮的少婦，可是在這以前從來沒有人留心看過這株小樹。在走廊上，王佛癡迷地注視著一隻螞蟻沿著牆壁裂縫游移爬行，林對這些小蟲子的厭惡心理也頓然消失了。於是，林明白了：王佛剛剛饋贈給他的是一個全新的心靈和一種全新的感覺。他恭恭敬敬地請這位老畫家睡在自己雙親去世的房間裡。

多年以來，王佛一直夢想畫一個古代公主在柳樹下彈琴的畫像，可是沒有一個女人具有足夠的虛幻性可以充當他的模特兒，不過林卻可以，因為他不是女人。後來，王佛又談到要畫在一棵高大松樹下彎弓射箭的一位年輕王子，可是當下沒有一個青年具有足夠的虛幻性可以作為他的模特兒，林就讓自己的妻子站在花園的梅樹下擺好姿勢讓師父作畫。在這之後，王佛又畫她穿著仙女的衣裳佇立在殘陽照射下的雲霞之中。這下林的妻子哭了起來，因為這是死亡的先兆。自從她的丈夫喜愛王佛為她畫的畫像勝過她本人以後，她的容顏就開始憔悴起來，就像遭到熱風吹拂和夏雨澆淋的花朵一樣。一天清晨，她被發現吊死在那棵開著粉紅色花朵的梅樹樹枝上，自縊用的帶子末梢和她濃密的長髮交織在一起迎風飄動，看起來她比生時更加苗條，而且像昔日詩人所讚美的絕色佳人那樣純潔。王佛為她畫了最後一幅畫像，因為他欣賞死人臉上特有的那種青綠色。徒弟林為他研磨各種顏料，這種需要專心的工作竟然使他忘記流下傷心的眼淚。

為了替師父購買從西域運來的一罐罐紫色顏料，林陸續地賣掉家奴、玉器和家中噴泉裡的魚。當家裡的一切都賣空以後，他們兩人就離去。從此林關閉了過去記憶的大門。王佛對這樣一個城鎮已感到厭倦，因為從這裡人的臉上，他再也不能發現美與醜的奧祕了。師徒兩人於是一起在漢國的大道上漂泊遊蕩。

他們人未到，名聲卻已先傳到了鄉村之中，傳到了城堡門前和寺院廊下，一到黃昏，這些寺院就成了惴惴不安的遠方香客們的庇護所。人們傳說王佛有魔法能使他的畫像變成活生生的人，只要他最後用彩筆在畫中人物的眼睛上點一下。於是，農民們前來請求王佛為他們畫一條看家狗，貴族老爺們要他畫一些士兵。出家人把王佛敬為聖賢；老百姓像怕巫師一樣對他心存畏懼。王佛對這些不同的看法感到高興，因為這樣可以使他觀察周圍人們感激、害怕或崇敬的各種表情。

林到處乞食來供奉師父；王佛睡著時，林就在旁邊守護；老畫家出神時，徒弟就趁機為師父按摩雙腳。天剛破曉，老畫家還未睡醒，他就出發去獵取羞澀地躲在蘆葦叢後的景色。到了晚間，當老畫家感到心灰意冷、把畫筆扔在地上時，林就重新拾起來。當王佛傷心地談到自己已到垂暮之年時，林就臉帶微笑，把一株老橡樹結實的樹幹指給他看；王佛有時高興起來講些笑話，林總是做出洗耳恭聽的樣子。

有一天，他們在日落時到達皇城的城郊。林找了間客棧讓王佛過夜。老頭穿著破衣躺下，林就緊靠著他睡，好讓師父身上暖和些，因為這時還是初春的季節，泥地仍然凍結著。黎明時分，客棧的過道上響起一陣沉重的腳步聲，他們聽見店主心驚膽戰地低聲說話、有人用粗野的語言喝令的聲音。林害怕得發抖，因為他想起他在頭一天曾偷過一塊米粉糕給師父當飯吃。他毫不懷疑這是來逮捕他的，他心想：明天誰來攙扶老王佛涉水過河呢？

一些士兵提著燈籠走了進來。火焰透過色彩斑斕的燈籠紙殼在他們的皮盔上灑上了紅色或藍色的閃光。他們肩上的弓弦已在瑟瑟抖動，最凶惡的一些士兵突然無緣無故地大聲咆哮起來。他們猛力一把抓住王佛的後頸，可是這位老畫家卻無法阻止自己不去注意到他們的衣袖與身披大氅兩者的顏色不協調。

在徒弟的攙扶下，王佛腳步踉蹌地跟著士兵在崎嶇不平的路上走著。圍觀的行人公然嘲笑這兩個大概是被帶去砍頭的罪犯。對王佛所提出的一切問題，士兵們報以一副凶惡猙獰的嘴臉。老頭的雙手被捆綁起來，十分疼痛，林感到無比難過，但他望著師父微笑，認為以這種方式哭泣會顯得溫存些。

他們走到皇宮的大門口。紫絳色的圍牆在陽光下聳立著，猶如黃昏帷幕下的一角。士兵們帶著王佛穿過無數方形或圓形的宮殿。這些宮殿的式樣分別象徵四季、四方、陰陽、長壽和絕對的權力。宮殿的門都是自動開關的，轉動時會發出一種音樂，而且門的安排極其巧妙，如果從皇宮的東頭走到西頭，就可以相繼聽到全部音階的音樂。這裡的一切都布置得極其協調，表現出一種巧奪天工和獨具匠心。人們感到，在這裡，哪怕是一道無關緊要的命令，也會顯得那麼斬釘截鐵、令人生畏，如同祖先的訓誡那樣不容置疑。再者，宮殿裡空氣變得稀薄，而且寂靜是如此的深沉，以至於連一個遭受酷刑的人也不敢喊出聲音來。一名太監把門簾掀起，士兵們像宮中婦女一樣一副戰戰兢兢的樣子。這一小群人進入了大殿，天子正高坐在寶座上。

這個大殿沒有牆，全部由高大的藍色石柱支撐著。在大理石柱的另一邊，有一座正盛開著鮮花的花園。花叢中每一朵花都是從遠洋運來的名貴罕見品種，但是沒有一朵具有花的香味，因為害怕香氣會攪亂天子的沉思。此外，為了避免破壞皇帝冥想時沉浸其中的寧靜氣氛，紫禁城內不許任何飛鳥飛入，甚至連蜜蜂也要被驅走。一堵巨牆把花園與外界隔離，不讓那些掠過死狗或戰場上屍骸的陰風闖進來拂動皇帝的衣袖。

天子高坐在玉雕的寶座上。雖然他才二十歲，但雙手卻像老人一樣布滿皺紋。他的龍袍是藍、綠兩色的，藍色象徵冬天，綠色令人想起春天。他容貌俊美，但毫無表情，好像是一面懸掛過高的鏡子，只反映出星星和無情的天空。天子左右兩側分別侍立著專司百樂的大臣和專管正刑的御史大夫。朝臣列隊侍立在石柱腳下，個個豎起耳朵聆聽從皇帝口中說出的每一個字、每一句話，因為皇上早已養成低聲說話的習慣。

「陛下，」王佛俯伏在地上說：「賤民年老，貧苦體弱。陛下猶如盛夏，賤民好比殘冬。陛下萬壽無疆，賤民命如蜉蝣，而且已到風燭殘年。賤民實不知有何瀆犯聖上之處，賤民從未做過危害陛下之事，而現在卻雙手被縛。」

「老王佛，你問朕，你到底有何瀆犯之處嗎？」皇帝說。

天子說話的聲音是那麼優美悅耳，使人聽了就想流淚。他舉起右手，玉磚地面的反光使他的手呈現出一種像海底植物那樣的青綠色。王佛看到他那細長的手指，讚嘆不已，他尋思自己是否曾經為這位皇帝或者他的祖先畫過一幅不太高明的肖像，因而罪該萬死。但這不太可能，因為直到目前為止，他很少出入宮廷。他更喜歡去的地方是農民的草屋、青樓女子出入的城鎮郊區，和有腳夫喧囂的碼頭小酒館。

「老王佛，你問朕，你有何犯上之處嗎？」皇帝又說，一邊把他細長的脖子伸向正在聆聽他說話的老人。「朕這就對你說吧。不過你要知道，別人的毒液只能通過我們身上的七竅才能滲入到我們的體內，為了讓你面對你犯下的罪過，朕得帶你沿著寡人記憶的長廊走一遍，而且把朕的一生說給你聽。先皇收藏了你的一些畫，並把它們放在宮中最祕密的一個房間裡。父親認為這些畫中人物應該避開那些外行人的視線。因為不應該讓這些人物在這種人面前低垂眼睛。老王佛，朕就是在這些宮殿裡受到教育的，人們給朕安排了孤獨的周圍環境，讓朕在裡面長大成人。為了避免凡人的七情六欲玷污朕那天真無邪的心靈，人們使朕遠離那些像潮水般湧來的朕未來的臣民。沒有一個人可以走過朕的門前，因為害怕這個男人或是這個女人的影子拖曳到朕身上。甚至專為朕配備的幾名老僕也極少在朕眼前出現。日夜周而復始。一到黎明，你的畫上的顏色就變得鮮明起來；到了黃昏，顏色就顯得暗淡了。在不眠之夜，朕總是觀賞這些畫。幾乎長達十年之久，朕每天晚上都看你的畫。白天，朕坐在地毯上——上面的花紋圖案朕記得特別清楚——把空著的掌心放在黃綢袍蓋著的膝蓋上，夢想著未來朕可以享受的種種歡樂。朕想像中的世界是這樣的：漢國居於中間，就像沒有變化、有些下陷的平原狀手掌，上面有五條大河的命脈穿梭其間。國土四面有大海環繞，海中時有怪獸出沒，在遠處還有支撐蒼穹的高山。為了想像出這一切，朕曾借助於你的畫。你使朕相信，大海就像你畫上所展示的那樣，是一片廣闊的水面，水是如此湛藍，一塊石頭掉下去，只能化作藍寶石；你使朕相信女人像鮮花一樣，時而開放，時而收攏，如同你畫中花園幽徑中的仕女，像輕風一樣款款走來；你還使朕相信那些守衛邊疆要塞、身材頎長的年輕武士就是一些能夠射穿你心臟的弓箭。十六歲那年，把朕與世隔絕的大門被打開了。朕登上皇宮的平台，遙看天上的雲彩，但發現都沒有你畫的黃昏雲彩那樣美麗。朕下令備轎外出，一路顛簸搖晃，朕原先沒有料到路上竟會有爛泥和石塊。朕周遊各省，都找不到你畫中那些到處有螢火蟲那樣的美人的花園；沒有找到你畫中的那些佳人，她們的身體本身就是一座花園。海岸邊的石子使朕對海洋產生厭惡；受刑者流出的鮮血也沒有你畫的石榴那般鮮紅；鄉村裡的跳蚤臭蟲使朕看不見稻田的秀麗景色；活著的女人的肉體使朕反感，就像看到肉鋪鐵鈎子上掛著的一堆死肉。朕手下那些士兵粗俗的笑聲使朕噁心。王佛，你這老騙子，你對朕說了謊：人世間不過是一位瘋癲畫家往空間灑潑的一大灘亂七八糟的墨跡，被我們的眼淚不斷洗刷掉的墨跡。漢國的江山並不是天下所有王國當中最為壯麗的，朕也並非帝王。唯一值得統治的帝國，只有你老王佛透過千條曲線和萬種顏色得以深入其中的帝國。只有你，能平安無事地統治那些永不融化的白雪覆蓋的高山，和遍地開著永不凋謝的水仙花的田野。王佛，這就是為什麼朕找到一種專為對付你的酷刑，因為你施展的妖術使朕厭惡自己擁有的一切，使朕渴望獲得自己將來不會擁有的東西。為了把你關在永遠出不去的獨特黑牢裡，朕已決定燒掉你的眼睛，因為，王佛，你的一雙眼睛是讓你通往你的王國的兩扇奇特大門；還因為你的雙手就是把你領到你的王國中心、擁有十條岔路的兩條大道，朕已決定下令斬掉你的雙手。老王佛，你明白寡人所說的話嗎？」

一聽到這個判決，徒弟林立即從腰間拔出一把有缺口的刀，向皇帝猛撲過去。兩名衛兵把林抓住了。天子微微一笑並長嘆一聲說：

「老王佛，朕也恨你，因為你知道如何使人愛戴你。來，把這個狗徒弟殺了。」

林向前跳了一步，為了不讓自己流下的鮮血濺污師父的長袍。一個衛兵舉劍一揮，林的頭顱頓時從頸上掉下，就像一朵被剪下來的花。宮中的侍從把林的屍體搬走。王佛悲痛欲絕，仍不忘欣賞他徒弟的鮮血在綠色石塊鋪面上形成的美麗猩紅色血跡。

皇帝做了一個手勢，兩名太監上前為王佛揩拭眼睛。

「老王佛，你聽著，」皇帝說：「揩乾你的眼淚吧，現在還不是哭的時候。你的眼睛要保持明亮，你眼裡僅有的一點亮光可不要讓淚水弄模糊了。朕希望你死，並不只是出於怨恨；朕想要看到你受折磨，也並非僅僅出於殘忍。老王佛，朕有別的打算。在朕所收藏的你的畫當中，有一幅令人讚美的作品，上面的山巒、河口港灣和大海相互映照，尺寸自然是大大地縮小了，但其真切性卻遠遠勝過實物本身，就像從球面鏡中看到的景象一樣。不過，這幅畫沒有完成，王佛，你這幅傑作還只是畫稿。你大概是在作畫時，坐在一個寂靜無人的幽谷中，看到了一隻飛鳥掠過或者一個小孩在追捕這隻小鳥。小鳥的嘴或小孩的面頰使你忘掉了滔滔海水藍色的波紋。你既沒有畫完大海披風上的流蘇，也沒有畫完礁石上海藻的髮絲。王佛，朕要你在你的眼睛還能見到天日的最後時刻來完成這幅畫，讓它凝結你在漫長一生中積累起來的卓越繪畫的奧祕。毫無疑問，你那雙很快就要被砍下的手作畫時，將會在絹本上抖動，你在厄運中刻畫出來的那些暈線，將會使無限的意境滲透到你的畫中。毫無疑問，你那雙很快就要被毀掉的眼睛，將會發現在人的感覺極限內所能看到的事物之間的各種關係。老王佛，這就是朕的打算，朕能強迫你完成這項計畫。如果你拒絕，那麼，在把你弄瞎之前，朕將叫人把你的全部作品都燒毀，那時候，你就會像兒子被人殺死、斷絕了傳宗接代希望的一位父親。不過，你要相信，這道最後的命令完全出於朕的仁慈之心，因為朕知道，繪畫是你過去撫愛過的唯一情人。現在，給你提供畫筆、顏料和墨，讓你能打發最後的時光，這就如給一個即將被處決的男人施捨一名神女一樣。」

皇帝動了動小指頭，兩名太監立即恭恭敬敬地把那幅沒畫完的畫拿來。在那幅畫中，王佛已勾勒了大海和天空的形象。王佛擦乾眼淚，微笑起來，因為這幅小小的畫稿使他想起自己的青年時代。整幅畫表現出一種清新的意境，王佛再也不能自誇他現在還能達到如此境界，但是畫中還是缺少了一點東西，因為王佛在作這幅畫的時期，他對於群山峻嶺和浸沉大海的光禿峭壁岩石的觀察還不夠多，他對於黃昏憂鬱氣氛的體會也不夠深。王佛從一個太監遞給他的幾支畫筆中挑了一支，就開始在沒畫完的大海上潑上了一大片藍顏色，一名太監蹲在他腳下磨研顏料，但相當笨拙，王佛因而更加懷念他的徒弟林了。

王佛又開始把山巔上的一片浮雲翼梢塗上粉紅色，接著，他在海面上添加了一些細小波紋，它們加深了大海寧靜的氣氛。這時，玉磚鋪的地面奇怪地變潮濕了，全神貫注作畫的王佛根本沒有覺察他是坐在水中工作的。

一葉輕舟在畫家的筆下逐漸擴大，現在已占據這幅畫卷的近景，遠處忽然響起有節奏的槳聲，急速而輕快，像鳥兒拍打翅膀的聲音。聲響越來越近，慢慢響徹整個大殿，接著這聲音突然停止了，一滴滴水珠顫動著，凝聚和懸掛在船夫的長柄划槳上。為了燙瞎王佛的眼睛而專門準備的燒紅烙鐵，早已在行刑者的火盆上冷卻了。水已浸漫到朝臣們的肩頭上，但是受到嚴格禮儀的束縛，他們一動也不敢動，只能踮起腳跟站立著。最後水已經漲到皇帝心口的高度。但殿中卻安靜得連眼淚滴下的聲音都能聽見。

不錯，真的是徒弟林來了。他仍然身著每天穿的那件舊袍子，右手袖子上還有鈎破的痕跡，因為那天早上，在士兵到來之前，他沒來得及縫補。可是，他的頸子上卻披著一條奇怪的紅色圍巾。

王佛一邊作畫一邊輕聲說：

「我以為你死了。」

林恭敬地回答：「師父您還活著，徒弟豈能死去？」

他扶著師父上船。用玉瓦蓋成的大殿屋頂倒映在水中，看上去林就像在一個岩洞裡航行似的。朝臣們浸沒在水裡的辮子像蛇一樣在水面上下擺動，皇帝蒼白的臉像一朵蓮花似的在水中浮動。

「徒弟，你看，」王佛不無傷感地說：「這些可憐的人將要死去，看來他們逃不過這個下場。我過去沒有料到大海會有那麼多的水，足以把一位皇帝淹死。現在我們該怎麼辦？」

「別擔心，師父，」徒弟低聲對他說：「他們身上的水分很快就會乾，他們將來甚至都不會記得自己的衣袖曾經被浸濕過，只有皇帝的心裡還會殘留一點點海水的苦澀味。這些人不是那種材料，他們是不會在一幅畫中消逝的。」

接著林又說：

「現在海上的景色宜人，風平浪靜，海鳥正在築巢。師父，我們啟程吧，到大海之外的遠方去。」

「我們走吧！」老畫家說。

王佛抓住船舵，林彎腰搖櫓。有節奏的槳聲又重新充滿整座大殿，聽起來就像心臟跳動的聲音那樣均勻有力。峭拔而高大的懸崖周圍，水平線在不知不覺地逐漸下降，這些懸崖又重新變回成石柱。不久，在玉磚鋪成的地面上，只見低窪的地方很少的幾灘水在閃閃發光。朝臣們的官服已乾，只有皇帝披風的流蘇上還殘留著幾朵浪花。

王佛完成的那幅畫依然放在一張矮桌上。一隻小船占去了畫面的整個近景。小舟漸漸地遠去，船尾拖曳著一條細長的航跡，接著這條航跡在平靜的海面上消失了。此時坐在船上的兩人的面目已看不清，但還能望見林的紅色圍巾，還有王佛隨風飄拂的鬍鬚。

脈搏般跳動的槳聲變弱了，最後完全停止，因為距離太遠，聲音聽不見了。皇帝俯身向前，把手掌平放在額前，看著逐漸遠去的小船，在蒼茫的暮色中變成模糊不清的一個斑點。一股金黃色的水氣從海面升起並向四周擴散。最後，小船沿著一塊封鎖大海出口的礁石轉了個彎；一座峭壁的陰影投射在船上；船艄的航跡消失在那空曠的海面上。從此，老畫家王佛和他的徒弟林，在畫家剛創作出來、藍玉石般的海面上永遠消失了。

譯自《東方故事集》，一九六三年

（經法國伽利瑪出版社授權）

讓・雷伊

Jean Ray（1887-1964）

他生和死於根特市。他的真名為雷蒙・德・克萊蒙，是比利時大眾文學、特別是怪異文學的大師。他中斷在師範學校的學習後，在根特的行政部門工作了近十年。後來開始文學創作。一生深居簡出，但著作頗豐，體裁多樣，一生以不同筆名發表了近百部作品，堪稱多產作家。他也是比利時少有同時以弗蘭德語和法語寫作的作家。他一九二五年出版的故事集《威士忌的故事》（*Les Contes du Whisky*），立即得到普遍讚賞。這部作品表現了他的敘事才能，並預示了以後作品的特殊氣氛和風格。但不久他涉及一項商業糾紛，被控欺詐罪，銷聲匿跡數年，只能以不同筆名發表作品。他的弗蘭德語作品，多是以筆名讓・弗蘭德發表的兒童讀物。他從一九三三年開始以翻譯加改寫的手法，為根特的一家出版社寫了一系列帶有科幻或夢幻色彩的偵探小說《哈利・迪克森的冒險故事》（*Les Aventures de Harry Dickson*）。二戰期間他與作家斯坦尼斯拉斯－安德烈・史迪曼、托馬斯・歐文等人聯合創辦一家出版社後，他的文學創作達到了高峰，陸續出版多部被稱為黑色夢幻文學、頗具影響的作品，如中篇或短篇小說集《大晚課》（*Le Grand Nocturne*, 1942）、《恐怖的圈子》（*Les Cercles de l'épouvante*, 1943）、《惡峽谷》（*Malpertius*, 1943），以及《莫名恐怖的城市》（*La Cité de l'indicible peur*, 1943）、《坎特伯雷最後的故事》（*Les Derniers Contes de Canterbury*, 1944）等。他和其他夢幻文學作家一起創造了比利時獨特的夢幻文學或怪異文學流派，功不可沒。他寫的故事和長短篇小說多描寫傳統題材（變形、死亡、鬼怪等），在他的著作裡，真實從表面的世界轉變為平行或者交叉的世界，進入可怕、恐怖的領域。如被作者稱為小說的《惡峽谷》一書中，就把夢幻的情節與傳統的神話故事巧妙地結合起來。他的文字，往往夾雜一些怪異的詞彙，以創造一種神祕氣氛，但並不晦澀難懂，也不影響讀者發揮想像力。

蜈蚣

「你的祖母可是一位響噹噹的巫婆，納丹松！」皮爾森高聲喊了起來：「噢！真的，一想起這些事我就噁心！」

「是響噹噹！」猶太人表示贊同，好像人們剛以最美好的語言稱讚了他的祖母。

「你們看，足足有一刻多鐘了，這個骯髒的小東西吸引住我們的目光，讓我們一直盯住牠那不計其數的爪子。」第三位大學生斯利茲維克嘟囔著說。看到皮爾森和納丹松突然惱怒地大笑起來，他帶著歉意說：

「我講的不是塞里克的祖母，我指的是那隻可惡的蜈蚣。」

昏暗的空間賴以採光的那條小街是那麼狹窄，伸出一根長杆就可以打碎對面那座黑房子的窗玻璃。

這時刻，在這十月下午微弱的光線下，大學生們凝視著這座房子正面牆上緩緩移動的一隻龐大的多足類蟲子。

「我祖母說了，人死後經過三個七天，他的靈魂就會離開，變成這類卑鄙大蟲當中的一種，到房子裡巡遊一圈。牠那時將會非常可怕。今天正好是斯頓姆菲德小姐死後的第二十一天。」

「這隻生物體積大得嚇人。」皮爾森輕聲說……「喂，還有沒有剩下的冰鎮茴香酒？」還有滿滿的一大瓶，酒水很快斟滿了黑色的琺瑯酒杯。

「為什麼這隻千足蟲老使我想起斯頓姆菲德小姐？」皮爾森若有所思地接著說。

「這是一種暗示。」斯利茲維克說。

「不。」納丹松反駁說。

突然間房子裡變得一片死寂。空氣是那麼沉重，以至於連在酒杯周圍緩緩旋轉的菸斗抽出來的煙，也似乎給壓下去了。

接著天下雨了，雨點猶如縫紉機規律的機械聲。

從窗戶透過黑點斑斑的窺視鏡可以看見小街不斷向前延伸，又長又直的小街出奇地筆直，一直通向霧水濛濛的遠處。

街上的人都趕忙走開了。只有一隻孤獨的小嘴烏鴉還逞強地待在街上，但也只堅持了很短時間，牠遠看像一個小黑點，就如長在一個油臉上的粉刺。一群鴿子飛起來，在發亮的屋頂上留下顫動的銀白色影子。

皮爾森首先認出從雲霧中走出來的那個東西，但由於窺視鏡的反射使那個東西顯得出奇遙遠。

「這是一隻該死的生物，」他說：「牠行走得很慢很慢，要走兩個小時才會走到我們這裡。」

這下他們看清了小街盡頭一個類似昆蟲的龐然大物，牠拖著細長的爪子一顫一顛地走過來。

「在迎接這隻不知名的害蟲之前，我們還有兩個小時可以喝烈酒，抽黑菸絲。」斯利茲維克低聲說。

昆蟲沿著被大雨敲打的屋子牆面上艱難爬行，形狀變得越來越大。

「我辨認不出昆蟲的種類，但牠長得很醜。為什麼牠又使我想起蜈蚣和斯頓姆菲德小姐呢？」皮爾森抱怨地說。

「這很合乎邏輯。」猶太人說。

「你們聽我說，」斯利茲維克又開腔了，一面小口喝著兌上白酒的茴香酒。「你們應該明白，對面的房子現在已空無一人了。其他房客早把他們的家具裝上手推車，迫不及待地離開了。整座房子裡只有一個帶家具的房間，那就是斯頓姆菲德小姐死後躺著的那一間。要說裡頭活著的東西……只有蜈蚣。」

「不錯，牠是從那個縫隙裡鑽進去的。」塞里克表示同意。

「而另外一個正在行走的東西，我想知道牠究竟是什麼玩意兒。」皮爾森問道，一面死死盯住窺視鏡不放。

「你們聽！你們聽！」

對面房子的寂靜剛被打破，像一根玻璃棍子被打碎了。

這是一種模糊的難受的聲音。

「是斯頓姆菲德小姐。」斯利茲維克小聲說。

「沒錯，是從廚房裡傳出的聲音！」

一陣熟悉的嘈雜聲傳進他們的耳朵，那是沖洗餐具、玻璃杯碰撞、嘩嘩傾倒洗碗水、匆忙收拾器皿的聲音。

他們聽見點燃爐子的小小爆裂聲，不一會兒，燒水壺開始唱起來了。

「窗簾緊閉著，」皮爾森說道：「但是我知道，透過他們骯髒的細軟簾布，『有人』在觀察街道的動靜，也許觀察那個緩慢行進的東西。」

「啊！她煮咖啡的香味！沒錯，我很容易辨別出這種香味。」

「但是她已經死了，死了。」斯利茲維克幾乎哭著說。

「這什麼也證明不了。」猶太人回答說。

在那間陰森的屋子裡，似乎有那麼幾秒鐘的寂靜，很令人注意，接著是一陣神經質的急促聲響，好像是為了去完成一項看不見的任務。

「哦！現在我明白了……」塞里克・納丹松說。

他那被尼古丁染黃的手指指著街道。

三個瘦削的男人抬著斯頓姆菲德小姐的棺材走進那間房子。

這可是三個快樂而可愛的傢伙。

他們向從窗子探出頭來的大學生眨了眨眼，並打開了狹小的黃色木箱，裡面一個小藤籃子裡平放著三瓶烈酒。

不久他們走進了對面屋子，人們聽見釘棺材震天響的聲音，接著是吵吵嚷嚷的碰杯聲。

「祝你們成功！」大學生們大喊大叫起來，也斟滿了黑色琺瑯酒杯，一飲而盡。

「三大瓶酒。」斯利茲維克讚賞地說：「聽聽他們！」

隨性編出的一首歌從恐怖的屋子裡的暗處唱了起來。

咈！咈！咈！榔頭在叫

噢！噢！噢！噢！

來一瓶白蘭……地！

「他們可真興高采烈，」皮爾森說：「他們找到了新鮮咖啡，熱呼呼的。他們還帶來了三大瓶酒。我們跟他們一樣唱吧。」

咈！咈！咈！榔頭在叫

噢！噢！噢！噢！

來一瓶白蘭……地！

那三個男人剛剛離開。

「那可是好木頭！」其中一人在黑夜中高聲叫嚷。

「我把你們錯當成六足蜈蚣了。」斯利茲維克以抱歉的音調向他們解釋說：「我應該向你們道歉。」

他們很友善地回答他們，說不要為這樣的小事感到難過。

「有一些六足蜈蚣是很值得尊敬的。」他們說。

接著是死一般寂靜的夜晚。

「你們注意到沒有，隨著棺材在街上往前移動，聲音的節奏變得越來越快了？」

「饒了我吧，我不能再想東西了。桌子上已有四個空瓶子了，而這小酒壺已斟滿上等的芬蘭茴香酒。我們唱歌好嗎？」

他們又唱起了工人唱的歌，三遍、四遍。他們再也止不住了，用假嗓子叫喊著。

突然對面屋子裡傳來巨大的聲響。

窗戶玻璃都震動了。他們聽見了鋪路工人「夯！」的聲音，一陣悶雷在這間屋子狂亂的空間裡滾動，那裡只住著一隻蜈蚣。

「一，二，三！」

哪！哪！榔頭在叫

噢！噢！噢！

來一瓶白蘭……地！

「哪！哪！」對面房子發出回響。

「啊！啊！我可是醉死了。而她——啊！——卻死而不醉！」斯利茲維克冷笑地說。

「這是文字遊戲，是吧？」塞里克問道：「但是你早該說出來，我親愛的朋友。」

「是這樣，而這兩個字是合韻的：布盧依和特盧依①。這是我虔誠獻給死者斯頓姆菲德小

①法文字 pluie 和 truie 的發音接近，輔音不同，意思分別是「雨」和「母豬」。

姐的。」

說話的當兒，就像古代打夯機撞碎家具似的，櫃子破裂了，玻璃碎片像瀑布水珠四濺，發出刺耳的聲音。

「那是棺材！」皮爾森大叫起來，開始瘋狂地鼓掌。

「那可是好木材：它挺得住的！」

棺材跳起來了，好像爪子合併向上蹦跳的一隻蜈蚣。

「棺材可是釘得好極了，啪！啪！啪！」

裝滿芬蘭茴香酒的酒壺也早喝光了。

「啊！」

在深沉的黑夜裡，一扇門憤怒地砰的一響。

「斯頓姆菲德小姐的房門！」

另一扇門在使勁推動下也猛然打開了。

這時，傳來了一個難以置信、如同發自人群的聲音，聲音很大，也很奇特。樓梯在重壓下呻吟。

「蜈蚣！」

「牠到我們這兒來了！」

「千足蟲……就是說壓在樓梯上一千倍一隻足的重量。」塞里克自言自語道：「我懷疑樓梯會挺得住。」

他拿著一盞點著的燈，搖搖擺擺朝大門走了兩步。但他不得不把燈放在桌子上，頹然坐下。

他們聽見樓梯的木欄杆在粗暴的壓力下斷裂了。

「啊！……在『這個傢伙』進來以前……」

皮爾森拿了他的手槍。

「在『這個傢伙』進來以前，」他反覆地說：「我一定要死去。」他把武器頂著自己的胸膛開了一槍，輕輕地倒下了。

樓梯的聲音大得可怕，連槍聲都聽不見了。

「在『這個傢伙』進來以前……」

斯利茲維克做出了一個絕望的姿勢。

「我永遠做不到……幫我這個忙吧，塞里克。」他哀求道。

猶太人一聲不響，開了槍。

大門像一塊鐵板捲了起來。納丹松趕緊舉槍頂住自己的額頭。

門上的插銷被甩得老遠。

大學生癱倒在他兩個夥伴一動也不動的身上。

燈熄滅了。

譯自《大晚課》，一九四二年

歌聲像轟轟滾動的雷鳴

「惡峽谷」是位於海港邊一座陰森可怕的老房子。裡頭的住戶一個個神奇地死去。讓—賈克・克蘭斯爾見證了這一切，他逃出惡宅到了附近一家出售顏料和漆料的店鋪，那裡溫暖的燈光使他安心，他聽見了一段美妙的旋律。

曲調很動人，慢圓舞曲的節奏，雖稍帶遲疑，卻和《雅歌》①裡頭美妙的詩句很協調：

我是沙龍的玫瑰，深谷的百合花……

你的名字猶如散發的清香……

南希特別喜歡這個曲調，她心情愉快的時候，總愛哼個不停。

正當我凝視明亮的商店時，馬蒂雅的歌聲響起來了，《雅歌》在屋裡充滿敵意的夜晚歌唱著愛和美。

我早就窺視機會能單獨和馬蒂雅・柯魯克談談，我是不會錯過這種機會的。

我急急忙忙穿過走廊，走進了顏料店。

我吃驚地發現屋裡空無一人，然而歌聲卻在我身旁盪漾。

我是沙龍的玫瑰……

「馬蒂雅。」我喊叫著。

深谷的百合花……

「馬蒂雅·柯魯克。」我又叫了一聲。

你的名字猶如散發的清香……

歌聲驟然停止，我只聽見蝶形煤氣燈的氣門在其銅管口急速地吱吱作響。

「怎麼回事！馬蒂雅，您為什麼躲起來？我想問您……不如說我想向您講述……」

我是沙龍的玫瑰……

我向後一跳，撞上了櫃台。

聲音又響了起來，這的確是馬蒂雅的聲音，但是歌聲的音量一下子增大了。

深谷的百合花……

我用手摀住耳朵。歌聲像轟轟滾動的雷鳴，震得玻璃缸和窗玻璃晃動不已。

---

①《雅歌》為《聖經·舊約》中的一卷。

你的名字猶如散發的清香！

我實在忍受不了了。這已不再是人的聲音，簡直是憤怒瀑布轟響，聲音和音調的洶湧潮水，它沖擊著牆壁，撼動著拱門，像可怕的龍捲風在我的四周呼嘯作響。

我正要逃跑喊救命時，看到了歌唱家。

他站在大門的一角，顯得又寬又大，遠遠超出了櫃台，而平時馬蒂雅・柯魯克可沒有那麼高。

我的眼光環視他的全身：我沒有看見他隱沒在黑暗中的頭部，但是我看到了他那又長又白的手，有些尖削的膝蓋，在呢絨長褲下方凸顯出來，最後看到了他的雙腳……

啊！照亮他油亮皮鞋舞動的煤氣燈光從他的鞋底穿過。

馬蒂雅的腳底竟然有亮光！

而他靜止不動的雙腳懸空吊著……但是他在唱個不停，聲音很可怕，把櫃台上的刻度瓶子、配上沉重砝碼的羅馬式磅秤，以及許多從來沒有動過、無生氣的小擺設都震動起來。

當我走到了走廊盡頭靠近餐廳的地方時，我才能出聲高叫，喊出我的恐懼。

「馬蒂雅死了……他在店裡上吊了！」

我聽見門後一個刀叉落地清脆的聲音，一把椅子翻倒的嘈雜聲。在長長一分鐘的寂靜後才聽到人們的說話聲。這期間我又氣急敗壞地喊了幾聲。

「他在店裡上吊了！他在店裡上吊了！」

「他還在唱歌！」當門被粗暴地打開後，人們都湧到了走廊。有一個人從後面拉住我，我猜想他是我的堂兄弟菲拉雷特。我沒有能再見到馬蒂雅，因為克麥龍派修女們手挽著手站在店門口，擋住了視線。

在笛特魯叔叔和西維爾嬸嬸的頭上，我看見在遠處，我姐姐像一個溺水者做出的最後姿勢，伸出裸露的手臂。

我聽見叔叔結結巴巴地說：

「才不是這樣……我告訴你不是這樣……」

接著是山布克醫生以斬釘截鐵的語調說：

「內尼……柯魯克根本不是上吊……他的頭被釘死在牆上！」

我傻乎乎重複他的話：

「他的頭被釘死在牆上！」

選譯自《惡峽谷》，一九四三年

托馬斯・歐文
Thomas Owen（1910-2003）

出生於魯汶。父親為阿登地區的人，母親為弗蘭德人。在大學學習哲學和法律後，當了法律工作者和生意人，也從事過記者和藝術評論家的工作。其真名為吉拉爾・貝爾托，一九四〇年起從事文學創作，開始寫偵探小說（主人公為英國偵探托馬斯・歐文，其筆名即源於此），其偵探小說多出版於斯坦尼斯拉斯安德烈・史迪曼主持的「審判團」叢書。一九四三年開始熱心創作夢幻或怪異文學，其成就堪與大師級作家讓・雷伊齊名。在雷伊死後，他成了夢幻文學比利時流派最主要的代表人物。他活躍文壇，並得到官方的承認，於一九七六年獲選為皇家法國語言和文學學院成員。他因平時社會活動頻繁，故作品多短小精悍，在寫法上力求引人入勝。他有名的短篇故事集有《夜間禮儀和其他荒誕故事》（*Cérémonial nocturne et autres contes insolites*, 1966）、《母豬和其他神祕故事》、（*La Truie et autres histoires secrètes*, 1972）和《鬼貓卡瓦和其他生與死的故事》（*Le Rat Kavar et autres histoires de vie et de mort*, 1975）等，被譯成二十幾種語言。他的作品，在場面和氣氛的營造方面，深受繪畫的影響，故他的一些作品往往以文字加插圖的形式出版。歐文特別強調暗示的作用，善於透過微小和普通的細節來製造怪誕、恐懼和不安的氣氛，也帶有黑色幽默的色彩。對他來說，夢幻是殘酷的遊戲，故他的作品也有「殘酷文學」之稱。

母豬

大霧並沒有很快消失。正相反，它變得更濃重了。一片片飛霧越來越多、越來越密集，在車燈兩道光束的照耀下，一堵白色的牆壁突然在黑夜裡出現。驅車行進變得越來越危險了。在鄉下到處出現的這種摸不著、棉絮狀的物體好像在相互叫喚，相互接近，慢慢地相互融會成很快就難以穿透的龐然大物。

阿瑟・克勞萊早就放慢了行車速度。現在，他每時每刻都會因前面碰到的想像中的路障而緊急煞車。他有時以為前面出現了沒亮燈的一輛卡車的尾部，或者橫倒在馬路當中的一棵大樹，甚至懷疑自己看到沒有理由在這種地方出現的一些東西，例如一隻小船、一輛柩車、一群騎自行車的童子軍……，他知道他無法克服越來越難以承受的困倦。他突然對繼續趕路感到害怕起來。無論如何他在午夜以前趕不到目的地。他繼續放慢速度，下決心一有機會就停下車來。

很幸運，機會來了。在他右邊離馬路稍遠的地方，一個霓虹燈招牌透過雲霧發出亮光。他沿著一條新開的小路，朝那個方向把車子開了過去，碎石路面鋪得很糟糕，兩旁是泥土鬆軟的人行道。

他來到了名叫「虞美人」的一家鄉村旅舍，面積相當大，是新建的，蓋在一家舊農場的邊緣。農場縮進去的房子在大霧裡形成陰暗、模糊塊狀的一堆東西。

阿瑟·克勞萊沿著「停車處」的標誌開進去。在曲折的混凝土通道上，早有一輛黑色小汽車停放著。他把車停在旁邊。他熄滅了車燈，一下子被襲來的黑暗包圍起來。他下了車，眼睛很快適應了灰色、半明半暗的古怪氣氛。當他拉上車門時，有人拉開窗簾，從窗戶往外看。

他沿著一條搗實的碎磚路走進房子，把門推開。這是一家世界上成千上萬沿著大公路開設的那種小酒店。一張諾曼第式的櫃台、排滿了標誌醒目的各種酒瓶的酒架、一台像電爐灶那樣鋥亮的唱片點唱機，它正播放震耳欲聾的音樂。還有幾張蓋上紅白色方格檯布的桌子。房頂的木樑顯得過於稀疏。

阿瑟·克勞萊關上他身後的門，站著不動，有些遲疑，他環顧這個地方，它散發出既鄉土又美國化的氣氛，給他的印象很蹩腳。

一個顯得依然年輕的女人坐在靠櫃台的一張桌子上，臂肘支著，有些懶慵慵的樣子。她可能就是女老闆，這時她正在跟一位顧客說話。她身材豐滿誘人，她臉對著新來的人，帶有黑圈的眼睛露出挑釁的微笑。她頭髮又黑又濃，看出來她手裡端著齊鼻的一個小酒杯。她面前的顧客是個紅棕色頭髮的脖子、土灰色的皮膚、臉色遲鈍、前額稍短，活像弗蘭德印象主義繪畫裡的人物。他在大手裡笨拙地甩動骰子，然後吹著口哨將之扔進用綠絨布包起來的一個小木盒裡。

阿瑟·克勞萊向在座的人點頭示意，走到櫃台前靠著。女人詢問地看著他，但一動也不動。他提出要一瓶啤酒。

女老闆親暱地輕拍其夥伴油亮的面頰，讓他耐心等一會兒，然後起身侍候這位不速之客。她正打開瓶塞的時候，克勞萊問她有沒有可能在這裡留宿。

她開始大笑起來，對著紅棕色頭髮的傢伙說：

「他居然問是否可以留宿！」

但是那個蠢傢伙沉浸在內心的夢境中，毫無反應，一動也不動，手拖著臉。

「對不起，」女人對發愣的阿瑟・克勞萊說：「這裡可不是真正的旅館呀。」

她說話很和氣，為剛才的失禮感到不好意思。她補充說：

「你知道我說的意思……但是如果你想在這裡過夜，我們可以安排。」

他解釋說因為有大霧，他想留下住一晚，明天一早就離開。

「沒有問題。我帶你去看你的房間。快去拿你的行李。讓愛賭氣的那個胖子再等待一會兒吧。」

這一切很快辦理完畢，阿瑟・克勞萊得到了一個極其普通、冷颼颼但還算整齊的房間。他像旅行中養成的習慣那樣掀開床上的被罩，發現床單是乾淨的，但有些潮濕。

女老闆看著他的動作，裝出淘氣的樣子微笑地說：

「還行吧？」她問道。

「當然。一切都好。」

「你不會馬上上床睡覺吧？我不該打擾你吧？」

「哦不。我要把我那杯酒喝完，而且吃一點東西。當然，如果妳有什麼可以給我吃的。」

「在這裡你總會找到你要的東西。」

當他們走下樓梯的時候，聽到了一陣嘈雜騷動的聲音，有三個男人走了進來，他們高聲叫嚷，友好地相互拍拍打打。他們親熱地向女老闆打招呼，充分表現出他們之間親密友好的感情，而且頻頻擁抱親吻。

紅棕色頭髮的胖子認識這些人，看到他們不像他那麼羞怯，也鼓起勇氣把他那肥胖的手伸進到他們當中去。

「輕一點，輕一點，」見過不少這類世面的風騷女老闆笑著讓他們安靜下來。「你們檢點一些吧，這裡還有其他人呢！」

說話聲小了一些，個個到櫃台邊坐了下來。阿瑟·克勞萊向這群快樂的人表示友好。大家喝了幾杯，盡情地開玩笑，接著來人當中的一個在一陣沉默之後最後宣布：

「現在，我們開始賭母豬。」

他要求給他拿來小木盒和骰子。女老闆搖頭示意，好像對他們示意說「可不能在這傢伙面前賭」，但這位出主意尋找樂趣的傢伙根本不理會她的暗示，相反，他倒問克勞萊說：

「你跟我們一塊玩吧？」

「好吧。但是賭什麼呢？」

「這是祕密。」

「還有呢？」

「贏家將得到看望母豬的權利。」

「怎麼回事？」

「你如果贏，什麼都知道了。」

賭注很小，阿瑟・克勞萊動了心，也參加進去賭，結果贏了。大家對他報以歡呼。

女老闆把他帶到屋外。他跟隨她穿過鋪著有些鼓起的碎石路面的院子，朝農場房屋的方向走去，他在黑夜裡什麼都看不清楚。

他覺得有人在他手裡塞進了一根手電筒。

「電池不是新的，」女人對他說：「省著用。」

他打開手電筒，一條明亮的光圈劃破了迷霧，在一個房子上舞動一會兒。

「就在那兒！你自己去吧。」

他本想留住她，但她早已溜走了。他聽見她在黑暗中跑動的聲音，接著走進了屋子，房門打開了一會兒，在黑暗中形成了一個明亮的洞。

他向好像是倉庫的一個地方走去，牆面塗上白石灰，大門在貼牆栽種的一排黑糊糊大樹下敞開著。裡頭看來像是一個農具間，他看清楚那裡有懸掛在牆上的一個梯子、一些木桶、一些空玻璃瓶、一些小缸子、一條灌溉用水管，甚至還有一輛女用自行車。

盡頭有一道低矮的門，毫無疑問這是豬圈。他拉開插栓，把門輕輕推開。

一股豬圈的味道迎面撲了上來，他手電筒的光束投射在這黑暗的地方，他發現在金黃色草堆上一個蒼白的玫瑰色肉體，開始時他辨認不出是什麼東西，但是很快他就看清楚了：那是一名看不出年齡的全裸女人，蜷縮著腿睡在那裡，她一頭金髮、肥厚的雙肩、柔軟的肥大臀部。她睡得很死，呼吸很有力，也很均勻，有一種讓人感動的東西。

阿瑟·克勞萊停下來看了很長時間，他既感到驚愕，也感到噁心。一種不快的感覺攫住了他，是一種不可名狀的慌亂不安。

睡夢中的女人被耀眼的亮光所困擾，舒展了一下身子，嘴裡嘟囔著，佯作重新入睡的姿態……

他關上手電筒，趕緊退了出來，內心極其懊喪。

這個可憐的人是誰？她在那兒幹什麼？她注定要給哪些下流可惡的人觀賞？這樣的事怎麼可能呢？

他走回來，若有所思，滿臉羞愧，當他進屋時，大廳裡每一個人都窺視著他臉上激動的表情。

「這麼快就完事！」女老闆說。

「她在睡覺？」紅棕色頭髮的男子追問道。

「你有沒有讓她四肢站立起來？」另一個人問道：「在門後有一根尖頭棍子，大家拿來扎她身上的肉。她便會以雙手和膝蓋支地站立起來。」

阿瑟·克勞萊一言不發，感到屈辱和憤怒，他說不出話來。他轉身背著其他人。

「結論是，」有一個人說：「你錯過了一幕最精彩的好戲。」

「等下一次吧。」女老闆說。

他上樓回到自己的房間。他真想大哭或者嘔吐。他脫下衣服，鑽進冰涼的床。樓下有人在笑，不用說是在取笑他。不久他聽見有人穿過院子、走進倉庫、提高嗓門說話、放聲大笑、笑聲不斷……

他在想像他們會對母豬做出怎樣的舉動……

這個可憐的女人的形象整整一夜都在困擾著他。

他見到的幻景在他的想像中留下深深的創傷，他現在譴責自己出於懦弱縮短身臨幻景的時間。他的想像使他在睡夢中備受揪心噩夢的煎熬。這個被綁架、豬狗不如的女人的命運，讓他對自己感到無限羞愧。

他又看見那個蒼白肥胖的肉體，毫不羞恥地橫躺在稻草堆上。他似乎看見她笨拙地朝他的方向挪動，用前臂和膝蓋爬行，臉上露出乞求的表情，一副蠢相，令人心痛。他在睡夢中想表現出樂於助人的樣子，想幫助她站立起來，但他顯得慌亂茫然，不知所措。

「母豬」用她那玫瑰色的粗臂抱住他的大腿，把他翻倒在草墊堆上，躺在他身旁，並且發出歡悅的叫聲，同時也夾進來了一陣陣笑聲，那是在他不知情的情況下突然出現的那幫飲酒作樂的傢伙，他們正在惡意地取笑他，他們快樂而粗俗的臉在門洞裡擠來擠去。

終於天亮了。阿瑟·克勞萊睜開眼睛，鼻子聞到新鮮咖啡的香味。

他向窗外一瞧，眼前是雲霧消失的村莊，廣闊的草原，四周用鐵絲網圍起來的片片草地，遠處還有一排長滿茂密短枝葉的柳樹。

在院子的盡頭，是他幾小時前滿懷羞恥進去過的那個倉庫，一看到它，心中不由得一陣噁心。怎麼可能會有這種事呢？是怎樣骯髒的同謀勾當，才使得這種醜事沒有被揭發出來呢？儘管他始終嚴格遵守不干涉別人事務的原則，但他感到他今天要打破自己定下來的規則了。只不過這樣一來，他的行程會變得稍微複雜一點，多花些時間罷了。他應該向警察報告在這裡發生的事情。他覺得對無意間把他牽入祕密勾當的那些人，一點也不該講什麼哥兒們義氣。

他收拾好行李後下了樓。女老闆身著短睡衣毫無顧忌地向他打招呼，問他睡得如何。他要吃臘肉還是火腿雞蛋？

「不要火腿！不要臘肉！……」

他早就受不了了，他再也受不了了。

「……要一個煎雞蛋、麵包和咖啡，很多很多的咖啡！」

當她進了廚房準備早餐的時候，他走了出去，把行李安頓在車子裡。眼前的景色和昨夜相比變得大大的不一樣了！是什麼魔法使得大霧和黑夜把這些地方變得險象叢生，而這回明亮的陽光又還給它們當初的平靜？

小鳥在大路兩邊的灌木裡歌唱。一輛帶拖車的紅色卡車在緩緩行進，並被一輛疾速行駛的小車超過。一隻狗在遠處吠叫……

他穿過路面鋪著高低不平碎石的院子。倉庫是那麼強烈地吸引著他。他禁不住誘惑，往前推開了門。這正是幾小時以前他進去的地方。同樣踩實的地面，同樣排放好的農具。牆上的梯子、釘子、木桶、塑膠管子、玻璃瓶子……

他打開盡頭的門。他又聞到了杉樹、稻草和糞便的味道。刺眼的光線從側面的窗戶照射進來。他的心跳動得很厲害。他注視著……

一頭巨大的母豬四蹄站立著，發出沉悶的叫聲。母豬把令人厭惡的嘴筒轉向他，並且以眯縫不整齊的小眼睛盯著他看，裡面閃著邪惡的亮光。

「早餐準備好了！」女主人走到外頭叫喊他。

他倒退著走，被這頭畜生嚇呆了，他看到的東西使他滿腹狐疑。

他琢磨著，隨著夜幕降臨或者陽光普照的不同時刻，事物的面貌竟會有那麼驚人的欺騙性。他本來想從這裡頭找到理由使他的心靈得到平靜，但是他只感到部分的寬慰。

「咖啡來了！」女老闆又喊起來了。

他很快向豬圈看了最後一眼，好讓自己放下心來，也為了從今以後可以不再去想這件事。母豬這回側身躺著，向他呈現牠那肥大乳房的肚子。

一切都好。這不可能有錯。不是別的，是他的想像製造了這個凶惡的故事。

但是，但是……他頭天晚上看到、貼牆放著的那輛女用自行車哪裡去了呢？

選譯自《母豬和其他神祕故事》，一九七二年

保羅・威廉斯

Paul Willems（1912-1997）

著名劇作家和小說家，如同他的作家母親瑪麗・杰維爾一樣，他也在安特衛普附近的米森堡家庭領地出生、長大。一九三五年進入比利時大學學習法律，取得法學博士學位。一九四七年進布魯塞爾美術館工作，後擔任館長。他遊歷過中國、日本、前蘇聯、美國等。他在比利時文學界占有特殊的地位，其作品游離在近半個世紀的文學潮流之外。一九四一年發表了第一部故事集《在此一切都是真的》（*Tout est réel ici*），接著連續發表了《顫抖的草地》（*L'Herbe qui tremble*, 1942）、《傷痕》（*Blessures*, 1945）和短篇故事集《雲霧中的大教堂》（*La Cathédrale de brume*, 1983）、《戴夫特的瓷瓶和其他短篇》（*Vase de Delft et autres nouvelles*, 1995）等，多有寓意和夢幻色彩。二十世紀五〇年代，他在著名導演和劇場經理克勞德・艾蒂安的鼓勵和委託下開始寫劇本，逐漸成名，主要代表作有《我房子在下雨》（*Il pleut dans ma maison*, 1962）、《揚帆的城市》（*La Ville à voile*, 1967）、《歐斯坦特的鏡子》（*Les Miroirs d'Ostende*, 1974）等。他的戲劇可歸入夢幻戲劇的範疇。他於一九七五年當選皇家法國語言和文學院院士，一九八〇年因其全部著作（小說和戲劇）榮獲比利時五年文學獎。他的作品深受弗蘭德浪漫主義的影響，酷愛和領略大自然的美和力量。他以細膩、諷刺和夢幻的筆調描寫人類的悲劇和荒謬。但他成熟的劇作往往透露辛酸和悲觀的情調。

破釜沉舟

佛朗茲，布魯塞爾大學的助教，研究中國詩詞的專家，似乎注定要把時間消磨在故紙堆裡頭了。但是三十八歲的他，還在設法獵取生活中的美妙時刻。

「大雨過後的光線，」他常說：「唾手可得……涼爽！新鮮！……應該在另一場大雨來到之前趕緊採取行動。」

而新鮮的時刻，佛朗茲企圖在女人的臉上獵取。有時，在微笑的片刻，光線在裡面流淌。按照古老的配方，佛朗茲有三個情人：一個是他在眼淚中分手的，一個是他正愛著的，第三個是他以發顫的心正在期盼的。多少個在窗戶下面等待一個信號的夜晚，多少通不是熱情如火就是傷心落淚的電話！又有多少次在咖啡店苦苦的等待！二十年以來，他從一個女人的嘴唇飛到另一個嘴唇。他感到自己永遠是那麼年輕。他比小鳥更喜歡翱翔，從不把自己和一個人或者什麼東西捆綁在一起，除了他常常漫步其中的那個城市布魯塞爾以外！它大路兩旁聳立的塔樓，它起伏不定的混凝土，它擁擠的建築物。每天黃昏近六點鐘，他走出大學，就朝魯伊絲門的方向走去，在一家名叫「民族」的露天咖啡座前坐了下來。這是他最美好的時光。在整整一個小時裡，頭腦裡還充滿中國詩詞引起的激情（他正在準備一篇有關李白的論文），他注視從他眼前走過的女人。她們當中最漂亮的，他稱之為「可能的女人」，而如果她們看了他一眼，他把她們叫作「也許的女人」。眼光還來不及抓住的那些短暫一瞥，而裡頭往往有那麼一種默許的味道，是最令他神魂顛倒的。

大家都承認中國詩人是至高智慧的捍衛者。他們含糊的告誡似乎高深莫測。人們從中可以找到行動的許可。因為沒有人懂得中國詩詞，佛朗茲為了說服這個或那個「也許的女人」，往往會杜撰一些詩句，假稱是李白寫的。他隨意想像出一些美好、令人感動的事物。他極其擅長這種遊戲，話語從他心裡湧出，就如振翅而飛的小鳥。任他隨便挑著說就是了。多麼愉快的生活！當他更換女人的時候，甚至眼淚也是甘甜的，因為他已經開始想另外一雙眼睛了。

有一天，一位年輕的姑娘路過時看了他一眼。他在後面跟隨她。她在一個商店櫥窗前駐足看望，櫥窗裡是些露出笑臉、顏色鮮艷的漂亮玩具。

佛朗茲在她身旁停住了。她轉身以嚴肅的目光注視他，等他開口說話。

「夫人……」

「我還沒有結婚呢。」

「小姐，您也許會感到奇怪……」

「不，一點也不！」她不耐煩地說。

「一位中國詩人寫道：『秋天，樹木在霧裡脫下盛裝，而春天，在人們的注視下躲藏起來……』」

「別拐彎抹角了。」

她有藍色的眼睛，眼圈是淡藍色的，就如在世界盡頭沙灘上撿拾到的卵石，浸泡在藍天和大海之間。

「我叫瑪麗絲。我父親是律師。我十九歲。」

她說話聲調簡潔明快。她好像是擺在櫥窗裡的一個玩具：色彩鮮艷歡快，從頭到腳光彩照人。

她背著父母親偷偷邀請他上她家去。她的房間擺滿了幼稚的玩意兒。一隻隻絨毛熊玩具端坐在繞房間一圈的架子上，它們玻璃球的眼珠注視著佛朗茲。

瑪麗絲身上散發出香草的芬芳。她天真無邪的樣子使佛朗茲有些拘束。但是她的愛撫表明她是真正的女人，佛朗茲感受到滅頂的極度歡樂。過了一段時間，他俯在她身上，他準備像過去一樣杜撰李白的一首詩，但他想出來的小詩完全不符合中國詩詞的格式。比較暗淡，和瑪麗絲的清新純真一點也不協調，他念詩的聲音也不尋常：

死亡！死亡！
死亡呼喚我，
儘管這是真的，死亡，你太美了，
我不會向你走去的。
我不會離開瑪麗絲，
她使死亡在她身上
更加美麗。

瑪麗絲聽不懂，她聲音猶豫地對他說：

「同意，你和我之間，我們生死與共。」

第二次，她又顯出嚴肅、幾乎是神聖的神情，這種神情和她很相配。佛朗茲感到一陣子通常的那種暈眩，他意識到他準備好作出一切讓步，他甚至驚奇地發現自己竟然說出那些沒有翅膀的話，例如「永遠，永遠」、「妳，妳，妳」乃至「我愛妳」。

瑪麗絲也回答說「你、你、你」，她覺得自己愛佛朗茲，但還不至於沖昏了頭，因為她對他說：

「十一點差一刻，我父母很快就要從電影院回來，你滾吧！」

她撫平了揉皺的床單，扔掉了菸斗，從頭到腳重新打扮一番，然後關上她的房門，就好像從來沒有人進過她的房間一樣。

佛朗茲離開了，內心極其興奮。街上十月和煦的風在輕盈跳舞。枯葉在飛跑，挨著人行道上的石頭停住了，發出了輕輕的嚓嚓聲。沒有人聽見這小提琴似的音樂，除了佛朗茲，他的感官因瑪麗絲的愛撫仍然處於敏感狀態，他以全副的身心去傾聽這秋天細微的音樂。他轉身朝瑪麗絲房間的窗戶看了一眼，就在這時燈光熄滅了。有著莊重陽台的白色房子很快地入睡了，一副天真無辜的樣子。寫上「律師皮埃爾．德薩爾」的銅牌在朦朧夜色中消逝了。一片寂靜無聲，除了遠處傳來大馬路上低沉的隆隆聲。

佛朗茲把大衣的領子往上提，不是因為冷，而是為了裹住瑪麗絲身上香水的氣味。

他向魯伊絲門的方向走去。他的腳跟在人行道上發出聲響。他有種歡樂的感覺。有一對夫婦在街角拐了彎，朝他走來。他很快就知道他們是看電影回來的瑪麗絲的父母親。佛朗茲放緩腳步，做出尋找東西的樣子，並且前去向他們問路。

德薩爾先生回答問話的時候，佛朗茲注視著瑪麗絲的母親：她顯得年輕，很像她的女兒，但有那麼一點像是驚詫和受傷的東西。

他們互相注視。他注意到她的眼睛比其女兒更陰沉，也是來自世界盡頭的一種深夜的藍色。

曾經照亮瑪麗絲的美妙光線此刻也照亮了她的母親。

第二天早上，他知道瑪麗絲已去了大學，而她父親也去了法院，他給德薩爾夫人打了電話。他報上自己的姓名以後，就告訴她說他頭一天曾經尾隨過他們夫婦倆，在門上看到他們的名字。她沒有感到奇怪，並且承認她夜裡睡得很少，她不能忘掉他們還沒有意識到之前，而且在他們不情願的情況下，使他們聯繫在一起的那種注視。

德薩爾夫人在上午吃早餐的時間來到佛朗茲的家，這是她唯一能夠離家外出的一段時間。她的名字叫愛梅麗，但大家都叫她梅麗，這個名字使人聯想起蜂蜜和歐石南樹。她既溫柔又粗野，接著，她對自己受到傷害感到吃驚。她也一樣有衝動。她破釜沉舟了，義無反顧。

頭幾頓早餐味道可口。有熱騰騰的咖啡、烤肉、煎雞蛋，他們一邊吃，一邊不斷熱吻和愛撫。佛朗茲獻出了幾首小詩。她聽著，對文字居然會給夢想帶來激情而感到吃驚。

小鳥。
當心被捆住。
天空無限，
飛吧！

她感覺到小鳥就是她，她要逃脫這個只能給她帶來單調和乏味的生活。晚上，佛朗茲趁她父母出門時來到瑪麗絲的房間裡。出於謹慎的考慮，他不允許她到他那裡去。他深信瑪麗絲會在晚上給他帶來她母親在早上給予他的東西。瑪麗絲更少些痛苦，她坦然、明快。瑪麗絲很有信心。她屬於佛朗茲了，沒有退縮，生死相許。在這一點，她和她母親極其相似：同樣有破釜沉舟的決心。她相信佛朗茲把心全交給了她，不會回頭。她天真地等待他向她求婚。他們兩人將可以肩併肩，像一對沒有祕密的機器玩具人，走向不會比兒童房間更大的命運。

佛朗茲從來沒有像現在那樣幸福。他和雷夢德和芳妮斷絕了來往，也不再到蘇丹妮家了。不久，早餐變得悲戚戚的。梅麗感到很不幸。像所有女人一樣，她不能忍受今朝有酒今朝醉的日子。

「這一切是不會有好結果的。」她常說。

佛朗茲編出了一首詩：

風啊，別吹了

你去，你去
但你去哪裡？
你企求什麼？
風停了。
從此，我們再沒有希望了。

「真是傻話，」她說：「佛朗茲，我要跟你生活在一起。」
「不可能！你還有丈夫、女兒……」
「我負責我這方面的問題，」她口氣生硬地說：「你好像給自己保留了一些論據，以便有朝一日跟我斷絕關係，你似乎在為自己辯解！你是自由人，你……你有什麼可說的呢？……」
「但你女兒呢？……」
「我女兒戀愛了……」
「她跟你說了些什麼嗎？」
「我還不太清楚……但是我有些懷疑……我想她很快就不需要我了。她有些可以由自己支配的錢。她買了兩個玫瑰色杯子、兩副刀叉、兩個菜盤、兩只玻璃杯、兩張椅子……和兩人用的一張桌子。」
「一套嫁妝！」佛朗茲有些不快，冷笑地說。
沒等到他講完，梅麗開始哭起來了：

「她走……她走……走向我走過的道路。她碰上誰了？是哪一個男人使她淪落到整天和鍋碗瓢勺打交道的地步？女人的生活是一個陷阱！但我不，」她突然笑著說：「我呢，我有救了，因為我有你……我們會幸福的……」

有那麼幾個星期，佛朗茲過著如履薄冰的日子。當他在瑪麗絲的房子裡看到她母親給他提起過的那些物品，他感到極其惶恐。而容光煥發的瑪麗絲早已像對待一位從辦公室回家的丈夫那樣來接待他。

梅麗，她向他談起未來：

「瑪麗絲一旦結婚，我們兩人，佛朗茲，都離開這裡，永遠離開這裡，到一個充滿陽光的國度。」

佛朗茲感到害怕，決心和她斷了。但他卻一天天往後推。這兩位女人是那樣的美麗動人，他下不了決心離開她們。特別是母親，她為擺脫命運的安排而做出的努力令人感動。佛朗茲不能沒有她那含著眼淚的笑聲。每天早晨，他都求她多停留一會兒，她故意避開他，她體驗到他火一般的熱情，內心充滿幸福。他們在電梯門口長長地吻別，這時候，帶著地窖味道的一股潮氣湧上了電梯間。

有一天，他像往常一樣準備了早餐，但是梅麗沒有來。他等了一個上午，預感發生了什麼嚴重的事情。到了近十二點鐘，電話響了。是梅麗！他幾乎認不出她的聲音了。

「佛朗茲……一件不幸的事！……瑪麗絲……她自殺了……說是意外事故……她摔下來……是的……從三層樓……但我以為……如果我對她更加注意一些……我也許能猜得到……我

只顧自己尋快樂……而她這段時間遇上了嚴重的問題……因為，這不是意外事故，我深信不疑……我想告訴你，佛朗茲……我永遠不再和你見面了……原諒我吧。」

佛朗茲從他不久之後找到的一封信當中得知瑪麗絲死亡的原因，信中寫道：

「佛朗茲，今天早上，我母親從你家走出來。你抱住她，在樓梯上……我都看見了。瑪麗絲。」

以後幾天裡，他一直無法和梅麗聯絡上。電話線拔掉了，她的住屋也緊閉著。報紙上的小道消息也沒能提供他任何線索。他期待警方著手調查。他想，他肯定會受到司法警察的傳喚，但什麼也沒發生。瑪麗絲死了，帶走了她的祕密。他決定離開這裡。總之，躲得遠遠的。機會來了，在比中友好協會的倡議下，他接到訪問中國的邀請，一個月以後，他乘飛機離開了。

他離開的前一天晚上，他在瑪麗絲住的街道上散步。聖誕節快到了，大部分房子的窗戶都展示了紅色和藍色的聖誕樹，只有德薩爾一家的房子在緊閉的百葉窗後沉睡著。人行道上再沒有冬天的樹葉在唱歌。三層樓的陽台很像一個跳水板。看來瑪麗絲具有他從不曾有過的勇氣，一個人在二十歲時才能表現出來的勇氣。這個年齡的青年，是不會允許人家蒙住他們眼睛的。至於佛朗茲，他今後的生活只是一個毫無救藥的謊言。

他想起了梅麗，她在電話裡的聲音充滿了痛苦……他需要她的存在，需要她的手放在他胳膊上，需要她說話的那個樣子：

「再給我念念那首有關小鳥的詩……」

他希望能夠安撫她，從她手裡接過咖啡和麵包，起身走到窗戶前，欣賞秋天的風和雨追逐著飛馳的灰色雲霧，並轉身接受梅麗投來的目光：不管是微笑或者淚水，總是帶著一個要求他回答的問題……

在中國期間，在古老的文化氣氛中，佛朗茲仍然揮不去對過去的回憶和對人生價值的思索。他在中國翻譯李的陪同下，乘飛機南下，轉道香港回國……

「我們飛往南方，」他說：「那裡會熱些。」

堆滿了雞籠和包裹的小飛機，像一個紅色的氣泡在黃色的山巒一側浮動。飛機上放了兩張躺椅。當他們中途在濟南停留時，外面是春天的景色。

「是早春時節。」李解釋說。

飛機在加油的時候，佛朗茲和李在機場的小花園裡休息。他們坐在瓷器墩子上，環顧四周的桃花和黃柳輕柔的枝條。太美了，的確太美了……但是不知為什麼，佛朗茲感到一種焦慮湧上心頭。如果佛朗茲不是偶然來到這裡，春天的花朵可能就白白開放，無人來欣賞。人間的事物怎麼能在沒有我們，或者遠離我們……似乎我們都已死去的情況下還能存在呢？佛朗茲，這個瞬間的獵戶，有一天將永遠地被時間拋棄。瑪麗絲的死就是一個信號。很快變得漂亮的女人將取悅於其他男人，而春天百花齊放的季節，他將永遠看不到了。他站起來，在李詫異的目光下，他激動地說：

「我將忘掉！我將忘掉！」

接下來是長長的沉默，他大叫了一聲，又冒出了下面的話：

「我將會被遺忘。難以忍受的太陽，無我而在。難以忍受的春天，無我而在。」

佛朗茲坐了下來，沉默不語。這時李先生開口說：

「這是一首很美的詩……」

他不敢對他說這不是一首詩。

「我懂，」李先生接著說：「這是省略的藝術……第一行詩『我將忘掉……我將忘掉』之後，應該有長長的停頓，長長的……死亡所需要的時間……接著才是『我將被遺忘』。是的，春天有一天會到來，而我們那時已不在世上，看不到了……這是無法讓人接受的……」

李先生在綠色和柔和的陽光下感到有些寒顫。李很少發表個人的看法……這時他顯得有些擔心，也有些猶豫，最後他還是低聲說出他的心裡話，但臉上露出好看的笑容，為的是不讓佛朗茲和他一樣感到痛苦：

「是的，死亡是無法讓人接受的，詩人只能用省略的手法來表示死亡……但有一件事更加難，那就是過去……曾經發生過的事情……我們再也改變不了的事情……它們在我們的眼皮底下發生，我們卻無法加以阻擋……」

……他感到很難受。他的焦慮又復活了，比離開去中國之前更加強烈。他也一樣，無法改變過去。瑪麗絲的死是無法忍受的。

幾天以後，他回到布魯塞爾。經過這一切之後，他最好嘗試找回生活的節奏，也許要學會透過工作來忍受平凡的生活。在坐計程車回來的路上，他問自己怎麼會喜歡上這座雜亂無章和透著潮氣的城市。他的套房散發地下室的怪味。他永遠不會有勇氣使這一切重新暖和起來。

門房把他的信件放在桌子上。他漫不經心地挑揀，當他看到一個灰色信封和上面熟悉的筆跡時，他的心跳得很厲害。「你一到家，速給我來電，梅麗。」

第二天早上，她投入了他的懷抱。他緊緊抱住她，他從沒如此感到焦慮和眩暈。他吻著她，喝下她的眼淚。這消瘦而憔悴的臉！這痛苦地笑著的嘴唇！還有這瘦弱的身體，輕得像小孩的一張皮。他也哭了，他氣喘噓噓，好不容易才緩過氣來。他們最後站起來，像以往他們常做的那樣，在早餐桌子邊面對面坐了下來。他們什麼都吃不下、喝不下。熱咖啡的芳香在房間裡盪漾，但他們沒有聞到。

當她告訴他再也不會離開他時，一股發燙的淚水在他的眼皮底下滾動。

他想，他應該就瑪麗絲的事向她坦白真相。她看著他，她那麼瘦，心靈傷痕累累，猶如拖著翅膀在泥地裡行走的小鳥。他沒有氣勇開口。他努力想笑一笑。他的嘴唇在抖動。

是的，過去是令人難以忍受的。傷痕難以癒合。一點也沒有回頭的餘地。

他們兩人都破釜沉舟了。

選譯自《戴夫特的瓷瓶和其他短篇》，一九九五年

喬治・西默農
Georges Simenon（1903-1989）

被譽為二十世紀的巴爾札克的西默農，是大陸讀者最為熟悉的比利時法語作家，但很少有人知道他的比利時身分。他出生於列日。早年開始以不同的筆名寫一些新聞報導和通俗小說一類的文章。一九三二年以後開始用真名發表作品。他以探長梅格雷（Maigret）為主人公的偵探小說，使他贏得了很大聲譽和經濟上的獨立。他創造的這個足智多謀、沉著冷靜、富有人性味的探長形象，改造了偵探小說的傳統體裁。他的小說已不是一般意義上的偵探推理小說，雖然故事開端通常是一樁謀殺案，但作品引起讀者懸念的並不是案件本身，而是書中主人公複雜細緻的心理活動和社會環境。他的作品廣泛地觸及了形形色色的人物和方方面面的生活，堪稱當代西方社會的縮影和鏡子，因此，人們更有理由認為它們屬於社會小說的範圍。湊巧的是，梅格雷誕生的年代也是埃爾熱創造「丁丁」和米修創造「羽毛」這個人物的同時。他畢生筆耕不輟，自上個世紀二〇年代到六〇年代，一共創作了一百九十三部小說。基本上分兩大類：七十六部「梅格雷」系列的偵探小說和一百一十七部心理小說或氛圍小說，此外還有無數短篇。人們很難從這些龐大的創作中找出哪些是他最成功的作品。只稍提出下面幾部作品供參考：《多那迪烏的遺囑》（*Le Testament de Donadieu*, 1937）、《骯髒的雪》（*La Neige etait sale*, 1948）、《總統》（*Le Président*, 1958）、《小聖人》（*Le Petit Saint*, 1965）等。一九七二年他停止寫作，透過錄音的方式撰寫印象和回憶錄。他的作品共出了二十一卷的全集，還出版了一部《私人回憶錄》（*Mémoires intimes*, 1981）。他的作品通俗易懂，沒有晦澀的語言，也不刻意突出民族特色，但他的自傳體小說《族譜》（*Pedigree*, 1951）卻深刻地反映了二十世紀初列日地區窮人的生活，極富比利時地方色彩。西默農堪稱為法語作家中空前絕後的文學現象，可說是讀者最多的比利時作家。

他們似乎互相仇視

自傳體小說《族譜》是西默農濃墨重彩寫就的作品，反映了一個名叫羅杰・馬莫林的窮孩子所受到的屈辱。

只差半分鐘九點半的下課鐘聲就要響了，這意味著該上別的課了。這天早上，在學校的大院子裡，牆磚在陽光下呈現暖和的玫瑰色。此刻學監已經提起一隻手臂，開始搖擺著鏈條，準備使勁牽動敲打課間鐘聲。羅杰看見了他，立刻把德語語法書闔上，他的動作過分生硬、雖然出於無意，卻在教室裡發出清脆的聲響。

這時，德語老師好像早就等待這個時刻，毫不猶豫地打住他剛開始的話頭，改口說道：

「馬莫林先生，你給我念兩遍可分的和不可分動詞的變位。」

學生們都轉身看著羅杰，他在一抹陽光的照耀下微笑著。大家因而看清了他穿上的嶄新制服，而綽號叫「山芭佬」的奈夫做出笨拙的姿勢來表示他的讚賞，他這樣做會倒大楣的。

「馬莫林先生，你說什麼？」

「我什麼也沒說。」

「那麼你……」

鐘聲響起了，所有教室裡都發出了熟悉的喧嘩聲，教室門打開了，老師從一間教室轉到了另一間教室上課。空氣裡透著春天的氣息。春意盎然，充滿大地，大家把春天的香味帶走，埋在心裡。而就在這醉人的氣氛裡，德語老師似乎被一種力量所驅使還在繼續說話，一邊以機器人的動作收拾他的書和本子，一邊以惱怒的眼光環顧四周，取下他的西瓜帽——羅杰在等待他這慣常的動作——在往他腦殼戴上之前，先用袖子的背面擦了擦帽子。

「……給我念四遍動詞變化。」

他不是耶穌會教士，他不信教。他很窮，窮得必須做出嚇唬人的樣子來欺騙自己。馬莫林是唯一瞭解這一點的人。他在中學以外從未見過他，但是他肯定住在法律街那一帶①常見的那種狹窄住房裡，而且有那麼一位妻子，一洗衣服就頻頻抱怨身子不行，老是腰疼背疼，整天擔心一旦當了寡婦後既無收入又無養老金的悲慘命運。

他的名字很複雜，羅杰給他取了JPG的綽號，因為他用紅墨水修改的作文本子上就簽上這三個縮寫字母，但他從不修改羅杰的作文，也不屑一讀，只在卷面打上具有復仇意味的打叉符號。

耶穌教士會給他付多少酬金呢？顯然不會多於莫諾耶先生給德紀雷②的工錢。他在聖基爾街這間規模很大的中學裡從來沒有感到舒心過，當他路過時，肯定會聽到人們輕蔑地低聲議論他（出於這個原因，他才採取了僵直的走路姿勢）：

「這就是JPG，那個可憐的德語老師，在神父去找他之前，他差一點就要餓死了！」

他老穿一身黑色衣服，沒有一點色彩。上面的假領子太高，妨礙他自由轉動頭部。他每次總像參加了婚禮或者葬禮回來的樣子，不過更像是參加了葬禮。他往黑鬍子上塗蠟，使之像兩條直鈎子一樣憤怒地挺立起來，他蠟色的臉上，總是氣勢洶洶地轉動他那陰沉和突出的眼睛。

除了羅杰，所有學生都對他怕得要命。羅杰從不把他看在眼裡，他對他那機器人誇張而不連貫的動作感到很好玩，他在課堂上顯得無動於衷，卻對自己的想法暗中發笑。

人們認為他們兩人互相仇視，老師和他。一般說來，他是個好學生，某些科目，他還名列全班第一，比如作文。但他的德語課卻是倒數第一，遠遠落後其他人，以至於他放棄了學習的念頭。他只關心JPG做的事和動作，像窺視金龜子一樣偷偷注意他的一舉一動。

老師覺察到這一點，當他推開教室的門出去的時候，他感覺到這種好奇心帶有嘲弄的意味，因而深感痛苦。他沒有臉紅，因為他的皮膚本來就毫無血色，但他心情極其慌亂。他向學生們投去嚴厲的目光，但是這目光不敢長久停留在馬莫林的身上。

「很顯然，那些對功課不感興趣的人，」他常常自言自語地說：「我對他們也同樣不感興趣。我只要求他們保持體面的態度，這是我對他們提出的最低要求。」

是不是他感覺到羅杰什麼都發現了：他用墨水塗黑的皮鞋上的細裂縫，他磨破的袖口以及這個調皮孩子熟悉而令他深感羞恥的窮酸勁兒，還有這些身著漂亮衣服、不愁吃穿的年輕人在老師身上引起的恐懼心理，他們的父母都是很有影響力的人物，可能會讓他丟掉飯碗？

---

①羅杰一家居住的那條多住窮人的街道。

②羅杰的父親，受雇於保險公司老闆莫諾耶先生。

在教室裡，只有他們兩人，老師和學生，屬於同一階層，都為此感到痛苦，但他們之間不但不互相憐惜，還怒目相對，似乎因為在對方的身上看到自己的影子而憤怒。他們第一次接觸就互相憎惡，並且開始了一場激烈的戰爭。

選譯自《族譜》，一九五一年

金鼻煙盒

這份檔案沒有和其他的放在一起。我也未故意去找。一個打開的抽屜露出了一個文件夾，它和我在尤塞夫·勒波涅譏諷的眼光下平時翻閱文件的那種文件夾一模一樣。我把它取了出來。

他從鏡子裡看到我的動作。他趕緊向我靠過來，我當時確信他的第一個舉動一定是全力把檔案從我手中搶過去。

但他很快鎮定下來，用一種滑稽的聲調結結巴巴地說：

「把它還給我！」

好奇心使我顧不上掌握禮節上的分寸。我微笑地拒絕了他的要求。勒波涅臉色變得蒼白，我對他臉色驟變的理解和事實完全不對頭。當時我以為我終於抓住他無法解開謎底或者他辦案上走上歧途的一件案子。

這時，一份裝有一張照片的剪報從檔案裡滑落下來，我吃驚地發現這是勒波涅本人的照片，但和我所認識的勒波涅很不一樣。照片上的他不會超過二十歲，嘴唇上有長鬍鬚的黑色淺影。他那時的臉似乎更瘦長些，頭髮鬈曲，有一股浪漫的味道。

我們的目光交會，他的眼光裡透露出厭倦和無奈。

「是這樣的……」他輕聲對自己說。

的確，要向我掩蓋這份奇怪檔案的祕密顯然太晚了，因為我沒法不去看報上所登照片下面的文字：

賈克・聖克萊爾

殺害古爾東－莫利依先生的年輕人

我深怪自己拒絕把檔案交還給他。我痛罵自己這種職業上的冒失行為。我寧可付出一切代價不去看到那些可怕的字眼，我憐憫地看著我的同事，他早已回到他喜歡坐的靠背椅跟前。

「你那時不叫勒波涅？」

「十八歲以前，我名叫聖克萊爾。」

「而這一切……是真的嗎？」

我滿臉通紅。手裡拿著我不知該怎麼辦的文件夾，我想當時我的表情肯定很可笑。

「你讀一讀吧。」他嘆口氣說。

要複述有關古爾東－莫利依律師謀殺案在報紙上所發表的所有文章，顯然需要很長的篇幅，我不得不為自己，也為了理清自己的思路，而做了一份我認為是完整的摘要。

摘要最為重要的一點無疑是當時名叫賈克・聖克萊爾，而如今變成尤塞夫・勒波涅這個深不可測的人物的生平。

「出生於蒙莫楞希的一個富裕家庭。

「四個世紀以來，聖克萊爾家族父子相傳都從事公證人的職業。

「七歲那一年，因去奧爾良的火車出了事故，父母雙亡，賈克・聖克萊爾自己也受了傷。

「他交由舅父監護，後者三年後家業宣布破產，並聲稱孩子的財產跟他自己的財產同時不幸被沒收。

「因此，賈克・聖克萊爾的教父古爾東－莫利依律師決定收養他，並且把他送進貢多塞中學讀書，定期為他付膳宿費。

「十七歲那年，聖克萊爾通過中學畢業考試，徵得教父的同意，準備考入法學院念書。

「他在聖日耳曼大街一個家庭寄宿，從那時起，每星期三教父和教子在貝爾薩斯街古爾東－莫利依的房子共進晚餐，這形成了慣例。

「賈克・聖克萊爾總是在七點鐘到達，七點半兩個男人上桌就餐，由律師家唯一的男僕人阿爾芒侍候。

「九點鐘年輕人就離開了，因為古爾東－莫利依從不晚於這個時間上床睡覺。」

古爾東－莫利依的生平也是很有意思的。

這是個五十二歲的男人，家產相當殷實。他在大學取得教授頭銜後，就不再出庭為客戶辯護了。他很快就變成了一名刻薄和怪僻的單身漢典型。

他一生都住在貝爾薩斯街同一間房子裡，當他死去的時候，他的僕人阿爾芒已經侍候他二十來個年頭了。

古爾東－莫利依一直過著規律的生活。

他酷愛收集鼻煙盒和手杖，他把小客廳改造成一個真正的博物館，四周牆壁全擺放了玻璃櫥櫃。

他不接待客人，也從不參加社交活動。

但是，他很喜歡看書。他的書櫃裡都是些有關歷史典故的書籍。

關於慘案本身，我根據十來份描寫案情的材料，特別是詢問阿爾芒的筆頭記錄弄了個如下的摘要。

那個星期三，跟平時一樣，聖克萊爾在七點鐘到達，但是僕人覺察到他神態有些神經質。因此阿爾芒在幾分鐘以後聽見大廳裡吵架的聲音就不感到奇怪了，這時候教父和他的教子在大廳裡來回走動。

古爾東－莫利依對他的僕人什麼都不保密。

阿爾芒得知聖克萊爾近三個月以來，有一個情婦，他瘋狂地愛上她。這是一個水性楊花的女人，名叫瑪戈，在拉丁區無人不曉。

年輕人在這之前還不敢大手大腳地花費其恩人慷慨給他的錢，之後卻一再毫無顧忌地大肆揮霍，好幾次，古爾東－莫利依不得不額外給他一些錢。

七點半，他們開始在飯廳吃晚飯，兩人都不作聲，是暴風雨前的寧靜。

剛爭吵過的古爾東－莫利依和聖克萊爾表情都很陰沉。

八點鐘，古爾東－莫利依和聖克萊爾回到大廳，在那裡，他們很快又開始了一場爭執。阿爾芒這時正在他的房間裡準備出門，他聽到了傳來的爭吵聲。他感覺到聖克萊爾似乎在進行威脅。

八點半，他正要離開時，聽見了身後急促的腳步聲，年輕人穿過了小客廳、書房和前廳，幾乎和他在同一時間走到了門口。

在這個時刻，他們可以聽到古爾東－莫利依在大廳裡來回走動的聲音。

僕人和聖克萊爾一起走出大門，他們併肩走下門前的台階，這時阿爾芒覺察到他同伴的口袋有些鼓脹，裡面裝有一件體積不小的物件。口袋甚至稍微開了個口，阿爾芒相信自己看到了一個純金鼻煙盒的暗色亮光，這是他主人收藏品當中最為精緻的一件。

作為老僕人，他當然對阿爾芒也很隨和，因此當他們走上人行道時，他按住年輕人的胳膊問他道：

「他送你的？」

「不！我拿走的！」他神經質地回答說：「該拿！」

接著他幾乎跑步地走開了。

阿爾芒在紅山劇院消磨晚上的時光。

當他午夜回到家裡，房子的大門敞著。他感到驚訝。他很遺憾身上沒有武器，因為他預感發生了不幸事件。

他穿過前廳、書房，走進擺放收藏品的小客廳，他發現那裡所有的玻璃櫥櫃都敞開了，裡頭空空的。只有一些手杖還在。

他急忙跑進大廳，這下他撞上橫躺在地毯上的主人軀體，胸口被一顆子彈射穿。

他身旁沒有手槍。身體已經冰涼。

他正要出去求救，這時聽見廚房有聲音傳來。他手裡拿著從壁爐那裡取下的鐵柴架，向廚房走去。

等著他的是一幅使他目瞪口呆的景象。

賈克．聖克萊爾，眼光露出瘋狂的神色，正在用鐵錘狠狠地敲打珍藏的鼻煙盒，他以莫名的狂怒不停亂敲猛砸，使得這些真正的藝術珍品變成了一堆難以辨認的金屬碎片。

當僕人進來時，他正要結束他的任務。

他驚恐地注視著他，好像在尋找一條生路。

接著，敲打了最後一錘之後，他突然拔腿逃跑了，帶走了他沒來得及敲碎的一塊雕花金塊。

以後再也找不到他。根據某些線索，人們猜測他在英國躲藏起來。

他的情人，在被偵詢時證實年輕人負債累累，甚至還簽了些空頭支票。但她發誓對慘案一無所知。

在大廳裡，未發現凌亂的現象。古爾東－莫利依屬於當場死亡。

他當時還未上床睡覺，也未脫下衣服。

除了破碎得難以辨認的收藏品以外，沒有發現屋裡有破門撬鎖和盜竊的跡象。

我最後要指出的是當時報紙一片憤怒的討伐聲，它們幾乎眾口一詞把賈克・聖克萊爾視為忘恩負義的魔鬼，並聲言一旦把他從躲藏的地方抓出來，一定要取下他的腦袋。

我注視著尤塞夫・勒波涅，他依然一副無動於衷的樣子，我不知道該對他說些什麼好。

我心想我該如何擺脫這極其尷尬的局面，這時響起了沉濁的聲音：

「你是怎麼看的？」

我感覺到這個聲音充滿了苦澀。我大膽問他：

「你在英國待了很長時間？」

「五年。當我回來時，我改名叫尤塞夫・勒波涅……當時還沒有時效的規定。」

我沒有看他的臉，但是我印象很清楚，這是一張嘲諷的臉。

「我以前從沒接觸過警察方面的事，也沒有揭開過任何祕密。」勒波涅向我坦然地陳述說：「我現在認為正是這個使所有人陷進去而不能自拔的案件，養成了我對犯罪偵查的愛好。

「那時候，我只是一個普通的青年，生平第一次墜入愛河，有些年輕人的瘋狂。正如你在材料裡所看到的那樣，我那時揮霍無度，開了空白支票，被逼得走投無路。我那天需要五千法郎，我教父拒絕了我，並且說了些對我情人表示蔑視的話。

「我因而產生拿走他一個鼻煙盒的念頭，我沒有打算拿去賣錢；而是拿去抵押，心想日後有一天把它贖回來，放回原處。

「我注意到有一個純金的，古爾東－莫利依每次欣賞它時，總是顯得很激動。

「離開時，我把它取走了，塞進我的口袋裡，而且我沒有勇氣向僕人撒謊。

「那天晚上，我無論如何也要弄到一筆錢。以後才去考慮怎麼辦……

「那時已經很晚了。但是我認識一個放款的人，我到了他家，他看了一眼我帶來的東西就急忙把它推到我的手心裡，並勸告我永遠不要拿出來給人家看。

「過了一會兒我才懂他這樣做的原因。那個鼻煙盒是一年前克魯尼博物館被竊的一件價值連城的歷史文物。

「這對我是個大發現。我明白為什麼我的教父從不把他的收藏品給人家看，這一點違背了收藏家的習慣。我也回想起其他一些奇怪的事。

「我回到了貝爾薩斯街，在大廳裡我撞上了一個屍體。

「古爾東－莫利依發現了偷盜事件，他因害怕我的行為會使真相大白而開槍自殺了。他的手槍就在他身邊。

「我把手槍放進我的口袋。當時我完全處於極度狂亂迷惘的狀態。因為我是造成他死亡的間接原因，而他可是我的恩人呀。

「他幾年來一直在偷盜，但是他更像某種病人而不是幹壞事的人，不是嗎？

「有些人會把他們的癖好發展到極點。

「我那時意圖挽回他的完好人品。我不能拿走所有的鼻煙盒，而且我也不知道哪些鼻煙盒是偷來的。

「我這就把它們統統用錘子砸碎了。

「阿爾芒撞見了我……我逃走了。」

勒波涅面帶一種奇怪的微笑看著我，接著嘆口氣說：

「你相信嗎，正是這項罪行，我的罪行打下我以後偵破所有案件的基礎！它讓我學會一條真理，鮮為人知或者極為人們所忽視的真理：因一件慘案被逮住的人的邏輯，遠遠不是坐在沙發上看案情介紹的那些人的邏輯，即我稱之為平平凡凡的那種邏輯。

「請給我一根菸……」

選譯自《西默農全集》第十八卷

（經西默農著作版權機構授權）

佛蘭西斯・瓦爾特
Francis Walder（1916-1998）

出生於布魯塞爾的伊塞爾區。作為職業高級官員，曾在一些國際組織任職，從而養成對談判活動及政治事件內幕的濃厚興趣。他創作的幾部小說，無一不和外交有關。佛蘭西斯・瓦爾特從哲學和文論走上文學的道路，著有《深刻的存在》（*L'Existence profonde*, 1953）和《精神的季節》（*Les Saisons de l'esprit*, 1955）。一九五八年開始寫小說《聖日耳曼或談判》（*Saint-Germain ou la négociation*），一舉成名，當年即榮獲龔古爾文學獎，成為繼夏爾・皮里斯尼埃之後獲此殊榮的第二位比利時作家。除了一部以金錢為主題名為《灰燼和黃金》（*Cendre et or*, 1959）的小說以外，他的其他小說都以歷史為背景。《聖日耳曼或談判》的故事發生在文藝復興時期，法國查理九世治下胡格諾教派與天主教之間進行的一場艱巨談判，生動刻畫了談判桌上主要人物複雜的心理活動。另一部小說《瓦杜爾的一封信》（*Une Lettre de Voiture*, 1962）則描寫了路易十三和紅衣主教利希留之間的明爭暗鬥和一場微妙的談判。他的文筆以古典規範為人稱道，堪稱為法語文學的楷模之作。他文筆細膩、觀察深刻、風格樸實，善於刻畫面對權力和權力引起的矛盾的人物心理狀態。他在逝世前二十年期間，突然從文壇消失。

談判者或幕後的人

亨利・德・馬拉西斯，即小說的敘述者和比龍男爵是聖日耳曼和平談判的主要角色，在與胡格諾教代表團的艱苦談判中，馬拉西斯終於使後者讓步，割讓出兩個城市以換取科涅克白酒和天主教的恩澤，保護了法國國王的利益。談判期間，出現了一個女人，與馬拉西斯周旋，但在最後簽訂和約時卻突然消失了。和約簽訂於一五七〇年，只維持了兩年。小說作者向讀者呈現了談判者、外交家的一幅心理畫像，對他來說，談判不僅是一種樂趣、一場賭博或遊戲，而且是一種藝術。

真理不是謊言的對立面，背叛不是效忠的對立面，恨不是愛的對立面，信任不是猜疑的對立面，正直和虛假也是如此。

昨夜，在被枯樹枝燃燒得通紅的壁爐跟前，我夢想我的過去。大部分時間從事外交生涯的我的一生，似乎造就了我不確定的性格。我問自己，這種極其含糊不清的特點是來自於我熱愛的這個職業本身呢，還是出於我天生特有的那種稟賦，或者可以說，人的生命在它極端的一些方面，必然是含糊、扭曲、不協調的。

我總認為我過的是平庸的一生。較之於我的官方職務占據我更多時間的這些長途跋涉和沒完沒了的交涉，並未把我推上顯赫的位置。然而強烈的反差卻使我吃驚：我體驗了那麼多的權勢，開發了那麼多的資源，但它們卻很少能夠體現在這個可見世界的表面上。我由此得出如下結論：一切真正的人性活動總是很封閉的，人之間的爭鬥總是在暗處進行的，而最終出現在光天化日之下被稱為勝利或者失敗的東西，只是為了讓眾多的人觀賞的一種虛假的安排，而與事物的本質毫無關係。

從此，一個喜歡建設的人應該以隱蔽的方式行事。我屬於這種人。我讓其他人去得到我從事的工作而贏得的表面榮譽，這是必要的。因為黑暗和光明是不相容的，必須在兩者之間選擇。但是，就像我能夠同時扮演這兩種角色，在主導了各種談判而且使自己成為談判的勝利者之後，我還是會覺得同意這樣做既不文雅，也很庸俗。意識到自己是一項事業老謀深算和聰穎智慧的開創者，卻讓另外一個人取得這種資格，那可真是男子漢、強大的感覺。把自己的思想封閉起來，在細聽各種閒聊中放過錯誤，而且發現錯誤但從不盲從，這是選擇的一種滿足感。我一直就是這麼做的，我強烈的驕傲心理從中得到了極大的安慰。由於沒有自己的事業——沒有一個驕傲的人會擁有事業的——至少，我給自己找到了一個目標。

在爐火旁沉思遐想的時候，我產生把我的一生講述出來的想法。我經歷過的無數曲折在我的記憶裡形成一個個鮮為人知的故事，講述起來比許多寓言更加妙趣橫生。我在篇首以格言形式表達出來的感情方面細膩的不確定性，比眾多哲學書給予我的點撥和啟迪要多得多。唯一使我畏縮不前的，是如何進行選擇。

我對在義大利度過的這些年頭進行長時間的思考，我在那裡細心、熱切、審慎地學習了義大利人民自己創造出來的外交藝術。我可以從中發現其隱蔽的歷史足以讓世界為之吃驚的無數故事情節。接著，我的遐思又回到了法國，停留在聖日耳曼，那裡的談判給我留下了特殊的記憶。是否因為我在聖日耳曼遇見兩位卓越的人物？是否因為穿插在兩人之間還有一個始終不露真相的女人形象？也許我在那裡找到施展我的思想才能和發揮我複雜性格的更加廣闊的天地。

談判的藝術

「你會相信嗎，」他接著說：「在經過多少年頭的談判生涯以後，我一想到掌握在我手心中的這些城市、這些領土時，我有時還會睡不著覺！想一想吧，我們交易的對象，可是活生生的人呀。設想一下，這樣廣闊的領土的得與失對一項事業意味著什麼？」

他稍停片刻——他在會談當中經常是這樣的——為了直面盯著我看，一邊搖晃著頭，以增加他說話的分量。

「等一等，」我反駁說：「你剛才冷不防給我來了一下。我認為，如果我稍加思索，我更多的是感到吃驚，當我想到我們談判的事務的時候，我簡直無法想像在談判的整個過程中哪些是取決於我的東西。我想像這些城市，還有它們的工業、它們的商業、它們的文物，我看見這些房子、街道以及它們的居民和行人，而且我還想，這一切都掌握在我的手中，取決於我將說出的『是』和『不是』。這真是一種很奇妙的感覺。」

「你難道沒有感覺到這些石頭的重量嗎？」德・烏勃雷先生接著說：「一個人的肩膀上扛上五億斤重的礦物是正常的嗎？如果他在胸膛裡裝下十萬人的命運，他還能夠呼吸嗎？」

「但這正是我想說的。」我說：「奇怪的是，這一切都變得很輕很輕，當我作為談判者擁有它們的時候。這些堆積起來的石頭可能只是雞蛋殼。可以說城市、房屋、街道、居民本質的東西已經被掏空了，而這就是如此沉重和悲慘的現實。」

「以這樣的方式處置它們，」男爵問道：「你不認為你很有罪嗎？」

「不，」我回答道：「因為，如果我不先把這一切的分量根據我的實力加以減輕的話，我怎麼能夠面對這些重大的賭注而做到應付自如呢？我可不得不這麼做。」

「你似乎應該。」德・烏勃雷先生若有所思地說：「在談判之前，應該去看一看將成為談判桌上議論的對象。應該在街上走一走，參觀房屋，和居民說話，以便使作為討價還價對象的真正本質活生生地保留在你的思想裡。」

「正相反。」我接他的話說：「依我看，最好什麼都不知道，而對這些事物保持一種純粹抽象的概念。因為只有在完全獨立、擺脫私人感情和個人好惡的情況下，才能進行機智的談判。」

「你是不是說，」男爵詰問道：「你在談判時，你什麼感覺都沒有，你所爭論的東西具有的人性的價值和現實都與你毫不相干？」

「是的，毫不相干，」我承認說：「它們只不過是棋盤上的卒子。或者說，如果我有時候努力去想想我玩弄於股掌之中的這些人、這些領地、這些財富，告訴你吧！一想到那麼多人依賴於我的權勢，那可是歡樂和狂喜的感覺。」

「這，這就是罪惡！」德・烏勃雷先生語氣堅決地說，突然停住不說話了，他噘著嘴，豎起眉頭，緊攥著手指。

我直視他投來的眼光，沒有假意的羞恥心，一邊點頭表示同意。

「是的，這是罪惡，」我贊同地說：「你要我怎麼辦呢？我天生就是這個世界上重大問題的裁判員，你改變不了我。」

「這純粹出於傲慢！」男爵接著說。

「不如說這叫作純粹的個人嗜好。」我反駁說：「如果你不反對我使用義大利的一個詞。就是把眾人和帝國的命運玩弄於股掌之間那種純粹的愛好。」

「如果我沒有理解錯的話，你的歡樂將會隨著你更大的賭注而增高，而相反你的焦慮將會加重。」

「的確是如此。不幸的是，把我引導到外交職業邊緣而沒讓我真正進入裡頭的命運，還不允許人們交付予我更廣泛的使命。我向你坦承，法國的城市遠遠不能滿足我這個全權大使的胃口。這些不過是些微不足道的獵物。我需要的是整個省分和王國。」

「那你是喜歡治理和統治大多數人吧？」德・烏勃雷先生皺著眉頭說。

「才不是呢，」我回答說：「只是喜歡擺布他們罷了。我極少關心去承擔一個帝國重任並為此操心。但是我喜歡參與在地球表面上進行的一場大規模下棋比賽。」

選譯自《聖日耳曼或談判》，一九五八年

多明尼克・羅蘭
Dominique Rolin（1913-2012）

出生於布魯塞爾。她學習過書籍插畫和圖書館學的課程，從事多年圖書館和書店的工作，並同時進行文學創作，一九四二年在法國出版第一部小說《海潮》（*Les Marais*），開始受到法國出版社和讀者的注意。她從一九四六年起就在法國定居並取得法國國籍，但她的作品卻帶有濃厚的比利時色彩，尤其她兒童時代經歷的家庭悲劇深深影響了她全部創作。她自一九四二年以來發表的三十來部小說中，不懈地探討所謂的「家庭悲劇」。她以古典手法寫作的最初一批作品，如《海潮》、《喘氣》（*Le Souffle*, 1952）等，以小說的形式描寫作為社會細胞的家庭蘊藏的對抗關係和暴力傾向。從一九六〇年起，在「新小說」流派和感情戲劇的雙重影響下，她的創作發生新的變化，轉向自傳體小說，並採取巴洛克的寫作手法。一九六〇年出版的小說《床》（*Le Lit*, 1961，後改編成電影），更為重視細節描寫和真實性，她嫻熟地架構時空以及現在和過去的複雜關係。她以極其細膩甚至殘酷的筆法，剖析她早期作品處理過的類似內容。她主要的著作還有《死者的點心》（*Le Gâteaux des morts*, 1982）、《三十年的瘋狂愛情》（*Trente Ans d'amour fou*, 1988）、《兩個女人，一個夜晚》（*Deux femmes, un soir*, 1992）和《愛情日記》（*Journal amoureux*, 2000）等。她也是比利時著名畫家勃魯蓋爾的小說體傳記《憤怒者》（*L'Enragé*, 1978）的作者。一九八九年，她取代尤瑟娜的位置，成為比利時皇家法國語言和文學院院士。二〇〇三年六月趁她的小說《給愛麗絲的信》（*Lettre à Elise*）出版之際，法國文學家協會對其全部作品授予文學大獎，以表彰她對法國文學的貢獻。

反面：星期一，夜

小說《三十年的瘋狂愛情》分二十九章，用交替的手法描寫「正面」（光明的現在，與她心愛的男人吉姆暢遊威尼斯的美好經歷）和「反面」（對豐富但殘酷的過去的回憶）。作者回顧了她童年的不幸和愛情生活的挫折。作品中也生動地描寫與她命運神奇地聯繫在一起的童年好友瑪麗短暫而哀婉的一生。正是瑪麗的兒子吉姆後來成為作者終身的伴侶和摯友。本文是第二章的開篇部分，第一人稱的主人公開始探討和重現其回憶。

海水在海關突出部分以外的地方流進了遠處金黃色的大海，像哨兵一樣的四座教堂正在為它站崗。淺紅色明月照射下的閃閃發光的海面是一種誘惑：它邀請我們追隨它的航道，像超凡的舞蹈家那樣到達大海的彼岸。我不知道吉姆有沒有考慮這種可能性。他什麼也未對我說。我們像變成人的模樣的兩隻動物那樣行事，必要時會很浪漫，也會尖刻、貪食、多疑、極度好奇，但歸根到底是小心謹慎。各人都知道把其隱喻的世界留給自己。

吉姆睡著了，模樣是那麼率真自然，像一個調皮、強壯的小潛水員。這是他的情況，他總是如此，而我卻不是。我不得不朝向一個被詛咒的地道一步一步往下走，每一個台階都是可疑、令人不安、得不到滿足的休息場所。睡意佯裝召喚我，但其用意卻在於巧妙地把我支開。最後當我終於到達已損壞的洞口的深處，那裡開始湧現出一種邊緣有些變形的輔助亮光，它足以激發和喚起我下意識還活躍的那個部分。

這回我閉合眼睛的反面浮起了我生命歷程中最初落腳的一些地方。我花費了很多時間去瞭解回憶中的混亂究竟是什麼原因，到底是怎麼回事！實際上，各種回憶互相愛慕、互相吸引、互相重疊而完全不顧及到我的存在，然而正是我來負責賦予這些回憶以一個形體。第一場戰鬥，第一個征服的希望。雖然我最隱蔽的過去是我明朗的今天陰暗的地帶，但我早就感覺到它們將會表現出流動性和創造性。它們默默、有成效的工作有時近於欺騙和背叛。它們千方百計把我從頭到腳重新塑造一番。我將努力在它們的陰謀裡找到我自己。

我出生的房子位於北方一座熱鬧城市兩條街道的交界處。我父母在那裡經營一間商店，白天晚上四個櫥窗擺滿了明晃晃的各種燈具、水晶、瓷器和小型家具。我母親全身肉敦敦的，一頭假金黃色頭髮。她矯揉造作，喜歡撒野尖叫，她把一家人的思想都搞得心神不定，讓我們捲進無法抗拒的漩渦裡頭。但我的兄弟克勞德和羅曼有時也會反抗，而那時我的父親——我在腦子裡把他稱作「灰色的人」——在任何情況下都會毫無表示地保持沉默，我們因此有些看不起他。總之，我很早就吃驚而冷靜地意識到我跟這些人毫無共同之處。他們之間常常爭論吵架、尖叫、辱罵對方，這樣窒息的生活空間使我煩得要死。

我第一個自由的里程碑和我與瑪麗・德拉利伏認識的時代聯繫在一起。那時我十歲，她十四歲。她住的地方離我家只有幾步遠，而且我們都上市中心的同一所學校，因而她帶我上學、送我回家。我們穿過森林公園走到有軌電車的起點站。在樹蔭下，我欣賞瑪麗頎長的身材，比我更白的皮膚，特別是垂及腰身的金黃色細長辮子。我也喜歡她總是有些恍惚的藍色眼睛。她平常沉默寡言，但給我講些她從街頭藝人那裡照搬過來的故事時卻是例外，我往往被感動得熱淚盈眶。而她會以輕鬆的幽默口吻安慰我。

有一天她的父母邀請我到他們家吃點心。我預感到這個時刻，幸福對我不僅僅是一種可能性，也是誘發我熱情奔向至今我被禁止進入的「另一處地方」的動因。德拉利伏先生是位音樂家，他妻子愛畫花草和水果，他們的屋內裝飾樸實，和我家情況正好相反，我家總是雜亂地堆滿我母親喜歡的小擺設。瑪麗昂著頭，步履穩重地從一個房間走到另一個房間，一邊和家人說些悄悄話，他們的話不時被壓低的笑聲所打斷。他們的親密無間是無法用語言來表達的，而這一點非常吸引我。

我和他們一家人的關係，在同一年長假他們帶我到鄉下的那段時間變得更加密切了。他們的住房豎立在種滿樹木的一座小山上，下面是種上黑麥、燕麥、苜蓿和小麥的農田。遠處輪廓模糊的天空和土地美妙極了，其美妙之處更多的是抽象的而不是物質的。而我在瑪麗和她父母那裡也發現了同樣的美。德拉利伏夫人行動的敏捷對於像她那樣肥胖的女人來說，令人感到吃驚，她走起路來輕盈得像飄動的雲朵。每天早晨她都給自己留下一段時間來享受她的特權，那就是梳理她女兒的頭髮，然後以金銀首飾匠的細心紮成辮子。我被允許觀看這一場面。我太喜歡了。在隔壁房間裡，她父親正低聲哼著他拿手的中世紀曲調，然後在鋼琴上彈起來了。他的演奏完全按照芭蕾舞曲嚴格的規則，節奏緩慢而柔和。我就這樣學會了快樂，學會了沉默。

我有必要強調我和這家人的關係。時光的推移，猶如永不枯竭的泉水潺潺流動。和人們視為極其平凡的事物相反，一些所謂已被深深遺忘的生命中昔日的形象，會不斷給自己開闢全新的道路：一些最古老的回憶處於永恆的變化中，為了給我們帶來無限的驚奇。只有現在，被規定留在原處動彈不得，它在垂直的方向上移動，絕不含糊，永遠如此。我作為小女孩的本能早就提醒我注意這些事物。我找到了瑪麗，我再也不會失去她。有一天我會講發現其中的原因，這是命中注定的。

選譯自《三十年的瘋狂愛情》，一九八八年

（經法國伽利瑪出版社授權）

迷惘之旅

藝術品收藏家凡・杰爾夫婦在車禍中喪生。他們四十四歲的兒子克勞斯為了逃避家庭的安樂窩，為尋求自由和人生真諦而辭退了銀行的工作，從一個旅館到另一個旅館閒住遊蕩。但是他每次的新鮮遭遇都失敗了，他總隔斷不了他對失去的家庭幸福的回憶。他轉了一圈，還是回到了他的老家，回到他情人波羅松・費法爾德的懷抱。他未完成的事，就是如何擺脫始終跟蹤他的那位作家（即作者多明尼克・羅蘭本人）。

我選擇旅館都是經過周密考慮的。「海洋」旅館是遠離城市喧囂和熙攘人群，被一個大公園環繞的四星級旅館。它昔日光輝的歷史吸引了億萬富翁、大明星、金融家、政客、知識界和社交名流等。他們當中有為滿足貪欲而激動得發抖的退休人士，有沉思默想的有閒階層，還有瘋狂的追求、閃閃發光的眼睛、整齊潔白的牙齒、掩飾無窮貪欲的高貴香水、遮遮掩掩的壓抑心理、欲望或征服的挑逗和縱容，還有舞動的大腿、乳房、腿肚和臀部，以及滿桌的牡蠣、魚子醬、龍蝦和香檳酒。這一切都融化成嘆息的省略符號，消失在旅館寬敞大廳的玻璃鏡子裡，大廳的旋轉門不停地旋轉。

我就這樣享受了我愉快的道德轉向。總之，我擺脫了我早期靈魂裡咄咄逼人的鬼影。我純潔無瑕，毫無牽掛。我太高興了。我甚至準備對遭受想像中挫折、多個昔日的克勞斯表示憐憫，我曾使他們身陷險境、備受痛苦，我祈求他們原諒。不錯，我的父親和母親夜裡在一個鄉村小道上驅車時遇難身死。但是，這以後呢？

這個微不足道的意外事件怎麼能夠影響時間的節奏呢？時間才不去理會人們的死活。隨著它的性子，它有時會假裝好奇，饒有興趣地抓住他們，研究他們，有點像閱讀一些通俗讀物後，很快就把書放回到公共圖書館的書架上。但是它的興趣卻在別處，它真正的前景從不考慮我們這些孱弱的人們。

「好好琢磨這些問題，可真太好了！」我反覆對自己說。我很瀟灑地挺起胸膛，覺得這樣子很迷人，因為晚餐時間到了，我走進四壁金碧輝煌的圓形大廳。

我正要坐下，感到有一隻手壓在我的肩膀上，提醒我回到現實世界。我大吃一驚。我覺得這顯然是那個正在跟蹤我的女小說家暗中設計的一招，她躲在遠處一本書的頁面上，只要知道我有些幸福，她就會感到不舒服，決定要改變這一切。

熱烈跟我握手，而且高興得咧嘴傻笑的肥胖男人不是別人，是奧地利工業家、繪畫愛好者埃布拉欣・B先生，我從小就認識他，因為他是我父親的一位好客戶。「怎麼你也在這兒？我的小克勞斯，這太巧了。」他硬拉著我走到他桌旁，有一個不是他妻子的女人陪他用餐。他把我介紹給她，她叫瑪貝拉。他要我們一起慶祝這次意外的邂逅，我像一條魚被逮住，要從漁網中掙脫出來是不可能的。這是誰的錯呢？要怪我自己一個人，甘心做一個作家服服帖帖的俘虜。

我沒有具備躲避這些華麗場所原始的條件反射。把我的惱怒轉變為凶狠目光是我唯一有效的反應。瑪貝拉——出生於阿爾及爾，埃布拉欣解釋說——活像一具剛剛從棺木裡走出來的埃及木乃伊。橄欖色的皮膚、緊貼面頰的彎曲頭髮、藍色的眼眶、熱情的眼珠、蒼白細長的小嘴。我注視著，我的意思是真正的注視，這很值得憎恨，而我需要它。埃布拉欣說起法語來，結結巴巴，但很勇敢，因為他不怕當眾出醜。這個用緞帶繫著後腦殼頭髮、五十來歲的男人，淡紫色嘴唇流著口水，指頭粗短，別著金針的襟飾。他輕聲格格地笑，興高采烈講述他那夢幻般的旅行，而瑪貝拉此時卻一言不發，只是姿勢優雅地使勁擺弄挑吃龍蝦肉的小夾子。但是當作為甜食的酒燒蛋捲端上來時，她好像從夢中醒來，很快把身子轉向埃布拉欣，以極其自然的態度朝他投去預料不到的一陣咒罵，而他也以同樣自然的方式立刻給予還擊。很清楚這種災難性的口水戰已經變成他們深入骨髓的一種嗜好，他們隨時隨地都在培養這種嗜好，有時壓低嗓門、有時提高聲音對罵。一種祕密的仇恨把他們聯繫在一起，而這遠比愛情更加動人心弦。而我眼前看到的場面使我回想起我在那裡的生活，即被家庭和工作塑造的那種生活。當我心不在焉聽著他們兩人互吐污言穢語的時候，我一點一點找回心中充滿舊日創傷的回頭浪子那種舒適感——而我的腦殼似乎被鮮血濺污了。

突然間，埃布拉欣氣急敗壞地扔掉手裡的餐巾，推開椅子，讓我一個人面對瑪貝拉。我們之間幾乎立刻爆發了火花，我發現我的手放在她的手上，而她頻頻說：「是的，是的。」她在五層樓的房間有一個面對公園的陽台。從我出來旅行之後，有多少房間、樓層、陽台和公園，全是一個模樣，像破舊的影片一幕幕從我眼前閃過？

瑪貝拉光著身子斜躺在床上，她抿著嘴示意我走到她跟前。我不是每天都有機會擁抱一個出生在耶穌誕生前一千五百年的女人，經歷這場令人銷魂的恐怖是十分值得的。她保留了所有的首飾：耳環的鑽石、項鍊、手鐲、戒指和金鍊在我的嘴唇和大腿下面滑動，發出響聲，這更加強我跟一個塗上防腐劑的肉體親熱的陰暗幻覺。她平坦的雙乳上面裝飾著兩顆又小又乾癟的可憐葡萄，陰部凹陷，股骨突出，腳趾收縮。我很快就受不了了，我沒有把事情做到頭，一些軼聞提到很多所謂精神上的快感，而這就足夠了。因此當木乃伊交叉著雙臂和雙腿提醒我時間到了該走了的時候，我立刻聽從她的話，並且為我終於能夠自己一個人待著感到驕傲。

如此輕鬆獲得自由，我感到既精疲力竭，也極度興奮。

夜晚的城市閃閃發光，遠處波光粼粼，輕微作響。而天空似乎懸掛在城市上方，它是那麼清澈，那麼害羞。沒錯，我當前要求的就是羞恥心。談到羞恥心，正好這時候我小露西的形象恰似鎮痛的雲霧穿透我的心。露西全身肉滾滾的，玫瑰色的皮膚，一些敏感的部位長滿細絨毛。接下來是波羅松・費法爾德。最後是媽媽，是她離家去西西里的頭一天我看到的那個模樣。我從銀行回家後去找她，她正忙著在梳妝台前梳理她那銀色的漂亮頭髮。「我親愛的孩子，你來了！」她對著一個三稜面鏡裡反射的我說。她的話從三個微笑的嘴唇說出來，而我聽到的是一式三份的聲音。我那時不知道，也不可能知道「我親愛的孩子」的暱稱已經永遠送給了我，預先刻印在周圍的空氣裡，充滿我身前和身後的各種記憶，永遠也抹不掉。任何事件都不可能在這之後改變這暱稱所包含的、永恆的軟綿綿的甜蜜感。突然而來、飽含焦慮的讚嘆動搖了我的信念：死亡是不存在的。我趕緊急速奔向凡・杰爾夫人，在她脖子上輕吻了一下。

我真該對埃布拉欣和瑪貝拉表示感謝。多虧這兩個可憐的製造麻煩者，我感覺，靠近左肩的部位（我拒絕使用心臟這個字，它被人濫用了）出現一陣近乎神聖的激烈疼痛，像針刺似的，同時也很有快感。

我上床睡覺，連禮服和上油的皮鞋都不想勞神脫下，我美美地沉睡了兩個小時，接著浸泡在浴缸裡洗了一個燙水澡。太陽升起來的時候，我在陽台上品嚐美味的早點後，我精神上根本的——激烈的——大轉變已經完成了。儘管我正式的姓名仍然是克勞斯·凡·杰爾，但離開「海洋」旅館的卻是另外一個人，他一早就離開，覺得有人在追逐他似的。我的頭腦擠滿了各種問題，每個問題都在急切地尋求答案，看誰首先找到答案。它們之間可是互相妒忌的。

首先，旅館到底是什麼？而我執著地在旅館之間流浪又意味著什麼？我住的已經是第十四間旅館了。這使我不得不回頭想想那一系列我的身體曾經落腳幾天或者幾小時的房間。我肯定在那裡留下了我自己小小的一部分，而我自己並沒有意識到。我的道德印記，在我不知情的情況下，遺留在全部相似但又不相似的無名的四面牆壁中，它在床上打下一個凹痕，在地毯、地板或地磚上留下痕跡，並且觸摸了那些中立、冷漠的家具和物品。每次我離開以後，儘管有人仔細打掃了房間，我存在的某些形式是不會從那裡全部蒸發的。

結論就是，在這麼多的日子裡，我懷著想打爛我靈魂的不可告人想法，盲目地橫衝直撞，但我失敗了。我只是把這個結論放進書頁裡。而承擔表現我一系列狀態的任務的這些厚厚書頁被到處張貼著，以便向公眾公開我的憂傷、我的慌亂、我的懷疑、我的虛偽、我的憤怒、我的失落、我的歡樂。

選譯自《旅館的二十個房間》，一九九〇年
（經法國德諾埃爾出版社授權）

賈克－熱拉爾・林茨

Jacques-Gérard Linze（1925-1997）

出生於列日。取得法學博士學位後曾從事短時間的法律工作，後進入廣告界。他在出版小說之前，出過兩部詩集。他被認為是一位最受「新小說」影響的比利時作家。他於一九六二年首次出版的小說《沙與火》（*Par le sable et par le feu*）是以傳統筆法寫成的。但他一九六五至一九六八年間出版的《征服布拉格》（*La Conquête de Prague*, 1965）和《虛構》（*La Fabulation*, 1968）等四部小說，可以說是比利時文學界對實驗小說進行深入探討和嘗試的代表作。他比「新小說」的倡導者更少理論色彩。他與線性敘事傳統決裂，採用省略和分割的手法來重新組合小說的主要元素，運用回憶、時間和地域的詳細描述來表現生活和主人公的演變。他小說的人物總是在尋找過去的努力中迷失方向。他提出的問題總得不到答案。他講的故事有好幾個層次，有好幾個地域坐標，結果總是不知所終。作家強調了記憶的不可靠性和言語的局限性。他較近的小說有《異地的北方》（*Au Nord d'ailleirs*, 1982）和《遲鈍時刻》（*Le Moment d'inertie*, 1993）等，風格和先前的作品基本一致。

布拉格有兩個猶太墓

敘述者道貝爾被派往布拉格執行一項經濟使命。他在那裡結識了丘多，結成好友。他在工作中愛上了捷克女人愛蓮，她因不願離開祖國而拒絕他的求婚，在愛情和愛國心的煎熬下，她住進了休養院。也一樣愛著她的丘多驅車去探望她，不幸因車禍喪生，之後愛蓮也自殺身死。在布拉格停留期間，敘述者渴望拜謁卡夫卡的墓，但走錯了路，未能如願。他懷著絕望和失落的心情離開了布拉格。

我在途中迷了路。我長時間在迷宮似的老城區裡漫步，城區失去光澤的金色城牆上豎起一個個尖頂，那是還保留哥德式情調的青年巴洛克時代頭腦發熱的建築師傑作。那裡的街道狹窄彎曲，房屋突出門面上的凸飾只能讓很少一部分光線穿過，光線的品質絕妙，和經歷數十年戰爭和革命而倖存下來的這些建築物的石頭和木頭一樣古意盎然。我在下午四點整到了鐘樓前面。此時鐘聲敲響，鐵鏽斑斑的兩道門在嘎吱聲中打開了，給一些寓意深遠的人物開道放行：愛情，死亡，愛情，死亡……我停住了，被好奇心所驅使。上帝才會知道，為什麼愛情具有童話故事英雄那種空洞的模樣，而瘦骨嶙峋、赤身裸體的死亡卻顯得極其真實，幾乎比我們這些聚集在那裡看熱鬧的人更加生動，我們這些人全然沒有意識到，隨著聲聲鐘響，隨著生鏽機械的撞擊聲，我們正在計算的幾乎是我們走向死亡所需的時間。

我找到了猶太教堂，人們奇怪地叫它「老的新猶太教堂」。它的時鐘指針跟我們手錶旋轉的方向正好相反。據說是有個人想隨著時鐘耐心的運作，讓其他所有時鐘全部失靈，讓時間的流逝受到干擾，讓一切進步一誕生就立即消亡，讓世界緩慢的解體過程受阻。離教堂五十公尺遠的地方，在一個小巷裡，有一堵差不多一個人高、鼓凸起來的牆，兩側有兩個小小的鍛鐵欄杆，把距離十二到十五公尺遠的兩個陰暗建築物分開來。這是墓地，我到的時候已經很晚了。如果我對接待處的負責人說我想去看卡夫卡①的墳墓，那會是在哪裡呢？毫無疑問他會給我指出到新猶太人墓地的道路，這樣我將永遠到不了那裡，因為墓地所在的新區在城市西邊，距離加札達老區太遠了。我肯定會迷路，很可能此時此刻還在左岸缺乏美感的景色當中長時間地遊蕩呢。科特克和皮杰科將會徒勞地在辦公室等我。愛蓮和丘多不存在了，也許他們從來沒有存在過……

現在，我是在這個墓地，不是我要找的那個墓地，但是這個墓地對我比另一個我從未見過、埋葬卡夫卡的墓地更為重要。我停留在那裡，周圍是破舊、缺損的墳墓，我自忖，不久以前，很久以前，昔日……從我那一天走進這個墓地，我是否離開過這個地方……我問自己愛蓮哪裡去了，丘多怎樣了，而科特克、皮杰科、貝托是否真有其人。

在布拉格有兩個猶太墓地：新的我沒有見過，雖然那裡安放著卡夫卡的墳塋，而老的墓地，我還未離開。我的飛機在一小時幾分鐘以後就要起飛到布魯塞爾。是時候了，應該遺忘

①卡夫卡（1883-1924），奧地利著名作家，以德文寫作，主要作品有《變形記》等。

並徹底埋葬無論如何已經被糟蹋了的那幾個星期。

在布拉格有兩個猶太墓地……我的飛機一小時後就要起飛了，我打發走我的人物：愛情，死亡，愛情，死亡……以後，我要離開這裡了，離開老的墓地。我不可能在卡夫卡墓前憑弔致哀了，那也沒有辦法。但是，我也沒能遇見愛蓮和丘多。我認為也許這樣更好。總之，我在布拉格的停留，我原來預想會是一個愉快的經歷，卻只有短短一夜加上半個多一點的白天。

快四點半了。我鑽進一排排墓碑中間。墓碑數量很多，一個緊挨一個，幾乎一個疊一個。土地可以說全部鋪滿了，除了作為劃分地段標誌的幽徑和矮黃楊樹叢以外，再也找不出一平方公分可見的土地。我完全意識到我無法在如此雜亂的地方自己一個人發現我想找的東西……這是一塊已經死去的墓地，它在城裡的遭遇就好比今日已成化石的昆蟲，蟲子很久很久以前在即將乾枯的泥潭裡被發現、被逮住、被俘虜而動彈不得。

蔚藍的天空，舒適的空氣，好像就在春天一樣。與巴黎和布魯塞爾同處一個時區，位於東部一千公里以外的布拉格天黑得早。還不到四點鐘，天色就開始暗下來，就如同我們那裡無雲冬天的黃昏時分。我還願意在這暖和的氣溫下，在這封閉的地方多停留一會兒。那裡的小鳥在二〇或三〇代人堆積的屍骨上方無精打采地唱歌。我不認識這些人，但他們每個人都以某種方式貢獻，造就今天的我，打造我生活的這個世界。我處在四方形墓地的中心，在兩條狹窄筆直的小路交叉口，周邊是築有雉堞的牆，那裡排成直線的墓穴圈住了另外一些墳堆（它們似乎橫七豎八地扔在那裡，或者由於地殼內部劇變從地裡冒了出來。有些地方墳墓競相重疊，使人想起破損的金字塔）。四方形墓地的四角，兩邊有房子居高臨下，另兩邊被不高於一百八十公分的牆堵住。我視為丁香樹的一些灌木在和風下簌簌擺動，並成了幾十來隻小鳥的棲息地，牠們以令人心酸的疲憊啾啾地叫個不停。

我心情很平靜。我想這種平靜也許就是幸福。我覺得如果死亡在此時此刻降臨，我是不會反抗的。我活到今天只是為了來到這裡，在黃楊樹叢中和長滿青苔的石頭堆裡靜靜地待著，一動也不動。

有一個男人像我一樣在長滿雜草的小路上四處遊蕩。就像我幾分鐘前做過的那樣。他向左向右投去詰問的短暫眼光。我們互相接近，但沒有見面的念頭，我們只是各自繼續走自己的路罷了。我們只注意自己的路，但總要和其他人的路交叉。只有天上的星球才不會相碰。怎麼，又是他！……

他很高大，黑頭髮，舉止文雅。特別對於他那樣的當地人，他的頭髮太黑了，舉止太文雅了。我不相信會有命運來規定我人生的道路。有那麼一會兒，我產生了逃跑的念頭。我天生害怕陌生人。但是，我穿越最後的一個路口，錯過斜插過去的機會。如果我回頭走，我將清楚不過地表明我在千方百計躲避別人跟隨我（哪怕只有不到一分鐘的時間）。

陌生人向我走來，用捷克語和我說話。「對不起，我聽不懂。」「我也會說法語。我不知道你只是出於好奇來到這裡，還是你有祖先埋葬在這裡。」「我找卡夫卡的墳墓。不如說，我剛才在尋找他的墳墓，因為我已放棄繼續找的念頭了。」「奇怪！我進來是為了拜謁偉大的猶太教教士羅・本・貝塞利。你也許知道就是他使布拉格的葛萊姆②得以復活……不知道？我來給你講這個故事……等一等，我真擔心，發現他的墳墓會是很困難的，因為我看不懂希伯來文……總之，對你來說，你是在浪費時間。卡夫卡不可能埋葬在這裡。在布拉格有兩個猶太墓地，而這個墓地是最古老的，已經滿了，有幾十年了，也許有一百來年了。」

他以尖銳的目光環視四周，這是諷刺，同時也是溫柔的目光……

他那諷刺和溫柔的眼光沉重地落在這些灰色石頭上、這些黃楊樹上、這些丁香樹上——但真的是丁香樹嗎？

選譯自《征服布拉格》，一九六五年

（經法國伽利瑪出版社授權）

---

②葛萊姆（Golem），在猶太文化中，指有人形的假人，唯有猶太教聖徒才有魔力賦予它生命。

遲鈍的心

和作者大部分小說一樣，《遲鈍時刻》透過內省和自問的方式，探討人生的價值。主人公弗朗索瓦·巴斯卡是作者探索的對象，而比利時城市列日作為地域標誌是小說的中心。

這個星期五，我從窗戶看到的天空，就如巴斯卡此時此刻從他所處位置能望見的天空，他這時正在他住所和默澤河之間的一個地方。濃厚的黑雲過去了。現在明朗的藍天面積不斷擴大，其邊緣鑲嵌著白色、黃色、暗灰色的小雲球。像薄霧般輕微飄動的水蒸氣和幾乎覺察不到的火山氣體，從磚頭和石板房頂之間，從街道或河邊小路的鋪砌路面和水泥石板之間悠然升起。一切都在重新露面的陽光下閃閃發光。雨後的天空一片晴朗，從左岸河堤到小山頭那些街區猶如一片金箔上的雕刻畫，類似中古時期聖物盒子側面的一些風景畫，而雲霧更為之增加朦朧柔和的印象，是經過一〇或者二〇代的信徒撫摸或者輕吻過的銀製宗教飾物日漸失去光澤的那種印象。也許巴斯卡準備在通往大橋依然冰涼和潮濕的欄杆上憑倚眺望。也許他又想（有五十次或一百次了）把他喜歡的這個景色刻印在他腦海裡，也許他想長久觀察默澤河的景色，河面的顏色在天空陰暗時由綠色變成鉛灰色，在好天氣時則從藍色變成翡翠綠。還可以看到運送煤和礦物的黑色小駁輪和油漆鮮艷的油輪，以及它們像忠實的狗尾隨其後的粗矮拖輪和三五成串駛過的小船。是的，他可能想再來一次，但這將是為了重新咀嚼他那些無益的思考，更深刻地體會到他在這個只有演員才受到尊重的世界上作為旁觀者的無用感。他過橋以後，顯然會拖著滲透水的鞋底沿著河堤（就是有一間間排列或交替出現的古玩店、鳥店和船工飲酒作樂的小酒店的那個河堤）漫步。但是，他有一天晚上告訴我，他很熟悉那裡裝在圓錐形轉籠裡的金絲雀、梅花雀、白老鼠、豚鼠、松鼠及玻璃池子裡的海龜。他憑記憶可以列出舊貨商人陳列的珍貴物品清單，說出所有啤酒的商標，所有手風琴手的名字，以及那些一貫隱名埋姓、口唱粗俗歌曲的歌女的名字。他的散步使他對人們在這個港口和費隆斯特利附近小街之間的神祕街區足以讓人讚賞、渴望和豪飲的一切，感到厭倦。他聲稱這座城市向他全面開放，但是它再沒有什麼東西可以讓他學，也沒有什麼意外的東西讓他看，哪怕是一丁點新鮮的東西也沒有。

選譯自《遲鈍時刻》，一九九三年

于貝爾·朱安

Hubert Juin（1926-1987）

他出生於比利時南部科姆地區的阿圖斯小鄉鎮。他是獨生子，從小由祖父母養育長大。老人在當地開設了第一家電影院，雖然生活在農村，卻因接觸電影而擴大了視野，培養了想像力。十二歲時全家遷居布魯塞爾，但他常常回老家長住，直到一九五一年。二戰期間，在布魯塞爾參加抵抗運動，並在阿登地區打游擊。戰後初訪巴黎，結識了法國作家卡繆、瓦揚·古久里等人，次年重返布魯塞爾。從事過多種職業，但都不成功，後決定從事文學創作。一九五二年離開比利時定居法國。開始時生活潦倒，甚至淪為巴黎流浪漢，而後成為當時左翼報紙《戰鬥報》的專欄作家，接著參加阿拉貢主持的《法蘭西文學報》的工作，直到該報於一九六〇年停刊為止，以後作為文學評論家活躍在法國文壇和電台。他花了十來年的時間（一九五六年至一九六八年），創作由五部小說組成、題為《小村莊》（*Les Hameaux*）的系列小說：《野味》（*Sangliers*, 1958）、《墳地》（*La Cimetière*, 1962）、《小紅帽》（*Le Chaperon rouge*, 1963）、《瑪格麗特家的晚餐》（*Le Repas chez Marguerite*, 1966）和《三個表姐妹》（*Les Triso cousines*, 1968）。《瑪格麗特家的晚餐》深刻地描寫了封閉的農村裡當地人和外來人、新舊兩代人、傳統和現代的矛盾和鬥爭。雖然長期居住國外，他的作品多帶有自傳色彩和濃厚的鄉土氣息，故稱為鄉土作家，但他的文學成就比其他的鄉土作家更勝一籌，文學成就更高。他同時也是詩人，著有詩集《查爾科的鬥士》（*Les Guerriers de Chalco*, 1976）等。他在一九八〇年出版了大型的雨果傳記著作，具有很大的權威性。

晚餐

《瑪格麗特家的晚餐》是朱安《小村莊》系列小說中最為人稱道的成熟之作。書中描寫一對外鄉人皮埃爾和瑪蒂德來到封閉而排外的村子裡，他們年輕貌美的女兒瑪格麗特成為鄉村年輕人追逐的對象，後瑪蒂德在梅桑西河淹死，皮埃爾被懷疑是凶手而逃離。皮埃爾的好友，年老而瞎眼的磨坊主人馬修收留了瑪格麗特，從而引起年輕人的妒忌，在馬修和瑪格麗特為村裡老年人舉辦的餐會上，以老馬緒爾的兒子賈克為首的一群年輕人衝了進來，非禮了瑪格麗特，並且引發大火，燒毀了磨坊，老馬修和瑪格麗特被迫遠離他鄉。作者文風很特殊，敘述手法不連貫，很多插入成分，直接用語和間接用語交叉出現，現在時和過去時混用，產生了很奇異的文學效果。

他們在餐桌前坐了下來，開始吃飯，如同我們在自己家裡用餐一樣，個個表情莊重而嚴肅，因為，誰都知道，食物是上帝的恩施，這一點我們從小開始接受宗教教育時就知道了。但是，更重要的是，食物是我們身上的血和肉，是我們的汗水和艱辛，我們吃下的每一口食物，可不能讓它們丟掉其固有的香味和豐富的營養。

在瑪格麗特那裡吃的這頓飯很成功。

每上一道菜，馬修就要笑。你知道，在我們那裡，吃飯時大家都不說話。只有飯後才會聽到說話的聲音。在享受吃飯樂趣的時刻，大家都注意盡量避免破壞美好的氣氛，因為你知道，沒有東西比你眼前看到、你手中接觸的食物殘渣更有價值的了，它們講述了人的存在以及他們背後的辛勤勞動，也講述了遊蕩在油燈亮光周圍的那種疲憊情緒，這時候，你拔下一瓶白酒的塞子，你把酒杯放在手掌裡旋轉，使其溫度和你的體溫一樣，然後你慢慢把酒喝下，液體在你的牙齒、上顎、牙齦上下流動，而你的舌頭也跟著歡快地翻轉。

「有一天，」安東尼說話了……

現在是男人開始講話的時候了。瑪格麗特站在暗處，雙手交叉放在腹部，聽他們說話，一副幸福的表情。

外頭突然傳來一些說話聲，在座的人對此都不在意，他們一心想聽安東尼・巴爾圖里爾講述中國海的故事，裡頭有丁香花的芬芬、中國的小腳女人、長著黑鬍子、瞇縫著眼睛的海盜。你們知道，一條河流，會發出喧嘩的各種聲響。你以為她很平靜，像一首小曲在青蛙的叫聲和夜鳥的啼鳴中消失遠去，但是如果你熟悉她的話，一條河流可完全是另一回事，而梅桑西河，簡直就是一支交響樂隊，既會耍性子，也會玩弄人。她會發出各種聲響，有時像一首悲歌，使你聯想到一個哭泣的孩子，哭得很傷心，把心都掏乾了，你親眼去看看吧，那裡只有梅桑西河，她才不會理你呢，你一轉身走開，她又重新開始了：她像一個倔強的叛逆者，呼嘯、吼叫、咆哮。更壞的是，當她安靜下來時，你會問自己：她上哪兒了，是不是消失了，才不是的。她到處遊蕩慣了，她是大風的朋友。她躍動，她蹦跳，她無聊，她自樂，她絮叨，她吐痰，她跳舞，她發怒，惱火，執拗，她斜眼瞄你，接著取笑你：你看，我在這兒呢，我又回來了，這次輪到你離她而去，因為你受夠這種讓人墮落的譏諷嘲笑。啊！妳這個調皮的女人！願上帝寬恕妳，妳對我們一再耍了那麼多的惡作劇。那時我們還是小孩，只會清點一些微不足道的財寶，那時我們還是少年，做夢都渴望接吻。艾萊奧諾，妳是我的梅桑西河，還有妳和從阿特努阿溜出來的小瑪麗，像瑪格麗特一樣，同聲唱了起來：

一，二，三
——木頭！
四，五，六
——黃楊！

妳脖子上套上貴夫人漂亮的頸圈，妳穿著農婦的裙子，還有我們在公立小學念書時課本上好聞的香味，妳身上發出粉筆、石板和小女孩肌膚的味道，那是我們閉著眼睛玩丟手帕遊戲時接觸到的肌膚，接著我們看到了一些小小的屍體和腐爛的小動物，個個腹部朝天，還有可以涉水而過的地方，妳知道，我，羅杰・讓德利。我記得有一天我一直走到了兩塊石頭之間滲出潺潺流水的地方，我聞到有那麼一股工廠的氣味，而妳，梅桑西河，妳就是從那裡出發，夾帶著垃圾，周圍響起妳童稚的聲音，妳在星光下緩緩流著，不久就流進了我已忘了名字的一條運河，在那裡，一些駁船以其龐大的肚皮刮擦著油濁的水面……

「梅桑西河，她很蠢，你交給她一隻紙船，她會讓它下沉……」

「你帶給她一個溺水的人，她卻把他留下……」

「你給她一塊木頭，她把它丟了……」她就是這個樣子，也只能如此看待她，這可不是去挑選滑入盛開睡蓮下面流水裡那些腐爛的東西。

（那些睡蓮可真好看，好看得簡直無法想像，現在我們都老了：美的東西，那就是安東尼夢寐以求的船隻：「你知道嗎？馬修，船隻，實際上，再也沒有了……」）

柳樹青綠的枝葉高懸在一個洗衣槽上，在下游稍遠的地方，一群迪茲來的婦女用搗衣杵使勁拍打衣服的聲音響徹遠近，啪！清晨的空氣在飄浮，和附近生長一簇簇的藍色勿忘草一樣輕盈。現在我們在沉思過去的日子，梅桑西河還給了我們其他驚喜：有時在河裡會看到一些死老鼠，我們那時都很好奇，想看看牠們腐爛的過程：開始時，老鼠變得很瘦小，身上平滑的毛好像都往一個方向梳，接著體積開始膨脹，顏色轉成藍色和綠色。必須使勁吹氣或者極力拍擊雙手，才能驅散覆蓋在老鼠屍體上密密麻麻、令人噁心的蒼蠅。同時我們發現那個東西越來越腫大，真難想像在這個空心屍體裡居然有過活躍的生命，老鼠身上的毛根根豎立起來，就好像眼珠突出的老鼠自己也開始感到害怕了，傻瓜！居然害怕腐爛的死老鼠，害怕可怕的膨脹屍體。河裡有時還會看到一些青蛙，我們撕下牠們的腿，牠們呆在那裡，脖子還在動，而牠們的眼睛，又是眼睛（可憐的「磨坊的馬修」！），眼睛朝天看（也許）……而當我們長大的時候，我們跟一些小姑娘來到河邊，我們玩各種各樣的遊戲，有時我們只是親一親她們的面頰，有時我們脫下她們的褲衩，看看兩腿間的東西……再晚些時候，第一個磨坊的小瑪麗（在馬修的磨坊出現之前）過來了，她身著一條簡單的衣裙，前面的扣子散開，裡面什麼也沒穿，她說：

「要注意！」

而你呢，不知道這是什麼意思：

「要注意……」

但是她把細腰使勁一扭，簡直可以踩死一個螞蟻巢，她看來還很高興，但是其他人早晚會知道的，特別是躲在石榴色窗簾後面的塞西爾①，因而事情到此為止沒有發展，你渾身熱血往上湧，因而還是離開得好，羅杰、路易走了，或者像賈克・馬緒爾、貝爾巴或住在迪茲河邊叫「贏家」的傢伙那樣個個變瘋了，而這一切都是梅桑西河水深處發出的各種聲音，這是一部漫長的古老歷史，是我們自己的歷史，與別人無關的歷史。而那個晚上，在瑪格麗特那裡吃飯的那個晚上，卻是什麼聲音都有：巴爾圖里爾聽到船隻即將出航的汽笛，馬爾伯隆回憶他結婚的浪漫經歷，而馬緒爾卻聽到奪去他一隻胳膊的德戈威爾工廠的喧囂聲。而馬修呢？馬修在聽著。

他恐到恐懼。

這時候他們衝進來了，一邊大聲叫喊：

①村裡小酒店的女老闆，酒店就開在梅桑西河旁。

——七，八，九，

牛……

他們像著了魔一樣到處蹦蹦跳跳，大概有十來個人，其中有些人我們不認識，是在他們鼓動下，從隆科拉維爾和威爾頓老鎮趕來的，他們發出可怕的吵鬧聲……

他們吵得更凶了，馬修僵直地坐在椅子上，雙手放在木製桌面上。巴爾圖里爾說話了，聲音顫抖：

「到底來了，到底來了……」

其他人注意觀察周圍的一切。賈克・馬緒爾高喊：

「奏手提琴，奏手提琴……」

這時貝爾巴站在桌子上大叫：

「我們要跳舞。磨坊裡有婊子。我們要婊子……」

而賈克又叫了起來：

「婊子們，脫光衣服吧……」

大家齊聲叫喊：

「脫光衣服，脫光衣服……」

嘈雜聲簡直要把耳膜都震破了。我們呆在那裡，手裡拿著手杖，桌子上點著油燈。斯皮杜這隻脫毛的癩皮狗，一下子跳向這個人，一下子跳上那個人，想咬他們，這隻善良的狗，太老了，得到的是一頓腳踢。馬緒爾站立了起來，用他的義肢敲打櫥櫃，但他的兒子這時大聲叫喊：

「樂隊指揮在這兒……大家來跳四組舞吧……」

他很快地走近躲在大廳一個角落裡嬌小的瑪格麗特，她害怕得縮成一團，頭髮都變白了。而他說：

「來吧，我的美人……」

貝爾巴蹲著跳起了哥薩克舞，踢打著木鞋，一邊高叫：

「呢呀，呢呀，呢呀！……」

他吐沫四濺，口水流在脖子上，眼睛布滿血絲，形象醜陋極了，簡直就像從梅桑西河撈上來的一隻腐爛動物。馬緒爾晃動他的手杖，我們也一樣晃動我們的手杖，而馬修則一動也不動，手心貼在桌面上。這時瑪格麗特慘叫了一聲。

「而你們知道嗎，憲兵先生們，」老馬緒爾說：「我們狠狠地揍這幫年輕人……」

他接著說：

「為了瑪格麗特，為了這頓飯，你們知道嗎，為了這個東西，這個（我也說不上是什麼）……」

貝爾巴從桌上摔了下來，上面的油燈翻倒了。瑪格麗特在呻吟。賈克跑掉了，其他人也跑走了，大火蔓延開來，燒到了磨房。這回輪到我們離開了，因為人都走光了……

沒有人想到排隊拎水桶來救火……

也沒有人想到在梅桑西河上方的熊熊大火中看一看瑪格麗特和馬修的身影，他靠在她的肩膀上，前面是小狗斯皮杜，他們慢慢離開了……

選譯自《瑪格麗特家的晚餐》，一九六六年

讓・穆諾
Jean Muno（1924-1988）

出生於布魯塞爾。他的真名為羅伯特・布尼歐。長期在教育界工作。他是作家孔斯坦・布尼歐的兒子。作為父子作家，他們都有同樣的冷靜和幽默，但在作品中的表現形式卻不一樣。他在戰後投入文學創作，具有獨特風格，不追逐時尚潮流。他的小說和故事以隱喻和辛酸的手法，創造了既詩意又粗俗、既高尚又平凡，介於真實和想像之間的夢幻世界，表現了個人命運的脆弱和無奈。這方面的主要作品有《三趾馬》（*L' Hipparion*, 1962）、《百搭》（*Joker*, 1972）等。小說《沙灘上的波紋》（*Ripple-Marks*, 1976）是他文學創作的轉折點，作品體現了反抗和對社會進行報復的心理，但卻是一種含笑而玩世不恭的反抗。作者擯棄他生活的那個社會制度及其陳規陋俗，主張在想像和追憶中逃避現實，在寫作中尋求解脫。在《奇異的故事》（*Histoires singulières*, 1979）中，作者表現了人們企圖反抗和掙脫病態社會強加於他們的種種束縛。而小說《布拉邦一個英雄可惡的歷史》（*Histoire exécrable d'un héros brabançon*, 1982）一書，帶有隱蔽的自傳色彩，作家以諷刺的筆調對個人經歷過的比利時歷史事件（戰爭年代、語言之爭等）和社會生活各個方面（小資產階級的劣根性、文學界的官僚氣息和政治體制的弊病等），進行近乎絕望的挖苦和調侃，但也不乏自省和自嘲。他還以真名與羅伯特・費利克斯一起出版《比利時法語文學》（*La Littérature belge d'expression française*, 1976），一九七九年他又與同一合作者以筆名發表了《比利時法國文學》（*Littérature française de Belgique*）。

沒有人

狄迪埃有這樣的怪癖，每當我碰見他，或者他給我打電話的時候，他總是以執拗、還帶些不安的方式詢問我是不是又有什麼新鮮事……「有什麼新聞嗎？有嘛新聞？」「沒有什麼特別的。」「那就說說不那麼特別的？」「也沒有，而你呢？」「跟你一樣，我也沒有。」我們扯平了：兩個人什麼事都沒有！但我們並不想改變這種作法，那是為了讓人看清楚：我們的生活是那麼單調，簡直到了令人噁心的程度。

正好那個下午，我接受了狄迪埃的詢問，我那時喝了酒難受得想吐。出現驚人事情的時代已經過去了，我竟然讓它悄然溜走而渾然不知！給我留下的是威士忌、白蘭地和美國燒酒。今晚的電視節目是禮拜天的連續劇。

我開始有些輕醉了，這時聽見有人按門鈴。在門口直接叫門而不用通話機。奇怪！也許是鄰居、樓裡的住戶……我產生了佯裝聽不見的想法。

有人又按鈴了，時間持續很長。

好吧，我開了門……不是鄰居，而是一個戴眼鏡的陌生人，三十來歲，胖乎乎的，頭快禿光了。合適的領帶，貼身的背心，手提黑皮的公文包。一切讓人想起保險公司的業務員，更糟糕的，或許他是《大不列顛百科全書》的代表，他緊追著我推銷這套書有十五年了。

「您有什麼事嗎？」

我的問話缺乏應有的熱情，至少我是這麼認為的，但這時對這個矮小傢伙產生了特殊的效果。他開心地張開了雙臂。

「你看到我了，卡爾。這真太妙了！」

一個過分狂熱的傢伙！不是《大不列顛百科全書》，而是《最後的聖徒》。他的小手提箱裡裝的是「世界末日」。

「這麼說，卡爾，你認出我了？……當然，我那時候瘦一些，滿頭黑髮……好像沒戴上眼鏡，是嗎？」

他取下眼鏡，我好像有那麼一點兒印象。這雙很藍很藍的眼睛，臉上的表情有些說不清的傲慢和不自然，帶有挑釁性的下巴……

「我是斯皮魯呀！」

面紗撕開了。他可不就是那個不可捉摸的斯皮魯、學校有名的小滑頭、機靈的懶蛋，我可從來沒有和他有過密切的來往！他的真正名字……

「你是巴素里埃，」我叫了起來：「佛雷里克·巴素里埃！」

「你親眼見到活生生的我！十七年以後，卡爾！」

「進來吧！我們喝一杯慶祝慶祝！你這個該死的斯皮魯！」

難道不該以這種適當的方式來接待一個從天而降、年輕時代的同學嗎？但是當我看見他像鬼魂般重現，舒服地坐在沙發上，嘴上叼著一根雪茄，手裡端著酒杯，露出過分的心滿意足而不是那麼真誠的表情時，我不由得又產生對他的不信任感。為什麼他來造訪我？為什麼他費盡心機找到了我的地址，而我們從來就不是真正的朋友？斯皮魯是個詭譎、善於耍手段的人，他總嘲笑那些好學生的天真幼稚。那他來幹嘛？他腦子裡肯定有什麼不可告人的想法，很快他就要露餡了。

我一邊等著看他究竟想幹什麼，一邊根據習慣的作法，跟他一起回憶中學往事。難忘的喧鬧起鬨、脾氣古怪的老師、各式各樣又懶又蠢的學生。還有患顫抖症的費爾佛爾，老是叫餓的貝爾坎多。這些荒誕時代的英雄現在怎樣了？變成了父親、部門負責人、擔任各種職務的官員。其中一些人早已不在人世了。這麼說巴素里埃好像比我更加瞭解這些人現在的狀況，看來他一一記下他們的地址和職業，我的疑心又上來了。

「我呢，」我說：「我只和馬克・巴尼翁有來往。你還記得他嗎？……一個金黃頭髮的大個子，很喜歡運動。」

「他是《消息報》的記者，」巴素里埃回答說：「一個什麼都難不倒的傢伙。」

他是不是在影射什麼？我似乎發現他興高采烈的臉上掠過一絲不快的影子。也許他不喜歡這家報紙的政治立場……我們談論其他的，我也不再想這件事了。我早認出來的斯皮魯正在開懷暢飲，一瓶白蘭地快喝光了，他喝著酒，一邊以下流和挖苦的語氣向我敘述他在婚姻上的挫折。他娶了一個離過婚的女人，她出於難忘舊情或者後悔的心情很快就背叛他，和前夫重新和好了……尤有甚者，她的前夫就是佛雷里克・巴素里埃的表兄弟，在家族圈子裡產生兄弟相殘的一些不好念頭是可以理解的。

後來巴素里埃站了起來，表示要告別了。我們走到前廳，兩人都有些搖搖晃晃。當他要跨過門檻離開時，突然停了下來，兩眼直盯著我，也許他是第一次這樣看著我。

「如果你看見巴尼翁，千萬不要對他說我找過你。」

接著他有些難過地勉強一笑，補充說道：

「他是不可能理解的。」

好奇怪的小個子！他離開以後，我把所有窗戶都打開。屋子裡散發出一股奇怪、也許是藥品的氣味，如藥膏或者消毒藥什麼的。這種偽裝的氣味意在掩蓋另一種氣味……在他扣得嚴實的背心下面，我可以想像一個被可疑的繃帶緊緊包紮起來的巴素里埃，一個沒有肌肉、又脹又疼的軀體……

這是一家私人俱樂部。人們遠離公眾生活，大家在一種互相信任的氣氛中相處，就如在自己家裡一樣。在這樣的地方，我才不會去理會斯皮魯對我最後的叮囑。

「你知道我禮拜天見到誰了？小巴素里埃。」

看到馬克・巴尼翁一副驚訝的樣子，我又說：

「就是那個叫斯皮魯的傢伙呀！」

「你不是尋開心吧，卡爾，」他堅定地說：「這可不是開玩笑的事。」

「我才沒開玩笑！我們一起待了兩個小時。」

馬克沒回答我，更加專注地盯著我看。巴素里埃果然沒有騙我，他對我說巴尼翁是不會理解的。的確，此時我在他臉上看到的是他滿腹狐疑的表情。最後，他以不以為然和陰陽怪氣的語氣說道：

「誰都知道佛雷里克・巴素里埃在六個月前已經死了。你沒看報嗎？」

這回輪到我驚訝得張口結舌了，馬克好像很滿意他說話的效果，幾乎得意洋洋地接著說：

「愚蠢的意外事件，在一個晚會上，他從他家陽台上掉到馬路上，有六、七層樓高。你可以想像其後果……開始，甚至有人說是自殺。我瞭解事情的來龍去脈：有關文章是我寫的。」

有個人打斷我們的談話，把我叫到一邊，這是俱樂部的一個缺點，有一些人的熱情友好有時近於毫無顧忌，他是來向我要修腳醫生的地址，這位醫生數年來一直在醫治我母親過敏的腳，效果令人滿意。

真是個糾纏不休的傢伙！當他終於開恩放我走時，巴尼翁已經不在了。人們告訴我他接到一通電話，剛剛匆忙走了。

是騙子還是瘋子？怎麼說是個冒名頂替的傢伙。一個能在長達兩個小時的時間裡跟我談起斯皮魯的青少年時代而沒有露出一點破綻的人，應該是他親近不過的一位熟人。也許是一位我以前見過的中學老同學。但是我以後再也不會見到他了，這是明擺著的事，因為他不會幼稚到相信我會保守祕密。也許說到底，他不過是一個騙食加愛說謊的傢伙罷了。

用這些推理來解釋這個故事顯然太過分符合邏輯了，因為人們可能會注意到，這個故事從一開始就有一點背離事物慣有的連貫性。但是這樣的假設至少使我在差不多一個星期內能夠安下心來過日子，而這持續到禮拜五晚上，我從辦公室回家，累得要命，當我從電梯出來的時候，竟然面對面碰上這個矮矮胖胖的小子。他等在我家門口，一副興高采烈的樣子，腋下夾著用報紙包著的一個瓶子。

「梨子烈性酒！給我講一些新聞！」

「梨子」①這個詞我聽來極不舒服。我猶豫了一秒鐘，怒火在我心中燃燒，壓過了當初的驚訝：

「你太過分了！你對可憐的死者巴素里埃應該有起碼的尊重！」

這個冒名頂替者非但不覺得尷尬，反而如同自尊心受傷似的大叫起來：

「可憐的巴素里埃，沒有誰比我更尊重他的了！」

「因此我更有理由請你滾蛋！」

「你比誰都更沒有理由，卡爾！」

每個星期五晚上，從辦公室回來，我心情總是很壞，控制不了自己。一週的勞累。我粗暴地抓住他上衣的翻領，另一隻手用力打開電梯的門。但是他極力掙扎，這傢伙！

「聽我說，卡爾，我是巴素里埃！我幹嘛要騙人呢？我是巴素里埃！」

一個瘋子！不是騙子，一個瘋子！

「五分鐘！然後我就走，你再也見不到我了！但這是生死攸關的大事，我向你發誓，生死攸關！我是巴素里埃！」

一個聲音響遍整棟樓房，那是門房在威嚴地叫嚷：「嘿！上面的！電梯！」我感到不好意思，把手縮回來，電梯門關上了。「我是巴素里埃！」另一個人又在我耳旁叫了：「我是巴素里埃！」而這一切都劈頭蓋臉衝我過來，還加上一股氣味，令人無法忍受的氣味，因我們之間的推推搡搡而更加難聞。真是亂成一團。我最後放開了他。

「你不應該生這麼大的火，」小矮個說，一邊整理他的領帶。「那一天，我們聊了一個下午。如果我不是巴素里埃，你總會發現吧。」

他朝我笑了一笑。一張毫不含糊而又無奈無助的笑臉。我轉過臉不去看他。我突然感到頭腦空空的，一陣茫然。

「說吧，」我說：「您到底要我怎麼樣？」

「這以前我們還以『你』親暱相稱……」小矮個難過地說。

「這有什麼關係！」

「這樣更親熱些。為了向你解釋我該解釋的東西，我需要真誠相待。」

「我不懂。我們並不認識，或者說剛剛才認識！」

「我會給你解釋的，卡爾，但不在這裡，不在走道上。我需要你的招待。」

怎麼辦呢？總之，他看來不危險，只是他身上的氣味嗆得人難受。我打開套房的門，為了掩蓋我的失敗，我說：「給你五分鐘！」自稱巴素里埃的傢伙以化緣和尚的謙恭態度回答

---

①梨子（poire）在法文裡還有「傻瓜」的意思。

說：「一分鐘也不會超過！」我們像第一次那樣面對面在客廳裡坐下來以後，他就急切地開口說話了：

「既然時間有限，我可就單刀直入了。」

「那你說吧！」

我決心不打斷他的話，一旦他把話說完，我將不客氣地讓他開路。但是矮個子講的話確實太離奇了！我從來沒有聽過一個人跟我講過如此不可思議的故事，他說得那麼投入，那麼真誠，雖然荒誕卻前後連貫！這真是瘋狂的可怕邏輯，我心想，我被他的話鎮住了，搞得心慌意亂。

根據他的說法，他可確實從來沒欺騙過我，他可以用他至親的名義發誓。而且他獲救的唯一希望就是事實，簡單的事實，即他就是佛雷里克·巴素里埃，綽號叫斯皮魯，他被認為已經死了快六個月。

去年十二月二十號，正如巴尼翁所說的那樣，確實發生了一件意外事故，有人不幸從半空中掉下來，他當然比任何人都更會講述這件事，因為他既是意外事故的見證人，也是受害者。那時候他在他家陽台上，靠著欄杆，跟他在一起的是他的表兄弟和他妻子的情人，其實兩者是同一個人。「他們會把你的車子撞壞的！」他叫了起來，一邊指給我看樓房底下有一輛寬長型的美國小轎車正在停車場轉來轉去。「你還是下樓去看一看吧？」

佛雷里克為了看清楚，把身子往前傾，他可怕地感覺到整個樓房都跟著他往下傾斜，他翻倒了！陽台沒有了：一片空蕩！……他緊抓欄杆，他感覺欄杆在他重壓下慢慢彎曲，他聽見自己大叫一聲。接著一聲沉悶的撞擊，如同一棵大樹倒下了——接著一片寂靜，可怕的撕裂聲突然停止，一個巨大的黑色無聲世界出現了……最為離奇的是，居然沒有一個人對他做出救援的表示，他的妻子用手摀著臉，他的表兄弟趁勢把她緊抱在懷裡，眼睛癡呆地注視著空間。而在離他們一公尺遠的地方，就在他們眼皮底下，佛雷里克竭盡最後的力氣，死死抓住折斷的欄杆！

憑藉超人的力量，他又站回到陽台上，連他自己也說不清是如何做到的。而其他兩個人竟然沒有任何動作，甚至連頭也沒轉動一下！如同兩尊塑像那樣一動也不動。筋疲力盡的佛雷里克氣得發抖，向他們喊出他的憤怒：罪犯！見死不救的罪犯！沒有用。他們看不見他，也聽不見他的話！一對過失殺人凶手！他抓住他表兄弟的肩膀，逼他轉過身看著他，但他做不到。突然間，他感到力量對比太懸殊了，面對他妻子的情人的體重、塊頭和冷酷，他衰弱無力，簡直不堪一擊。就如他想撼動一塊巨石，赤手敲擊銅門而弄得頭破血流一樣！真的，兩人之間的力量對比太懸殊了。

「來，我親愛的，」他表兄弟嚴肅而溫存地說：「我們別待在這裡。這太可怕了。」

他們兩人相偎著，回到了房間，讓巴素里埃一個人留在那裡，陷入非存在的可怕狀態。突然一陣淒厲的警報聲響徹空間，佛雷里克雙手緊緊抓住剩餘的欄杆，很快就要支撐不住了，他只好往下看路上的情況。街上到處是蠕動的人群，閃爍的亮光和打開窗戶觀看的人群——而在那裡，在寬長型美國轎車的車頂上，他清清楚楚地看到自己橫躺在上面！

「不管你相信還是不相信，我並不感到害怕。我那時的姿勢只是有些扭曲罷了，整體來說，我的狀況比那輛美國車要好多了。你知道嗎，我那時第一個想法是什麼？你也許會笑我，卡爾。我想，要能親眼看見自己的肉體，除非是一個鬼魂。我覺得這太自然不過了！你會理解嗎？我那時想我已經變成了鬼魂！」

他開懷大笑起來。我沒有跟他一起笑。我點起一根雪茄，為了不讓自己顯得失態。但實際上我心情亂得很。我想，是什麼東西驅使一個人編造出這樣的故事？而且，是什麼使他在編造出這個故事後，還要千方百計把它說出來，特別是講給我聽，而他完全知道只有失去理智的人才會相信這套鬼話？他是否把我當成瘋子？我有這樣的名聲嗎？

「這麼說，」我以平淡的語調說：「如果我沒理解錯的話，你曾經死過？」

「是，也不是。在街上是死了，在陽台上我卻是活的。我的處境很模糊。」

「至少可以這麼說！尤其不幸的是，大家都看到巴素里埃死了，而且沒有人再見到還活著的他。」

「除了你，卡爾！」

他一點也沒有體會到我的嘲諷，從桌子上向我伸出因激動而顫抖的友好雙手，一再重複說：

「除了你，卡爾！你第一眼就看見了我。」

我們兩人都沉默不語，我又嗅到了一股說不出來、微弱的藥物氣味，但是這回和以前不同，可以說這個氣味沒那麼怪，但是更加難以忍受，因為我不能阻止自己把這個氣味跟那個不可思議的故事連起來。我雖然不情願，但我從中看到一個證據，一個可怕的罪證！

「的確，除了你，沒人看見過我，聽過我說話，」小矮個承認說：「人家碰撞我、擠壓我，卻毫無知覺。事實上，說得更清楚一點，應該說他們從我身上穿透。我既沒有感到痛苦，也沒有感到不舒服，相反，我感到身體狀況很正常。你知道，卡爾，最讓人受不了的，是另外一件事……」

他故意停頓一下，就像話劇裡的對話那樣，他以出奇清澈和冷漠的藍色眼睛盯著我，他臉上的表情在我看來一下子也變成帶有「戲劇性」，不如說帶有滑稽的味道，就如一副模糊的面具，塗上誇大邪惡的玫瑰紅。

「可恥的是，我被人殺害了。欄杆的鐵條從下面被鋸斷了，我親眼看到的。有人謀殺我，我有證據，而罪犯還在逍遙法外！你替我想一想，卡爾。如果是你，你會接受這個事實嗎？」

使我感到吃驚的，倒不是他揭露出來的事實，老實說我這方面早有些預感，反而是它竟然是以很自然的方式由被殺者親口說出來，真是荒謬絕倫和不合時宜到了極點。

「但是，無論如何，」我提起勇氣說：「一個人不可能同時既存在又不存在。」

「應該相信是可以的！」

「嘿！嘿！應該相信是可以的！」巴素里埃略帶嘲諷地又說了一遍，接著他突然站起來，伸出食指，動情地對我說：

「六個月以來，我一直在尋找一名證人。一個能看見我、聽到我、認識我的人。他將幫助我揭露罪行！遺憾，我的努力白費了。我最好的朋友甚至看不到我。即使看到我，他們也不相信他們的眼睛……直到有一天，我按了你家的門鈴，卡爾。我找你，是因為我已經走投無路了，我知道，我們過去很少來往。你開了門，我原以為你會和其他人一樣，穿過我跨出門檻，相信是一個調皮鬼在跟你開玩笑，但你卻對我說：『您有什麼事嗎？』你看到我了！而且，更妙的是，你竟然認出我來了！經過多少次失望，我總算找到一個證人，一個朋友！你現在懂了吧？你懂得為什麼你能聽見我說話對我是一件生死攸關的大事，真的，這太重要了。」

他身上的氣味真讓人受不了！他對我的感激之情使他更加靠近我，他那可怕的氣味也越來越厲害了！「我知道，」我轉過身避開他說：「是的，我完全懂……這的確至關重要……」沒說完，我突然恐怖地意識到他有意緊緊擁抱我，給我一個兄弟般的親吻，誰知道呢？我驚惶失措地往後縮了。

「佛雷里克！求你啦，別做得太過分了！」我立刻驚愕地發現，我竟然那麼自然地以小名稱呼這個已不存在的人。我覺得這是一時的疏忽，也許是不可挽回的疏忽。如果說，我這些話不過表達了我的思想和我內心的信念，巴素里埃有理由獲勝！而我呢，卻失敗了。

「你相信我啦，卡爾！我感覺到你相信我了！你不會撒手不管我的，不會的！不，你只要告訴他們：我看到巴素里埃了，親眼看到的。你們放心好了：他沒有什麼訴求。他只要大家知道他是被謀殺的！」

「人們會把我當成瘋子的！」

「那又怎樣？最重要的是事實，不是嗎？事實是無法選擇的！」

此時此刻，就如在滑稽戲舞台上常見的，門鈴愉快地響起來了。這太出乎我的意料了。

我從座位上跳了起來。狄迪埃的「有什麼新聞嗎？」也許第一次讓我這麼高興和興奮。

「我只是路過這裡想瞭解一下你有什麼消息。但是如果你沒有……」

「進來吧！」

「……我也一樣，什麼也沒有……」

「別待在那裡，狄迪埃，進來吧！」

（編按：狄迪埃進屋後，沒等到主人公卡爾提醒就坐在巴素里埃的座位上，壓在其身上，隱身人巴素里埃在重壓下居然神奇地扁縮起來，在狄迪埃看不到也聽不到的情況下，還能和主人公說話，安慰他說他已習慣於被人無形地擠踩。以後，巴素里埃不斷回來，懇求卡爾為他主持公道，為他伸冤，說出真相，並且步步進逼，對卡爾發出威脅。卡爾無計可施，只好求助於其好友馬克・巴尼翁，後者確信卡爾碰上了死者的鬼魂，並答應他在巴素里埃再次出現時，帶上攝影師訪問巴素里埃，以揭穿謎底。當門鈴響起時，卡爾在馬克和兩名助手的追隨下前往開門，果然是巴素里埃，但除了卡爾，其他人卻看不見、也聽不見這個訪客。下面是故事的結局。）

「你看，我們沒有說錯吧！」馬克高聲說：「沒有人！」

「我們太失望了！」金髮女攝影師嬌聲嬌氣地說。

沒有人……

「我明天再來。」「沒有人」低聲抱怨，他身子開始往後退，聲音聽起來有點慌張。我眼睛盯著他的眼睛，心裡想……心裡想……

「你看得見我，卡爾，你聽得見我！你可是我唯一的救星！」

兩隻手向我伸過來，他的樣子讓人憐憫。可憐的斯皮魯！恐懼使他顯得出奇地年輕……我閉上眼睛，不想再見到他，並且努力在心裡想：「沒有人。沒有！」

這時他向我撲了過來，抓住我的肩膀：

「別這樣說，卡爾，我求求你！千萬別這樣說！」

我不得不高聲重複一遍：

「沒有人。沒有！」

「懦夫！」

之後一剎那所發生的事，是語言無法形容的。「懦夫！」一個聲音大聲叫道。是巴素里埃的聲音，或是我的聲音，我自己的聲音，我無法說清，也許我們兩人的聲音可怕地混合在一起，像幽靈一樣在房子的四壁內遊蕩？小個子鬆開手，從我身上滑下去，像一件散開的衣服，像被人遺棄的一件沉重大衣——我腳底下是一堆破爛衣服，一灘黑水被冉冉升起的光線所吞沒……

我等到磚面地板上的水蒸發乾淨後才把門關上。

馬克和兩個女人還在前廳。他們臉上都露出驚訝的神色。

「你剛才罵誰是懦夫？」馬克怯生生地說。

我回答說：
「沒有人。」

選譯自《奇異的故事》，一九七九年
（經版權所有者授權）

康拉德・德特雷茲
Conrad Detrez（1937 - 1985）

出生於列日農村手工藝家庭。從小接受宗教教育，後在魯汶天主教大學攻讀神學。二十世紀六〇年代初，他放棄當神職人員的初衷，到巴西教授法語。該國發生軍事政變後，他站在革命者的一邊，參加戰鬥，因此遭到逮捕和酷刑，後被驅逐出境回到歐洲。他的作品帶有濃厚的自傳色彩，反映他投身革命事業的熱忱和失望，既有革命的浪漫情調，也有拉美文學特有的夢幻色彩，記錄了他半世紀坎坷的人生歷程。他的小說《呂多》（*Ludo*, 1974）描寫他經歷戰亂的鄉村童年生活，《公雞的羽毛》（*Les Plumes du coq*, 1975）反映他少年時代目睹的王室問題和語言糾紛引起的社會分裂的現象，《勾引上帝的人》（*Le Dragueur de Dieu*, 1980）一書敘述他在神學院受宗教教育的心路歷程，而他的代表作《燃燒的草》（*L'Herbe à brûler*）獲得一九七八年度法國雷諾多文學獎。該書描寫他到南美執教時，投入革命鬥爭和接觸同性戀問題的經歷。作品富於巴洛克風格和強烈的諷刺。他一九六八年從南美返回巴黎後，積極參加法國五月風暴，還曾一度祕密回到巴西，繼續參加和關注世界上一些國家的革命鬥爭（如阿爾及利亞、葡萄牙等）。他還翻譯了許多巴西作家（如阿馬多等）和政治家的著作，並寫了一些介紹拉丁美洲革命經驗的文章，最後因罹患愛滋病死於巴黎。

轉變

作者的第三部小說《燃燒的草》描寫了主人公在比利時的青少年生活。經歷了語言紛爭和社會動盪及宗教信仰的困惑後，他在二十世紀六〇年代積極參加了巴西工人運動。作者生動地刻畫了把宗教熱情和革命激情調和起來的努力和幻滅。

我射擊技術很不高明，我嘗試過，但手腳老是抖動，總打不到目標。我將只能完成一些政治性的任務：和同情者祕密小組一起尋找藏匿武器和戰士的地方，建立和裝備隱蔽基地、印刷廠和醫務所。我在一個城市和另一個城市之間傳送情報。以外國人和旅遊者的身分很合適擔任聯絡員的工作。我在扮演這個角色之前，組織上曾經派遣我到烏爾達·雷多納，去尋找我原先認識在工廠工作和在同盟組織裡的一些同志。這種接觸是很珍貴的，那些青年也許和我一樣進步了，如果使用「政治綱領」的用詞，他們已經變得更加「激進」了。但問題在於瞭解他們是否已經成熟到可以在鋼鐵廠內部進行破壞活動的程度。從我被驅逐出工廠並逃走以後，以及在主教宮門口受到工會活動分子的威脅之後，到現在已經有兩年了。我的臉部有了變化，長了皺紋，但我還是擔心我以前的敵人會把我認出來，也擔心那些天主教徒或許會大肆聲張地歡迎我的到來。因此我故意安排在晚上搭上公共汽車，進入城區，我一個人下了車，就朝貧民區的方向走去，我希望若塞法太太和她的兒子奧杰內歐還住在那裡。

龐然大物似的工廠出現了，這個位於市中心的黑色怪物，像巨大岩石般顯得神聖不可侵犯，它既是財富也是災難的製造者，更是掌握生死大權的主宰。工廠長長的、不規則的脊梁在月光下發亮。工廠煙囪粗大厚實的觸角被高爐的火焰照亮後變得紅彤彤的。我朝這個磚頭和鋼鐵構成的龐然大物走去，看到工廠無數的車皮、卡車、守衛、警報器、爐火，以及戴上安全帽、手執鐵條和工具的工人隊伍。還有通上電流的欄杆，由帶釘子的加固鐵皮築起的障礙物。當然還有夜間巡邏人員，而且戈利亞特①還擁有新的警衛，那是一些狼狗，因為我聽見了狗吠聲。天很熱，我走路時只穿一條長褲、一件襯衫，腳上穿一雙涼鞋。我掛在肩上的運動員背包，藏著一些傳單。真是奇特的感覺！我早先來到這個城市是為了建設，而這次回來卻是為了破壞。我上次來時是為了祈求和平，而這次回來是為了偷偷向他們灌輸一些和他們原來聽過全然相反的說詞，我帶來的是戰爭的語言。我像大衛②那樣輕聲走路，謹慎小心的程度猶如走私犯。我的使命在於迷惑這個怪物，鼓勵那些被它用溫火殺死或者以粗暴方式扔進熔岩池或鍋爐裡的人們起來造反。我用紙張來武裝自己，繼續往前走。

工廠上方的夜空，彌漫著橙色亮光。天空顯得污濁。怪物般的工廠四周飄蕩著藍色的灰塵。蟋蟀的叫聲跟車間的轟隆聲和馬達聲混在一起。這些小生物較之於被煤氣燒灼和被煙囪吐出的有害廢氣污染的草地，更加頑強地活下來了。蟋蟀的存在使人想起這座雜亂無章地新

---

①銅鐵廠的名稱。

②根據《聖經・舊約》，大衛為以色列國王，舉止一貫謹慎小心。

建起來的城市，周圍全是空曠的土地和誰也不會去開墾的田地。城市的建築物東一堆、西一堆，既有好幾層的樓房，也有成堆的經濟型小房子，四四方方，只鑿開了大門和唯一的窗戶，上面是平屋頂的那種房子。城裡鋪設了一些新馬路，我選擇似乎可以通向奧杰內歐住家的馬路。我經過主教的宅邸，看見窗戶有亮光——我認出這個帶有黃色帷幔的窗戶——我對自己說，一個世紀以前，我就在這座大房子裡吃飯、睡覺、禱告。從那以後，我經歷了其他的生活，學會了一些新鮮而震撼人心的事物。我閱讀了一些禁書，並且體驗了另外一種愛，它比我在這座毫無品味的房子裡徹夜跪在床邊並以它的名義懲罰我的肉體的那種愛，更加具有決定性的意義。一個青年在我心中死亡了，他很自然地離開了他的上帝。另一個青年誕生了，他講著不同的語言，他再也不禱告了，他熱愛自己的肉體，他想在地上建立天堂。這個青年心中激盪著和以往同樣強烈的力量，但這股力量更加真實，觸手可及，可以掂量，這股力量源於人性，源於組織起來、成千上萬的同志。沒有這股力量，他就不會有勇氣在這個令人窒息和污濁的夜晚回到這個險象叢生的城市，也不會有膽量出現在這些人的面前，他們可能會把他的傳單朝他臉上扔回去，咒罵他，譴責他的背叛，把他交給警察或者向他扔石塊，把他趕出他們的家門和這個城市。

選譯自《燃燒的草》，一九七八年

國王回國了

作者在小說裡觸及頗為敏感的王室問題（二戰結束後，由於比利時國王利奧波德三世對德國的曖昧態度，圍繞其復位問題引發的全國性大爭論），和弗蘭德語和法語兩大社區之間的語言紛爭問題。下文描述了國王回國時比利時社會的反應。

國王回國了。陽光灑在國家機場的跑道、玻璃罩和舷梯上。首都的天主教孤兒院的孩子們揮舞著的黃白色花束，在四引擎飛機的螺旋槳揚起的旋風中擺動不已，無數的花瓣掉落下來，像紛飛的蝴蝶墜下消失在龐大的銀色機身上。五十七個身穿三色裙的女孩子走上前去，一邊嘰嘰喳喳地說話，這一切為了表明國王回國的決定是眾望所歸的。當身穿黑色或土黃色軍裝的先生們走下飛機的時候，女孩子擔心地轉身看著在場的修女。這些先生們當中沒有一個人像掛在她們教室黑板上方的畫像裡的人物。在肖像裡他們個個臉色紅潤、鬍子刮得很乾淨，並飾以金色和淺藍色的光輪。但這時修女們舉起食指，拍打雙手，她們當中有兩人激動得當場暈倒，但沒有人上前去救援，因為就在這個時候，在這些先生們的後面出現了國王陛下的影子。女孩子摘下她們手中花束最後剩下的花瓣，急切而熱烈地向走過來的人身上撒去，待國王靠近時，她們已經沒有什麼可以奉獻給他，只剩下花枝了。這一來引起了一陣混亂，另外三名修女也昏過去了。但據電台記者的報導，國王不失為一位善良的君主，他還是用鼻子聞了聞那些花枝。

兩天以前，一隊隊騎摩托車的警察在全國到處巡邏，在夜裡驅趕那些貼標語的人，他們停在牆根和標語牌前，屁股上配帶武器，把剛剛貼上去的「反對」標語撕下來。警察的摩托車隊在機場四周聚集，機場上五千名全副武裝、頭戴盔甲的士兵正小心地揮去迎風吹來貼在他們臉上的花瓣。這兩支隊伍在跑道上形成兩道防線，每隔十公尺還有一輛坦克加強防衛。

一長串黑色汽車在連接市區和機場的碎石路上閃閃發光。一輛坦克很快啟動，在一陣搗石機般震耳的嘎聲中離開了小女孩、修女和士兵的隊伍，向前行駛，炮口對準車隊行進的方向。車隊繼續前進，一直到第一輛車的緩衝板緩緩停靠在坦克的履帶旁。一個穿黑色衣服的人走出車子。一個著綠色軍裝的人像掀開鋁蓋那樣打開了坦克的頂蓋，在上面彎腰向來人致敬。兩個人商量一陣子後，各自縮回原來的位置。灰色坦克又響起了奇妙的爆破音，緩慢地向前移動，活像一頭巨獸。長炮在蒼白天空的背景描出一個黑色的半圓形。車隊屬於跟國王一起從飛機上下來的先生們。坦克為車隊開路，都是些又長又扁如文具盒狀的轎車，其中最長最扁的車子除了坐上他們全家人之外，還可以帶上主人們的哈巴狗、佈道神甫、獵場看守人和獵兔狗。車子向前開到了柏油馬路上，摩托車警和士兵的防線被衝開了，孤兒院的女學生和她們的保護人不顧炎熱的天氣向隊伍靠攏，守候在機翼下。車門一一打開了，穿黑色和土黃色衣服的乘客一頭栽進了後座，拉上車門簾子。車隊向城裡駛去，越過大橋（軍隊把守）和高架橋（軍隊把守），經過車站和銀行（軍隊把守），拐進英雄紀念柱周圍的廣場（已經清場），高速經過清潔工人行會中心（由工人自己把守），繞過書籍工會中心（無人願意把守），緩緩駛過軍營（軍隊把守）。在車上的人各自到達了目的地：宮殿、古堡、部長辦公室、教堂、屠宰工人行業工會……之前，大罷工爆發了。波里納礦區①的工人挖開了城市街道的鋪路石，破壞了鐵路，架起了路障。列日人和布拉邦人發現他們的領土被宣布處於緊急狀態。

部隊進入戒備狀態，槍口對準飄揚著黑色小旗子的建築物。但是樓裡已空無一人。十來位郊區市民把旗幟升起後從旁門溜走了，他們先是爬行，然後沿著牆壁攀登，進入了為外人所不知的礦工住宅區，與聚集在郊區一家小咖啡店裡的隊伍會合。由未來的共和國指揮部派來的男人和女人、青年和少女，不分男女，個個毫無例外緊緊抓住他們的手臂、他們的帽子、他們的頭盔、她們的圍裙，裡頭裝滿最為結實也是最為可憐的彈藥：他們收集起來的磚頭和煤塊。

軍人用槍托砸掉了學校的門鎖，衝進鎮政府的大門，破壞了礦場鐵板圍成的障礙物，而這個時候，我們在指揮官的指導下學習打繃帶、包紮傷口和醫療急救的技術，而且根據他的說法，這樣做完全符合我們事業的崇高性。那些害怕見到流血的人，卻在唱著聖歌，在兩節唱段之間，不時喊出「回國國王萬歲！」一邊小心翼翼不去碰房子牆面上掉下的灰土，以免弄髒自己的手。

部隊向礦區發動進攻，個個像發瘋似的，為眼前的景象歡呼：路障被除掉了，鐵板斷裂

①比利時瓦隆尼地區拿慕爾省盛產煤礦的地方。

了。第一名憲兵還未真正踩上礦區的土地時，郊區居民突然出現了。年紀大的從門裡走出來，年輕人則從窗戶裡跳出來，婦女們從各處湧現出來，她們狠狠地打憲兵的耳光，在他們的臉頰、脖子和襯衫上留下手指的痕跡，這是一隻隻五指張開、黑色油膩、布滿灰塵的手。她們一邊摑耳光，一邊解釋說如此對待他們，是出於「反對，就是反對，沒得說的！」而且說「愉快的回歸」將成為可憐的出行，還說她們再也不願意供養那些擺弄名花異草、吃山珍海味的傢伙，她們，還有她們的男人、她們的子女，以及她們選出來的代表高喊「反對」的口號，不是為了讓人逼她們改口說「贊成」。如果必要的話，她們將攥著小磚頭，一路北上直達布魯塞爾，撬開有軌電車的鐵軌，用她們的頭顱去撞擊鐵路的軌枕……

選譯自《公雞的羽毛》，一九八〇年

（經法國卡爾曼列維出版社授權）

雨中小景

作者在書中以一個巴西人的口吻，反映拉美國家人民的貧困和鬥爭，他們雖身處逆境，卻始終保持樂觀的天性。作者也以諷刺和自嘲的筆調，描寫一些外國革命者左傾盲動的行為。他們所作所為不僅未給窮人帶來好處，反而帶來了災難。下文生動描寫貧民窟生活的一個場景。

下雨還是有益處的，它可以除掉大件衣服的污垢。平時山崗上的婦女只是把一些襯衫、褲衩、小件的棉布裙子、輕薄的衣服拿到洗衣池洗滌。其他的衣服，如男人的長褲、夾克、女人的外套、被子、床單則要等到老天下雨時才洗。主婦們在木屋之間拉起了掛繩，用兩頭連接起來的一節節麻繩和鐵絲在樹和柵欄之間拉起一條繩。接著在柵欄和屋頂之間也拉起繩子。她們在上面搭上在乾旱季節沾上各種髒物如汗臭、異味和灰塵的衣服。成百上千淺栗色、灰色甚至是棕色的旗幟在破房子前面抖動。連續下了幾天的雨開始除掉排泄物和口紅的痕跡，也把床單上乾結的鼻涕去掉，抹去手指頭、尿和精液的印痕。雨水在血跡上畫出了淡淡的圓形痕跡。雨水使衣服上棕色的和白色的部分顯得格外分明，雨水也慢慢把一切污垢往下趕，從而集存在衣服的下襬。大雨下了好幾個星期，暖和的大雨點沖刷著長方形的布面。有些衣服像毛氈那樣極易吸收水分。衣物都變重了，被子、長褲、外套的重量增加了一倍。

繩子因而斷裂了，衣服都掉進泥濘裡。照看衣物的人趕緊把它們撿起來。他們把衣服掛在柵欄上或者爬上屋頂攤開晾著，用石塊把衣服固定在鐵皮上。其他漫不經心的人只好甘認倒楣了。大雨把他們的衣服連同污泥、狗屎、死老鼠一塊沖走。這場大清洗給眼前的景色增添了歡樂的氣氛。貧民窟裡旗幟林立。宛如一隻在暴風雨中迷失的船隻，伸展它所有的旗幟，擱淺在山崗的礁石上。

選譯自《最後的鬥爭》，一九八〇年

（經法國巴朗出版社授權）

賈克琳·哈普曼

Jacqueline Harpman（1929-2012）

出生於布魯塞爾的一個富商家庭。她隨父母在摩洛哥度過了美好的童年。在十一歲時就發誓想當作家。在十四歲閱讀了弗洛伊德的作品後又想當心理分析家。後來學醫，兩年後因健康問題輟學，後到布魯塞爾自由大學念心理學，之後一直從事心理臨床治療的工作。作為國際知名的心理學家，她也參加比利時心理學會和專業刊物的工作。她的丈夫皮埃爾·普特曼是詩人和建築家。她在文壇獲得成功可以說從二十世紀六〇年代開始，她的第一部小說《短暫的阿卡狄亞》（*Brève Arcadie*, 1959）獲得魯塞文學獎，一九六六年出版小說《善良的野蠻人》（*Les Bons Sauvages*）後擱筆。經過二十年銷聲匿跡以後重返文壇，爆發了新的創作熱情，一發不可收拾，先後出版了《紛亂的記憶》（*La Mémoire trouble*, 1987）、《被粉碎的姑娘》（*La Fille demantelée*, 1990）和《奧斯坦德海濱》（*La Plage d'Ostende*, 1991）。尤其是《奧斯坦德海濱》，一出版就贏得廣大讀者的歡迎，小說講述一個激情而早熟的愛情故事。之後出版了一部短篇小說集《天窗》（*Lucarne*），以奇異的方式描寫傳奇的婦女形象，如安提戈涅、聖母馬利亞、聖女貞德等。小說《歐蘭達》（*Orlanda*）獲得一九九六年法國梅迪契文學獎，是她的另一部力作，表現了男女身分轉換的複雜心理。近年出版的小說有《我不識男人》（*Moi, qui n'ai pas connu les hommes*）、《情人的長眠》（*La Dormition des amants*, 2002）以及電子書信體小說《越過瞬間》（*Le Passage des éphémères*, 2004），一出版都引起廣泛的反響，內容更加廣泛，探討人性帶有普遍性的問題，如《越過瞬間》一書對人生的意義、永恆的愛情進行哲學的探討。她的作品具有鮮明的心理分析特點，這當然和她的職業生涯不無關係。她總是以似乎不可置信的東西作為開篇，但接著以寫實的筆觸鋪陳故事情節，懸念叢生，並具有希臘悲劇的強烈激情。她的作品大都以「愛」為主題，透過描寫母親、家庭倫理關係、婚姻與生育等來探討婦女的身分和地位問題。

早戀

這是一個刻骨銘心的愛情故事：十二歲的艾米蓮在隨母親參加的一個社交場合上，邂逅了青年畫家雷奧波爾德，一見鍾情，並暗下決心，誓與他結為終身伴侶。四年後，畫家終於也愛上了她，但他們兩個人都因家境門第觀念分別婚嫁了，後艾米蓮不顧世俗偏見，離開在美國的家庭，回國與畫家同居……。下文描寫小姑娘用盡心計，以博取畫家歡心的情節，心理描寫極其細膩。

……我脫掉海軍藍的粗毛線衫和褶裙，穿上了新衣裳。我梳妝打扮，為了迎接一個偉大的儀式：在即將來到的時刻，我要以我的生命來冒險。我解開辮子，迅速地梳了梳頭髮，我準備好了。我只能作為一個勝利者回到這個房間，否則就去死。

我悄然走近犄角的那個房間，他對我的到來只簡單地點了點頭，贊許地低吟一聲。從星期六以來，我已經更深地銘刻在他心中了，畫架、顏料管和我形成了一個整體，我們是他的自然延伸。他在用我，用這一切作畫。當他把手伸向左邊的時候，他確信我會把他需要的淡藍或翡翠綠的顏色遞給他。他沒有想到，也不知道我已經變成他靈魂的一部分，是與他一模一樣的複製品，是像他的手一樣出色地服務於他的工具。他彷彿感覺到我就像他的十指：人們用手指拿東西。我知道他會感覺到我的存在，我只需要透過自己的存在來引起他的注意。他正在努力找回灰白的色調，我看到奧斯坦德的那兩塊畫板，看到這正是我說過的那種顏色：「只要在白顏色裡加點黑色就行了。」①我渾身發抖，因為時機到了。他不記得我說過的話，但是他什麼也沒有說，在這一時刻，他需要我。我退縮到房間盡頭，沒有發出任何聲響。我看到他的手張開，向左邊摸索，等待我把顏料管放進去，隱隱感到我似乎已經這樣做了。我咬著嘴唇，真想拿起顏料管遞給他，要想不向他跑過去，不去滿足他的請求，實在太難了。他的手動了動，然後說：

「妳不在嗎？」

他的聲音裡只有些許驚訝，好像寧靜、清澈的水面上泛起了漣漪。我沒有動。

「艾米蓮？」

我在他的聲音裡聽到一陣輕微的顫抖，聽到裡面有一點點的疑惑。我抱緊雙臂，以阻止自己衝上去——啊！向他的請求跑去！給他想要的聲音！——但是，我必須讓他改變他的欲望。他需要黑色，卻不知道自己想要什麼，必須引導他對我產生欲望，不管他知不知道，這一次，我不能在他知道自己的需要之前就滿足他。我極力克制住自己，害怕得不敢呼吸，只要我稍微放鬆對自己的控制，我就會立刻衝上去。

「妳在哪兒？」他說。

他停在那兒不動。在這一秒鐘內，我可能會死去，因為，如果他發現他想要的黑色，那我就輸了，他只要去拿就行了。必須在他心中引起困惑和迷惘，讓他意識到缺少了某樣東西，卻說不出來。那麼，只有我會讓他知道，他缺少的是我。我輕微地動了一下，我的一舉一動必須極其小心謹慎，因為我知道，要是我過分把玩束縛著我的韁繩，我就會有輸的危險：我的動作很小心，只弄出微弱的索索聲，那是絲綢抖動幾乎聽不見的聲音。一聲輕輕的嘆息緩緩穿過了房間，在空氣中悠然飄浮，時而靜止不動，那是一股近乎覺察不到的衝動，一直滑動到他那裡，輕巧地擊中了他，那也是一陣細得吹不動樹葉的微風。我清楚看到他為此顯得十分窘迫，身子有些搖晃。我本來理所當然應該在他身邊，而現在卻躲在房間盡頭，從離他很遠的地方，傳出我微弱的信號。雖然他的手一直伸著，但他已經感到那是沒有用的，於是他轉過頭來找我。

我站在灰色的門前，穿著淺褐色的短裙和暗珍珠色的粗毛線衫；我身上的顏色正是他的畫、他的靈魂、他的生命色調。他看見了我。

這是他第一次朝我看，並且看見了我。我知道我的眼睛有著與結冰的水一樣的銀灰色，我知道我有著陽光下沙子一般的膚色。他一動也不動，就像在奧斯坦德的時候一樣，就像他在感情十分激動的情況下才有的舉止那樣。我是非法闖入了他心扉的，我是他用目光在身外捕捉的東西，是他心中懷有、卻從來沒見過的形象絲毫不差的複製品。四年來，我就是這樣在塑造自己，為了讓他看到我的時候，我將會是他最隱祕的夢想的直接體現，那個他還一無

①在這之前，艾米蓮曾在奧斯坦德海邊伴隨雷奧波爾德作畫，畫家苦於找不到他追尋的灰色色調，小女孩說了這句話提示他。

所知，但當他把目光投向我身上時會突然發現的夢想。他呆住了，注視著他還沒有做過、如今卻呈現在他面前的一個夢，為四年前刺疼過我的心的那件明顯事實所震驚，他灰色的眼睛盯住我灰色的眼睛，認出他在水中的形象，但並不確切地知道這一點。他就像為他所見的東西讚嘆不已的納西斯②，還不知道那張讓他淚流滿面不可思議的臉就是他自己的，是他從未見過的倒影。他也不知道那直盯著他看的雙眼正是他的靈魂。我沒有動，任憑這一刻在他心中擴張開來。我看到我自己出現了，我見到我在他心目中成了形，我頭暈目眩，讚美正在誕生的愛情。

「艾米蓮，是妳嗎？」他說。

我剛覺察到他問話的聲音有些細微變化，很快一切都顯得清楚不過了。他沒有片刻的抗爭。我像潮水一般滲透到他的體內，就如堤壩潰決時，低處的土地被大水淹沒一樣。我在他體內流淌開來，到處流動，灌滿每一個斷層，每一塊窪地，我大量湧入，將他蓋沒，將他淹死。就在他發現我的存在的那個時刻，他屬於我，就如我曾經屬於他一樣。我感到微笑在我心中升起，我也感到我得留住它，因為，此時此刻，我只能是一個靜止的形象，一個他在其中只能看到他自己的沉默映象。我還應該靜止不動，什麼話也別說，以免嚇著他，在那一瞬間，他就像一頭第一次見到人的野獸，容易受驚，有可能還會逃逸而去，他只有片刻的自由，稍有不慎，就會阻撓今後把我們鎖在一起的可怕關係的形成，這種關係將是牢不可破的，它將無可挽回地把我們拴在一起，最終成為雙胞胎，變成融為一體的連體嬰，什麼都不能將我們分開。我努力克制自己的感情，但這是我做出的最後一次努力，之後，愛情像潮水一樣湧現出來，幸福的笑容在我心中浮起，還有爆發的歡樂笑聲，心願得到滿足的孩子表現出來的欣喜若狂。就在這樣的一張臉上，笑容誕生了，把我從僵直不動的狀態中解放出來。他的眼睛閃閃發亮，太陽在雪地裡升起。他垂下一直伸向顏料管的那隻手，我始終沒能把顏料管遞給他，而且，他也結束了正在做的動作。他面對著我，我眼光什麼也看不清了。他在我的面前顯得那麼燦爛奪目，我幾乎承受不了從他身上放射出來的光芒。從那時起，他愛上了我，但是他自己還沒意識到。

「妳一直在那兒！」

我盡可能回答他的話，因為我實在喘不過氣來，我只能說聲「是的」。

我聽到我自己的聲音：虎嘯一樣的聲音。我怕把他嚇壞了，但是他越過了一條界線，因為他對我說：

「妳真美！」

他什麼都不怕，也沒有受到什麼束縛，他只是在很久以後才感到害怕。此時此刻，他還是那樣，就如我向來認為的那個模樣：完全專注於他所看到的東西，忘掉了一切，再也不知道我是誰，也不知道他是誰，他被我，被愛情纏上身了。

「這是為了您。」我說。

他摸索著把畫筆放回他身後，開始向我走來。他真走了六步嗎？那是永恆，那是我自

②納西斯：希臘神話中的美少年，因愛上自己水中的倒影，鬱鬱而死。

生命之初就開始等待的奇妙時刻，那是榮耀。雷奧波爾德向我走來，那一時刻，就是我生命的全部，在這之前與之後，我為此曾經付出無數次的代價。六步路，需要三秒鐘？我沒有經歷過任何其他時刻。這是美好時光的到來，是聚集在一起的永恆，是緊縮成一個點的整個宇宙。他的動作不慌不忙，既然他已得到了一切，時間也屬於他，就像站在他面前的姑娘一樣。我不再發抖了。我四年前就設想過並為之努力的那個時刻，我夢寐以求的那個時刻，現在正在實現。我覺得我自己也是一位藝術家，正在欣賞自己的作品獲得成功，想著想著，雷奧波爾德靠近了我。他舉起一隻手，輕輕觸摸我的臉頰，而我已不再是我。

他的手指摸遍我的臉。神情顯得困惑、驚訝，很快便興奮起來。他笑了，把另一隻手放在我的肩頭，輕輕地抓住。我覺得他想確認我是否是真實的。然後，他用手掌輕輕壓住我的臉頰，我感覺到他的熱量甚於他的接觸。我們就這樣待了很長時間，一動也不動，好讓他深切地感受眼前的事實。我沒有動，我今後有的是時間，我看著他走進了愛情，如同一名受驚的旅人，雖然還不太辨清方向，卻發現他將生活在裡面的一片風景，跟他一樣的灰眼睛，臉頰像平緩的斜坡，頭髮像光滑柔軟的森林，他不會在那裡迷路，還有他可以在上面舒服入睡的溫熱肉體。

選譯自《奧斯坦德海濱》，一九九一年

永恆

——獻給我的女兒們

我精心打扮，修飾頭髮，用微笑來掩蓋我農村婦女的相貌。我有高高的顴骨，精緻和嚴峻的眼光，它可以洞察天空、田野和明天的豐收。萬年的憂愁在我的血液裡流動。今年的種子會不會發芽？有沒有足夠的麵包？冬天來臨時是否備足柴火讓大家圍爐取暖？我害怕明天。因為我們無法駕馭颱風和下雨，也阻止不了前來糟蹋一切的野獸。孩子們製作了一些稻草人，放置在田間地頭，但一點也嚇唬不了鳥群。我看著日子一天天過去，我感到人生的短暫。一切都是永存的，除了我自己。

我眺望遠處群山出現的最初幾個山頭。我從來沒有去過那裡；我放不下房子和家庭。我聽說這些山頭很高很高，和天際連成一片，山頂的積雪永遠不會融化。人們還告訴我太陽也不是永恆的，它只是一團火球，燃燒的時間很長很長罷了。從此我開始懷疑起來了。會有那麼一天柴火會燒光的。太陽和我？哪一個會活得更長久呢？如果太陽活得比我更長，我的孩子們將怎麼辦呢？如果冬天老不過去，他們將怎麼辦呢？他們將如何烤火取暖呢？應該考慮到這一切：沒有春天，哪來新長出來的樹林，幾代人以後，將會是一片沙漠。我注視著家裡的壁爐：它體積很大，通風很好，可以經得起好幾世紀的考驗，只要點起一把火就可以耗盡整片森林。但是以後呢？我為身後的日子感到害怕。我的孩子會有孩子，孩子的孩子還會有後代。從我腹中生出來的一代代人將布滿整個大地，而太陽應該保護他們。

家裡的男人勸我不要去操那麼多心。他們會照料一切的。我假裝聽取他們的話。他們太沒有想像力了。他們說就是太陽熄滅了，那也是好久好久以後的事，根本不必去想它。我們的子孫後代會有溫暖的陽光的。但是以後呢？我感到我對生出來的下面幾代人負有責任。我知道我會變成萬年的灰燼，而我的孩子們會照樣活蹦亂跳到處跑。但是，我還是想知道人們是如何照料他們的。好像還會有其他的太陽。我們會離開的，我的曾孫們說。我教育他們不要把眼光僅僅盯在下一個季節。我們將會製造宇宙飛船，乘坐它進入另一個星球。我們不會讓您的血統消失的。您的血液將會在我們心中跳動。田頭一茬麥子從另一塊大地生長出來的時候，我們在收割季節會想到您的。我們烘出的麵包會以您的名字命名。我們會把麵包和別人共享，每天都會吃上一口，這會是一個很大很大的麵包，因為我們的人數會很多很多。您安靜地躺著吧：您沒有白白生下孩子們。

我的心放下了。我在睡夢中注視我子孫們長長的隊伍列隊前進。我進入了先人的行列，我們一起端詳我們的傑作。先人在我的後面，孩子在我的前面，生生息息，永無止境，緩慢行進的隊伍穿越過永恆。我來自於最先的古人，我要走到時間的盡頭。

選譯自《天窗》，一九九二年

阿梅麗・諾冬

Amélie Nothomb（1967-）

她是十年來活躍於法國文壇的青年小說家。出身於比利時的一個望族，其家族成員有擔任部長、外交官，也有當作家的。她出生於日本神戶。小時候隨其任外交官的父親到過北京、東京和紐約等地，接受多元文化的薰陶。後回到比利時布魯塞爾自由大學修讀羅曼語言文學。取得畢業文憑後，她到日本的一家公司擔任短期翻譯工作，感到不順心，決心回到比利時專心投入文學寫作，成為職業作家。她聲稱她「要架構新的傳奇」的野心和狂妄態度，使大眾對她產生好奇和新鮮感，加上新聞媒體的隨波逐瀾使她聲名大噪，成為炙手可熱的文壇新星。她從小喜歡寫作，在正式出版小說之前已積累了不少腹稿。一九九二年在法國出版第一部小說《殺手保健》（*Hygiène de l'assassin*），一舉成功，這部小說從內容到形式都給人以耳目一新的感覺，同時作品反對墨守成規的放肆態度和作者善於在媒體進行炒作，也引起了各種非議。以後她幾乎每年都出版一部著作，常常成為當年新書排行榜上的暢銷書。她的小說以精彩的對話形式見長，故很容易被改編搬上銀幕或舞台。她的作品被翻譯成多種文字，包括中文，並且獲得多個文學獎。她的成名處女作《殺手保健》，描寫一個老年肥胖的諾貝爾文學獎得主與不懷好意前來調查的幾位新聞記者唇槍舌劍的故事，全篇妙語連珠，充滿懸念。《愛情的破壞》（*Les Sabotages amoureux*, 1993；編按：中文繁體版《愛傷害》由麥田出版）描寫上個世紀六〇年代北京城外交公寓一群外國兒童之間發生的種種離奇和可怕的故事，《怪鄰居》（*Catilinaires*, 1995）一書則描寫一對平靜的退休夫婦受到惡意鄰居百般折磨的故事，《緊身衣》（*Peplum*, 1996）則是科幻哲學寓言。她最近的小說有《墨丘利》（*Mercure*, 1998），中譯本題為《老人・少女・孤島》）、《誠惶誠恐》（*Stupeur et tremblements*, 1999；編按：中文繁體版《艾蜜莉的日本求生記》由高寶出版集團出版）、《管子的玄想》（*Méthaphysique des tubes*, 2000；編按：中文繁體版《管子的異想世界》由高寶出版集團出版）等。她反對流行的知識、倫理、美學價值觀，蔑視現代知識分子，傾心古代哲學。她質疑不是善就是惡的觀點，主張用病態而可怕的快感來取代對美的迷信，用挑釁和玩世不恭的態度來取代世故的理性態度。她的作品充滿傲慢、殘酷和自戀以及對兒童時代的懷念。儘管褒貶不一，甚至有人預言她的成功將是曇花一現，但是她的作品至今仍擁有廣大讀者，卻是不爭的事實。

我不是任何人的上司

二十二歲的歐洲少女受雇於一家日本跨國公司，由於日本社會的繁文縟節和嚴格的階級觀念，使她感到格格不入、無所適從，處處受到排擠和打擊。作者以幽默和調侃的筆法反映了日本社會的一個切面。

羽田先生是尾持先生的上司，尾持先生是西戶先生的上司，西戶先生是莫利小姐的上司，莫利小姐是我的上司。而我呢，我不是任何人的上司。

我們也可以換另一種方式來表述：我服從莫利小姐的命令，莫利小姐服從西戶先生的命令，依此類推。但有一點要指出，就是到了下面幾級，下達的命令是可以跳過這種階級的。所以，在伊美本公司，我服從任何人的指揮。

一九九〇年一月八日，電梯把我扔出伊美本公司大樓的最高一層。門廳盡頭的一個窗戶，就如飛機上被打爛的舷窗那樣把我強烈地抽吸過去。遠處，很遠的地方是城市——遠得我都懷疑自己是否曾經去過那裡。

我甚至沒想到應該到接待處去報到。老實說，我腦子裡什麼也沒想，有的只是那個玻璃窗引起的我對那份空曠境界的著迷。

有個沙啞的聲音終於在我身後響起，呼喚我的名字。我轉過身。一個五十來歲的男人，又矮又瘦又醜，臉色不悅地看著我。

「為什麼不通知接待員說妳到了？」他問我。

我無話可答，所以沒有回答。我低著頭，彎著身子，我心裡明白，十來分鐘不說一個字，我來伊美本公司上班的第一天就已經給人壞印象了。

那個男人對我說他叫西戶先生。他帶領我穿過無數寬大的廳室，每到一處，他就把我介紹給一大幫人。可他一邊念出他們的名字，我一邊忘。

然後，他把我帶到他的上司尾持先生的辦公室。尾持先生身材高大，表情嚇人，這說明他是公司的副總裁。

接著，西戶先生又向我指了一扇門，並且神色嚴肅地告訴我，總裁羽田先生就在門後。當然，要想見到總裁是不可能的。

最後，他把我帶到一間很大很大的辦公室，裡面有四十來個人正在工作。他指定了我的座位，剛好正對著我的頂頭上司莫利小姐的座位。莫利小姐正在開會，午後我就能見到她。

西戶先生簡單地把我介紹給全體人員，然後問我是否喜歡挑戰。很清楚，我沒有權利做出否定的回答。

「是的。」我說。

這是我到公司後說的第一句話。在這之前，我只一味彎腰鞠躬。

西戶先生向我提到的「挑戰」，指的是他接受某個叫亞當・約翰遜的人的邀請，同意在下週日跟他一起打高爾夫球這件事。我要做的，就是用英文給這位約翰遜先生寫一封回信。

「亞當‧約翰遜是誰？」我傻呆呆地問。

我的上司誇張地嘆了口氣，沒有回答。是因為我竟然不知道誰是約翰遜先生，還是因為我的問題太唐突？我永遠不會知道這裡頭的原因——也永遠不會知道誰是亞當‧約翰遜。

我覺得這話兒挺容易。我坐下來，寫了一封很熱情的信：「西戶先生非常高興下星期天能與約翰遜先生一起打高爾夫球，並致謝意。」我把信交給我的上司。

西戶先生讀了我寫的信，輕蔑地低叫了一聲，把信撕了：

「重寫。」

我想，我是對亞當‧約翰遜太過於親切和隨便了。於是，我又寫了一封冷冰冰、有距離的信：「西戶先生知悉約翰遜先生的決定，並同意他的要求與他打高爾夫球。」

我的上司讀了我寫的信，輕蔑地低叫了一聲，又把信撕了：

「重寫。」

我本想問問他我究竟錯在哪裡，但我的上司顯然不會容忍我提出問題的。剛才，我打聽收信人的情況時，他的反應已經證明了這一點。所以，還是得由我自己尋找該使用怎樣的語氣，來給那個神祕的亞當‧約翰遜寫信。

接下去一連幾個小時，我不停地起草給那個高爾夫球手的信。西戶先生頗有節奏地接連撕毀我寫的信，他除了那聲已成為老調的低叫，沒有說別的話。我每次都得發明一種新的格式來寫信。

在這種練習中，類似「美麗的侯爵夫人，您美麗的眼睛讓我愛得死去活來」這樣的句子並不乏興味。我琢磨著在語法詞類上進行各種變化，我心想：「是不是把『約翰遜』變成動詞，『下星期天』變成主語，『打高爾夫球』變成賓語，而把『西戶先生』變成副詞？這樣行文就變成了『下星期天（主語）愉快地接受亞當．約翰孫（動詞）西戶先生地（副詞）打高爾夫球（賓語）』」。哈哈，亞里斯多德①見了這封信也會目瞪口呆的！

我正在開心地玩這類文字遊戲時，我的上司打斷了我的興致。他看都沒看就撕掉我的第十一封信，並對我說莫利小姐已經來了。

「今天下午妳跟她一起工作。開始工作之前，先給我弄杯咖啡來！」

已經下午兩點了，我光顧著起草各種格式的信函，一點都沒有想到要停下休息一會兒。

我把咖啡放在西戶先生桌上，然後轉過身。一個高䠷像弓一樣的女孩向我走來。

每當我想起胡布紀，比人還高的日本弓就會重新出現在我的眼前。這就是我為什麼把公司取名為「伊美本」的原因，該詞意為「弓一樣的東西」。

而當我看見一把弓，我總要想起比男人還高的胡布紀。

「妳是莫利小姐？」

「叫我胡布紀吧。」

我不再聽她跟我說寫什麼。莫利小姐至少有一百八十公分，這種身高連日本男人都很少能達到。她身材苗條、優雅，令人賞心悅目，儘管舉止有些呆板，而這是作為日本人不得不做出的犧牲。但讓我感到驚訝的，是她臉上飛揚的神采。

她一直在跟我說話，我聽見她的聲音很溫柔，充滿智慧。她指著案卷，向我解釋其中的內容，臉帶微笑。我沒有意識到自己並沒有在聽她說話。

然後，她讓我讀給我準備、早已放在桌上的文件，我的辦公桌就在她辦公桌的對面。她坐下來開始工作，我順從地翻閱她要我好好研究的那堆廢紙。那是些結算清單和明細表。

她坐在離我兩公尺遠的地方，她的臉非常迷人。她眼簾低垂，看著她文件上的數字，所以看不到我在端詳她。她有一個全世界最美的鼻子——日本鼻子，這種鼻子是無法模仿的，鼻孔很精緻，別具一格。不是所有日本人都有這種鼻子，但如果誰有這種鼻子，準是日本人無疑。假如克萊奧帕特拉②有這種鼻子，那整個地球的版圖可真要大變樣了。

晚上，我心想，我之所以被錄用的各種專長對我一點用處也沒有，不過這樣想倒顯得我有些小心眼了。不管怎麼說，我原來一心想要的，就是在一家日本企業工作。我達到目的了。

我覺得自己度過了非常美好的一天，接下來幾天證實了我的這種感覺。

我一直弄不明白我在這個公司究竟擔當什麼樣的角色。這我不管。西戶先生覺得我似乎

①亞里斯多德（384 BC-322 BC），古希臘哲學家。

②克萊奧帕特拉，古埃及豔后，歷史上的美人。

有些沮喪。這我更不管。我對我的女同事十分滿意。我覺得她的友誼使我更有充分的理由每天在伊美本公司待上十小時。

她的膚色白皙而無光澤，是谷崎潤一郎③筆下著力描述的那些美人的膚色。胡布紀是日本美人的象徵，除了她那令人驚訝的身材，她的美麗簡直完美無缺。她的容貌應歸入「舊日本的色竹花」一類，那是昔日高貴女子的象徵。她的容貌配上高大的身材，注定要統治世界。

伊美本是全球最大的集團之一。羽田先生是集團進出口公司的總裁，只要是地球上存在的東西，都在它的經營範圍之內。

伊美本公司的進出口目錄是普雷維爾④詩歌的翻版，龐雜無比；從芬蘭的愛特芒乾酪到加拿大的光纖，從新加坡的蘇打到法國的汽車輪胎和多哥的黃麻，無所不包。

在伊美本公司裡，金錢超出人們能理解的範圍。金額由無數個零堆積起來，離開數字的領域，進入抽象藝術的範圍。我常想，在公司裡頭，是否有一個人會因為賺了一億日圓而高興，或因為虧了一億日圓而傷心。

伊美本公司的職員就像個零，只有放在其他數字後面才有意義。全都這樣，除了我。我甚至連一個零頭都算不上。

日子一天天過去，我一直沒有用武之地。但我沒有因此感到過分不安。我覺得別人把我遺忘了，這並沒有什麼不好。我坐在辦公桌前，翻來覆去閱讀胡布紀交給我的資料。這些資料乏味透頂，除了一份名單，上面列舉了伊美本公司員工的資料：姓、名、出生日期、出生地點、配偶或可能的配偶以及孩子們的名字，還有他們每一個人的出生日期。

這些資料本身沒有什麼吸引人的地方。但一個人餓壞的時候，一小塊麵包都會讓你垂涎欲滴。我的大腦正處於休息和飢餓的狀態，這份名單更像一份黃色雜誌，變得十分誘人。事實上，這是我唯一能看懂的文字。

為了裝出工作的樣子，我決定把它背下來。上面有一百來個名字，大部分人已婚，是家中的父親或母親，這使我的任務更加艱難了。

我埋頭研究起來了，我的臉一會兒湊近資料，一會兒又抬起來，默記有關內容，使之深入我內心的黑匣。當我重新抬起頭來時，我的目光總是落在坐在我對面的胡布紀臉上。

西戶先生不再要我給亞當·約翰遜先生或者其他什麼人寫信了。而且，他沒要我做任何事，除了給他端咖啡。

當你開始在一家日本公司幹活，當你從學會「端茶倒水」開始幹起，這一切可是再平常不過了。由於這是唯一交付給我的工作，我便做得格外認真。

很快，我便熟悉了每個人的習慣：西戶先生一到八點半就要一杯黑咖啡；浦那崎先生十點鐘要一杯加奶咖啡，放兩塊糖；水野先生每小時要一杯可樂；岡田先生下午五點要一杯英

---

③谷崎潤一郎（1886-1965），日本作家，代表作有《細雪》等。

④賈克·普雷維爾（1900-1977），法國大眾詩人，其詩作通俗簡練，常表現為詞彙的羅列和堆砌。

國紅茶，加一點奶；至於胡布紀，她九點鐘要一杯綠茶，十二點要一杯黑咖啡，下午三點要一杯綠茶，七點再要最後一杯黑咖啡——她每次都很有禮貌、親切地謝謝我。

這份卑賤的工作卻成了我第一次失敗的源頭。

一天上午，西戶先生告訴我，副總裁正在辦公室接見一個友好公司的重要代表團：

「二十人的咖啡。」

我托著一個大盤子走進尾持先生的辦公室。我做得盡善盡美。我每端一杯咖啡，總表現出極其謙恭的樣子，按照日本人最講究的禮節，輕聲細語說聲「請慢用」，低著頭，欠著身。如果有那麼一種褒獎「端茶倒水」的勳章，我應該當之無愧。

幾小時後，代表團走了。我只聽見大塊頭尾持先生的大嗓門雷鳴般地響起：

「西戶君！」

我看見西戶先生一下子從座位上跳起來，臉色蒼白，朝副總裁辦公室跑去。那個胖子的吼叫從牆壁後面傳來。大家不知道他在說些什麼，但情況看來不妙。

西戶先生出來時，臉色都變了。想到他的體重還不到那個罵他的人的三分之一，我便傻傻地有點同情起他來了。就在這時，他怒氣沖沖地叫我。

我跟他來到一個沒有人的辦公室。他氣得說不出話來，結結巴巴地對我說：

「妳引起了友好公司代表團的強烈不滿！妳端咖啡時習慣用語說得很流利，表明妳精通日語！」

「可我確實說得不錯呀，西戶君。」

「住口！妳有什麼資格為自己辯護？尾持先生對妳非常惱火。妳給今天上午的會議造成了極壞的氣氛。有個懂他們的語言的白人女孩在場，我們的合作夥伴怎麼能放心呢？從現在起，妳不要再講日語了。」我圓睜著眼睛，看著他：

「什麼？」

「妳不再懂日語了。明白嗎？」

「可正因為我懂日語，伊美本公司才錄用我的呀！」

「這我不管。我命令妳不懂日語。」

「這不可能。誰也不能服從這樣的命令。」

「總是有辦法服從命令的。這正是西方人必須明白的。」

「問題就出在這裡。」我心想，接著我又說：「日本人也許能強迫自己忘掉一種語言，西方人可沒這本領。」

西戶先生覺得這種荒謬的辯解似乎可以接受。

「儘管如此，還是試一試吧！至少要裝裝樣子。我接到關於妳的命令。明白了嗎？」語氣冷酷而且粗暴。

回到辦公室時，我臉上的表情肯定很滑稽，因為胡布紀溫柔而不安地望著我。我頹然坐在那裡，長時間地琢磨該採取什麼態度。

提出辭職最合情合理。然而，我下不了決心這樣做。在西方人看來，這沒有什麼不光彩；但在日本人看來，這是很丟面子的。我來公司還不到一個月，但我簽了一年的合約。幹了這麼幾天就走，在他們看來，這會使我蒙受恥辱。我的家人也會這樣看。

更何況我根本就不想走。為了進這個公司，我畢竟花了不少力氣：我學了商務日語，通過各種考試。當然，我並沒有野心成為馳騁國際商場的大將，但我的確渴望生活在這個我所崇敬的國家。我從小就對這個國家懷有一種田園般美好的記憶。

我要留下來。

選譯自《誠惶誠恐》，一九九九年

（經法國阿爾班・米歇爾出版社授權）

編後語

二〇一三年開春之際，迎來以比利時為主題國的第二十一屆台北國際書展。台灣大塊文化根據我編譯的《比利時文學選集（法語作家卷）》（人民文學出版社，二〇〇五）精選其中部分作家的簡介及名篇譯文編輯出版了繁體字精華版的《平地國的迷藏花園：你所不知道的比利時法語文學精華》參展，這是繼二〇一〇年底台灣出版我在大陸新譯的比利時國寶級漫畫巨著《丁丁歷險記》（共二十二冊，二〇〇九年九月第一版）之後有機會與台灣讀者見面的第二部譯著，對此我感到無比的榮幸。作為祖籍金門，從小隨父母下南洋，上世紀五〇年代初從僑居地回北京讀書和工作的一位法語教師和翻譯工作者，能夠以這種方式增進台灣讀者對比利時的瞭解，並為促進兩岸文化交流略盡綿薄之力，我倍感親切和由衷的喜悅。

我編譯這部《比利時文學選集（法語作家卷）》（以下簡稱「選集」）帶有某種偶然性和主客觀因素。我執教的北京外國語大學，從上個世紀六〇年代起，一直有從比利時非官方或由官方派遣的法語專家給學生教授法語，在與他們融洽共事和友好交往中，我對比利時的人和事開始有些初步和感性的認識。八〇年代中期，我因要給學生開設「法語國家和地區概況」一等專業課程，需要收集有關國家和地區的資料進行研究，我發現地處歐洲中心的小國比利時及其被譽為「歐洲首都」的布魯塞爾在世界和歐洲政治舞台上占有極其重要和特殊的位置。同時我發現這個日耳曼文化和羅曼文化的交匯地帶，也擁有極其豐富和獨特的文學藝術。諾貝爾文學獎得主梅特林克、世界著名大詩人凡爾哈倫等都是舉世公認的文學巨匠，風靡全球的丁丁、藍色小精靈等漫畫形象成為比利時標誌性的象徵。也就從這時開始，我開始涉獵比利時的文學藝術，產生了濃厚的興趣，頗有發現新天地的感覺。同時我深感當時的讀者對比利時瞭解不多，尤其對比利時文學所知甚少，而且由於比利時（尤其是法語地區）與法國從來就具有特殊的密切關係，人們往往把比利時法語文學和作家混為法國文學和作家，中國大陸引進翻譯的比利時作家的文學作品，很多都是以法國作家的名義被介紹進來的，比如世界著名的偵探小說家西默農、法蘭西學院女院士尤瑟娜、大詩人米修等，法國文學界也有意無意不去強調他們的比利時身分。因而很多人都不知道上述作家原籍都是比利時。為了向讀者介紹法語國家和地區文學園地中的這一朵奇葩，我萌生了編譯一部比利時法語文學選集的想法，以求從較廣的視角做些譯介的工作。在世紀之交，我已從教師崗位上退下來，主要從事文學翻譯工作，有時間和條件進行這一項頗具挑戰性的工作。

這項工作經歷了整整五年的時間，其中的艱辛，一言難盡，只有本人才能深切體會到。中國大陸對比利時文學的研究我不敢說一點沒有，如果有的話也恐怕是鳳毛麟角，而且多納入法國文學研究的範疇。我首先碰到的是選材上的困難。選集裡應選入哪些作家、哪些作品，都頗費一番斟酌。我自知學識有限，沒有能力在大量閱讀的基礎上自行作出選擇，而且由於選集的特點，這樣做在客觀上也不允許，因此我只好搜尋法國和比利時已經出版、有一定影響和權威性的各種選集，從其中加以比較，精心挑選收入的作家及其作品，有的是經比利時有關專家推薦確定的，個別作品則是由作家本人選定的。這樣做的目的是為了盡可能不漏掉一個值得向讀者介紹的比利時作家，當然我也借鑒了國外出版的選集採用的編選原則、分類標準、年代劃分等。在此基礎上作出了初步的選擇。但這還是比較容易做到的第一步。因為國外出版的選集選入的作家和作品，有時不一定個個都具有代表性。外國選集摘選的文章，或因篇幅過長或過短，需要更換或進行刪節或擴充，為此我不得不通讀許多原著，對收入的作家和作品作適當的調整和增減。同時為了深入瞭解原文，翻譯出盡可能準確的中文和編寫有關的解釋性材料，我還閱讀參考了大量的原著和有關比利時文學的專著，四次遠赴該國收集資料，會見有關作家和專家，親自上門討教，這樣做加深了我對比利時文學的總體把握，特別是有關作家和作品的具體瞭解，這些都有助於我盡力編譯好這部選集。

另外一個困難，就是解決版權問題，除了極少數作家根據比利時有關法律規定（作家逝世七十年之後）已進入「公眾領域」而沒有版權問題之外，其他的作品，哪怕是幾頁的短文，也都需要得到授權才能翻譯和出版，故為解決版權問題我也花了大量的時間和精力。因收入的作家和作品數量較多，涉及到眾多的出版社和版權所有者，而且所選作家時代跨度較大，有的作品出版年代久遠，出版社和版權所有者都發生了變化，由此可以想見這項工作的難度，但在比利時有關方面的幫助下，經過長期的聯繫和努力，絕大多數法國和比利時的出版社和版權所有者都對我們的要求給予積極的回應，同意授權我們翻譯和出版有關作品的章節。

特別要說明的，選入作品皆為廣義上的散文類（長短篇小說、文論等），不包括詩歌和戲劇，但是為了不漏掉一個具有代表性的比利時詩人、劇作家，我在選集中也盡量選擇翻譯這些作家的散文類作品，目的是為了借此介紹這些作家，使讀者能夠對比利時文學，特別是法語文學有一個概貌性和整體性的瞭解。至於比利時文學歷史的劃分，我基本按照比利時文學史的傳統作法，收入了十九世紀末至今六十來位比利時法語作家一百多篇長短不同的作品摘篇或章節。對每一作家的生平、著作、創作特點等，都作了簡練的背景介紹。

此外，我還榮幸地得到我的朋友、布魯塞爾文學檔案和博物館主任、詩人、比利時著名的法語文學研究專家馬克・庫阿澤貝的賜稿〈比利時法語文學〉，這是一篇學術性很強的長文，全面介紹比利時法語文學的起源、沿革和發展過程及各種文學流派，他還應我的要求，熱心為他早年寫就的這篇專文增加了一個新的章節，補充了新的材料。大塊文化出版的的《平地國的迷藏花園》收入台灣讀者較熟悉、風格鮮明的二十三位作家及他們優秀作品的精彩篇章，同時也收入了這篇材料翔實、分析精闢的專論，可以說是相得益彰。

我要特別指出的是，比利時法語區政府對我這個項目提供了資助，使選集的出版成為現實。該書正式出版第二年，其文化大臣法蒂拉・拉南（Fadila Laanan）女士親自為我頒發法語區二〇〇六年度「文學翻譯獎」。能夠得到此項榮譽，我感到高興，也感到意外。因為我清楚地意識到，如果沒有比利時政府有關部門，以及中國大陸和比利時的同事和朋友始終不渝的鼓勵和支持，我是沒有能力也沒有勇氣克服各種困難，完成這部選集的編譯和出版。大塊文化選編的這部《平地國的迷藏花園》同樣也得到了比利時法語區政府有關部門的大力支持，幫助解決版權等棘手問題。大塊文化的編輯也付出了辛勤的勞動，使得這部著作得以順利出版面世，我在此也對他們表示深切的謝意。

為了編譯好這部選集，我作出了很多努力，由於本人才疏學淺，定有許多疏漏和不妥之處，也敬請台灣讀者不吝賜教。

王炳東

二〇一三年一月

平地國的迷藏花園：你所不知道的比利時法語文學精華／
夏爾・德・科斯特等著；王炳東編譯．
-- 初版．-- 臺北市：大塊文化，2013.02
面；　公分．--（to；80）
譯自：La Légende d'Ulenspiegel

ISBN 978-986-213-418-4（平裝）

881.757　　　　102000519

LOCUS

LOCUS

LOCUS

LOCUS